Beck/Dippold/Wachtler
Prüfungsklassiker
Wirtschafts- und Sozialkunde
für Industriekaufleute

Zusätzliche digitale Inhalte für Sie!

Zu diesem Buch stehen Ihnen kostenlos folgende digitale Inhalte zur Verfügung:

- Online-Buch ✓
- Buch als PDF
- Online-Training
- Zusatz-Downloads
- App
- Digitale Lernkarten

Schalten Sie sich das Buch inklusive Mehrwert direkt frei.

Scannen Sie den QR-Code **oder** rufen Sie die Seite **www.kiehl.de** auf. Geben Sie den Freischaltcode ein und folgen Sie dem Anmeldedialog. Fertig!

Ihr Freischaltcode

CGAS-HUTR-DBZZ-HOTT-RINZ-OX

www.kiehl.de

Prüfungsklassiker Wirtschafts- und Sozialkunde für Industriekaufleute

240 Prüfungsaufgaben mit Lösungen

Von
Dipl.-Hdl. Karsten Beck,
Dipl.-Hdl. Silke Dippold und
Dipl.-Hdl. Michael Wachtler

4., aktualisierte Auflage

kiehl

ISBN: 978-3-470-**64384**-7 · 4., aktualisierte Auflage 2020

Kiehl ist eine Marke des NWB Verlags

Satz: Ansichtssachen, Egelsbach
Druck: Stückle Druck und Verlag, Ettenheim

Vorwort

Mit den **Prüfungsklassikern** erhalten angehende Industriekaufleute Trainingsmaterial, welches die Möglichkeit bietet, sich gezielt auf die Abschlussprüfung vorzubereiten.

In den **Prüfungsklassikern aus der Wirtschafs- und Sozialkunde** werden Fälle und Aufgaben aus den Themenbereichen betrachtet, die in Abschlussprüfungen von besonderer Bedeutung sind und dort auch häufig abgefragt werden. Durch die Strukturierung der Kapitel und durch die Aufgabenüberschriften ist klar ersichtlich, welchen Themengebieten die einzelnen Fragen zuzuordnen sind. Somit kann die Vorbereitung auf die Prüfung auch schrittweise durch die Erarbeitung der verschiedenen Themenfelder erfolgen.

Um das Arbeiten möglichst effektiv zu gestalten, sind neben den Aufgaben auch kurze fachliche Informationen zu den jeweiligen Aufgabenbereichen enthalten.

Neben Tipps zur richtigen Herangehensweise an die Prüfungsfragen wird auch auf typische Fehlerquellen und Stolpersteine hingewiesen, auf die in der Prüfung besonders zu achten sind.

Die Musterlösungen werden erklärt und sind leicht nachvollziehbar. So wird selbst bei der Korrektur der Aufgaben ein strukturiertes Lernen ermöglicht.

Wir wünschen eine erfolgreiche Prüfung und auch etwas Spaß bei der Vorbereitung.

Karsten Beck
Silke Dippold
Michael Wachtler
Erlangen, im Januar 2020

Benutzungshinweise

Diese Symbole erleichtern Ihnen die Arbeit mit diesem Buch:

TIPP

Hier finden Sie nützliche Hinweise zum Thema.

MERKE

Das X macht auf wichtige Merksätze oder Definitionen aufmerksam.

ACHTUNG

Das Ausrufezeichen steht für Beachtenswertes, wie z. B. Fehler, die immer wieder vorkommen, typische Stolpersteine oder wichtige Ausnahmen.

INFO

Hier erhalten Sie nützliche Zusatz- und Hintergrundinformationen zum Thema.

RECHTSGRUNDLAGEN

Das Paragrafenzeichen verweist auf rechtliche Grundlagen, wie z. B. Gesetzestexte.

MEDIEN

Das Maus-Symbol weist Sie auf andere Medien hin. Sie finden hier Hinweise z. B. auf Download-Möglichkeiten von Zusatzmaterialien, auf Audio-Medien oder auf die Website von Kiehl.

Aus Gründen der Praktikabilität und besseren Lesbarkeit wird darauf verzichtet, jeweils männliche und weibliche Personenbezeichnungen zu verwenden. So können z. B. Mitarbeiter, Arbeitnehmer, Vorgesetzte grundsätzlich sowohl männliche als auch weibliche Personen sein.

Feedbackhinweis

Kein Produkt ist so gut, dass es nicht noch verbessert werden könnte. Ihre Meinung ist uns wichtig. Was gefällt Ihnen gut? Was können wir in Ihren Augen verbessern? Bitte schreiben Sie einfach eine E-Mail an: **feedback@kiehl.de**

Beschreibung des Unternehmens

Firma	Sport Equipment AG
Unternehmenszweck	Fertigung und Vertrieb von Sportartikeln für den aktiven Outdoorbereich
Gründung	1. Januar 2005
Unternehmenssitz	Schillerstraße 58 91054 Erlangen
Telefon	09131 47884-0
Fax	09131 47884-20
E-Mail	info@sportequipment.eu
Bankverbindungen	Süddeutsche Kreditbank AG IBAN DE 48 7505 0000 0750 8900 08 BIC SDKBDEM1XXX Norddeutsche Kreditbank AG IBAN DE 82 3605 0000 0698 8900 17 BIC NDKBDEM1XXX
Vorstandsvorsitzender	Heiko Feinisch
Mitarbeiter und Mitarbeiterinnen	350 Beschäftigte ► 200 männliche ► 150 weibliche davon: 15 Auszubildende ► 5 Industriekaufleute ► 3 Bürokaufleute ► 7 gewerblich-technische Berufe
Geschäftsjahr	1. Januar bis 31. Dezember
Fertigungsprogramm (Auszug)	► Schneeschuhe ► Outdoor-Schuhe ► Teleskopstöcke für Wanderer, Skitouren- und Schneeschuhgeher ► Rucksäcke ► Slacklines ► Crashpads für Boulderer ► Kite-Surfboards ► Elemente für Boulderwände und künstliche Kletteranlagen
Handelswaren	► Tourenski ► Kite-Surfschirme ► Schlafsäcke ► Bikerhelme ► Einräder
Dienstleistungen	Planung, Projektierung und Montage von Boulderwänden und Kletteranlagen
Fertigungsverfahren	Serienfertigung, Gruppenfertigung
Rohstoffe	Kunststoffe, Metalle, Gewebe
Hilfsstoffe	Schrauben, Klammern, Nähmaterialien, Nieten, Farben, Kleber u. a.
Betriebsstoffe	Energie
Vorprodukte	Schnallen, Griffe, Bindungen u. a.

1. Mitbestimmung der Arbeitnehmer

Die Mitbestimmung der Arbeitnehmer über den Betriebsrat in sozialen, personellen und wirtschaftlichen Angelegenheiten ist gesetzlich geregelt. Die Jugend- und Auszubildendenvertretung (JAV), die über den Betriebsrat handelt, ist eine Interessenvertretung für junge Arbeitnehmer. Sie achtet unter anderem darauf, dass die für Jugendliche und Auszubildende relevanten Gesetze, Tarifverträge und Betriebsvereinbarungen im Unternehmen eingehalten werden.

Aufgabe 1: Betriebsrat

In welchem Gesetz sind die Beziehungen zwischen Arbeitgeber, Arbeitnehmer und Betriebsrat geregelt?

☐ Bürgerliches Gesetzbuch

☐ Handelsgesetzbuch

☒ Betriebsverfassungsgesetz

☐ Tarifvertragsgesetz

☐ Arbeitsschutzgesetz

Lösung s. Seite 137

Aufgabe 2: Wahl des Betriebsrats

Im nächsten März finden in der Bikewelt GmbH, einem Vertriebspartner der Sport Equipment AG, Betriebsratswahlen statt. Zurzeit hat die Bikewelt GmbH folgende Beschäftigtenstruktur:

Mitarbeiter insgesamt (ohne Auszubildende)	8.750
Mitarbeiter, die zum kommenden Monatsersten eingestellt werden; die Arbeitsverträge sind bereits unterzeichnet	35
Auszubildende insgesamt	580
davon Auszubildende unter 18 Jahren	120

a) Ermitteln Sie die Zahl der Mitarbeiter, die zurzeit das aktive Wahlrecht besitzen.

b) Ermitteln Sie die Anzahl der zu wählenden Betriebsratsmitglieder.

RECHTSGRUNDLAGEN

§ 9 Betriebsverfassungsgesetz: Zahl der Betriebsratsmitglieder

Der Betriebsrat besteht in Betrieben mit in der Regel

5 bis 20 wahlberechtigten Arbeitnehmern aus einer Person,
21 bis 50 wahlberechtigten Arbeitnehmern aus 3 Mitgliedern,

51 wahlberechtigten Arbeitnehmern bis 100 Arbeitnehmern aus 5 Mitgliedern,
101 bis 200 Arbeitnehmern aus 7 Mitgliedern,
201 bis 400 Arbeitnehmern aus 9 Mitgliedern,
401 bis 700 Arbeitnehmern aus 11 Mitgliedern,
701 bis 1.000 Arbeitnehmern aus 13 Mitgliedern,
1.001 bis 1.500 Arbeitnehmern aus 15 Mitgliedern,
1.501 bis 2.000 Arbeitnehmern aus 17 Mitgliedern,
2.001 bis 2.500 Arbeitnehmern aus 19 Mitgliedern,
2.501 bis 3.000 Arbeitnehmern aus 21 Mitgliedern,
3.001 bis 3.500 Arbeitnehmern aus 23 Mitgliedern,
3.501 bis 4.000 Arbeitnehmern aus 25 Mitgliedern,
4.001 bis 4.500 Arbeitnehmern aus 27 Mitgliedern,
4.501 bis 5.000 Arbeitnehmern aus 29 Mitgliedern,
5.001 bis 6.000 Arbeitnehmern aus 31 Mitgliedern,
6.001 bis 7.000 Arbeitnehmern aus 33 Mitgliedern,
7.001 bis 9.000 Arbeitnehmern aus 35 Mitgliedern.

In Betrieben mit mehr als 9.000 Arbeitnehmern erhöht sich die Zahl der Mitglieder des Betriebsrats für je angefangene weitere 3.000 Arbeitnehmer um 2 Mitglieder.

Lösungen s. Seite 137

Aufgabe 3: Wahl des Betriebsrats und Wahl der Jugend- und Auszubildendenvertretung

In der Sport Equipment AG bestehen bereits ein Betriebsrat und eine Jugend- und Auszubildendenvertretung. Sie sollen den neuen Auszubildenden das aktive und passive Wahlrecht nach dem Betriebsverfassungsgesetz erklären. Der Ausbildungsleiter überlässt Ihnen die folgende Aufstellung zur Mitarbeiterstruktur:

Auszubildende		Übrige Mitarbeiter und Mitarbeiterinnen (ohne Auszubildende)	
Alter	**Anzahl**	**Alter**	**Anzahl**
16 Jahre alt	2	16 Jahre alt	5
17 Jahre alt	3	17 Jahre alt	7
18 Jahre alt	3	18 bis unter 20 Jahre alt	39
19 Jahre alt	3	20 bis unter 25 Jahre alt	37
20 Jahre alt	2	25 bis unter 30 Jahre alt	68
21 Jahre alt	-	30 bis unter 40 Jahre alt	77
22 Jahre alt	-	40 bis unter 50 Jahre alt	58
23 Jahre alt	1	50 bis unter 60 Jahre alt	44
24 Jahre alt	-	über 60 Jahre alt	15
25 Jahre alt	-		

Auszubildende		Übrige Mitarbeiter und Mitarbeiterinnen (ohne Auszubildende)	
Alter	**Anzahl**	**Alter**	**Anzahl**
26 Jahre alt	1		
Summe Auszubildende	15	Summe übrige Mitarbeiter und Mitarbeiterinnen	350

a) Stellen Sie fest, wie viele Personen insgesamt für die Wahl der Jugend- und Auszubildendenvertretung wahlberechtigt sind.

b) In den letzten fünf Monaten wurden insgesamt fünf neue kaufmännische Mitarbeiter eingestellt, die alle zwischen 25 und 40 Jahre alt sind. Stellen Sie fest, wie viele Arbeitnehmer bei der Betriebsratswahl zum Betriebsrat wählbar sind.

c) Ermitteln Sie die Anzahl der zu wählenden Betriebsratsmitglieder.

d) Geben Sie an, wie viele Mitarbeiter von ihrer beruflichen Tätigkeit freizustellen sind.

RECHTSGRUNDLAGEN

§ 38 Betriebsverfassungsgesetz: Freistellungen

(1) Von ihrer beruflichen Tätigkeit sind mindestens freizustellen in Betrieben mit in der Regel

200 bis 500 Arbeitnehmern ein Betriebsratsmitglied,

501 bis 900 Arbeitnehmern 2 Betriebsratsmitglieder,

901 bis 1.500 Arbeitnehmern 3 Betriebsratsmitglieder,

1.501 bis 2.000 Arbeitnehmern 4 Betriebsratsmitglieder,

[...]

Lösungen s. Seite 137

Aufgabe 4: Betriebsversammlung

Der Betriebsrat hat regelmäßig Betriebsversammlungen abzuhalten. Prüfen Sie, welche der folgenden Aussagen den Vorschriften des Betriebsverfassungsgesetzes entsprechen.

☐ Da Betriebsversammlungen öffentlich sind, können die Vertreter der örtlichen Presse eingeladen werden, wenn der Unternehmensvorstand in der Betriebsversammlung über ein sehr erfolgreiches Geschäftsjahr berichten möchte.

☐ Der Arbeitgeber kann alle Mitarbeiter zur Teilnahme an der Betriebsversammlung verpflichten, wenn er wesentliche organisatorische Veränderungen bekannt geben will.

- [x] An der Betriebsversammlung kann ein Vertreter der Gewerkschaft, in der die Mitarbeiter des Betriebs organisiert sind, beratend teilnehmen.
- [ ] Die Zeit der Teilnahme an Betriebsversammlungen einschließlich der zusätzlichen Wegezeiten wird nicht als Arbeitszeit berechnet und ist den Arbeitnehmern daher nicht zu vergüten.
- [ ] Der Arbeitgeber ist zu den Betriebsversammlungen einzuladen und ist auch berechtigt, in den Versammlungen zu sprechen.
- [ ] Bei einer Aktiengesellschaft wird die Betriebsversammlung vom Vorstandsvorsitzenden des Unternehmens geleitet.
- [ ] Der Arbeitgeber kann vom Betriebsrat die Einberufung einer Betriebsversammlung verlangen, um die Arbeitnehmer über die schlechte wirtschaftliche Lage des Unternehmens zu informieren.

Lösungen s. Seite 138

Aufgabe 5: Rechte des Betriebsrats I

Unterscheiden Sie die Stufen der betrieblichen Mitwirkung des Betriebsrats.

Lösungen s. Seite 139

Aufgabe 6: Mitbestimmungsrecht des Betriebsrats

Prüfen Sie, in welcher der folgenden Fälle dem Betriebsrat der Sport Equipment AG ein Mitbestimmungsrecht nach dem Betriebsverfassungsgesetz zusteht.

- [x] Veränderung der Pausenregelung durch die Einführung längerer Produktionszeiten
- [ ] Änderung der Verfahrensweise für die Bestellung von Maschinen für die Produktion bis 500.000 €
- [ ] Einstellung eines leitenden Angestellten
- [ ] Berufung des Aufsichtsratsvorsitzenden
- [ ] ordentliche Kündigung eines Mitarbeiters
- [x] Anordnung von Mehrarbeit für die Mitarbeiter der Personalabteilung

Lösungen s. Seite 140

Aufgabe 7: Beratungs- und Informationsrecht des Betriebsrats

Der Betriebsrat der Sport Equipment AG wurde bei den folgenden Maßnahmen in den Entscheidungsprozess eingebunden. Geben Sie die Maßnahmen an, die die Sport Equipment AG auch ohne Zustimmung des Betriebsrats umsetzen kann.

Die Sport Equipment AG will ...

- [ ] zwecks genauer Erfassung der Arbeitszeiten erstmals ein elektronisches Zeiterfassungssystem einführen.
- [x] einen leitenden Angestellten einstellen.

☐ ein leistungs- und erfolgsabhängiges Vergütungssystem einführen.

☒ zur Verbesserung der Arbeitsgeschwindigkeit der betriebseigenen PCs einen zusätzlichen Server anschaffen.

☐ eine Betriebsordnung erlassen.

☐ in der Kantine einen Getränkeautomaten aufstellen.

☒ die Programmierarbeiten künftig von einer Fremdfirma ausführen lassen.

Lösungen s. Seite 140

Aufgabe 8: Rechte des Betriebsrats, Einigungsstelle

Wenn Meinungsverschiedenheiten nicht im Betrieb gelöst werden können, entscheidet entweder das Arbeitsgericht oder die Einigungsstelle. Prüfen Sie, in welchen der folgenden Fälle die Einigungsstelle entscheidet.

☐ bei Meinungsverschiedenheiten zwischen Arbeitgeber und Betriebsrat in Angelegenheiten, in denen der Betriebsrat ein Beratungsrecht hat

☐ bei drohenden Arbeitskampfmaßnahmen zwischen Arbeitgeber und Betriebsrat

☐ bei Meinungsverschiedenheiten zwischen Arbeitgeber und Arbeitnehmern

☐ bei Meinungsverschiedenheiten zwischen Arbeitgeber und Betriebsrat in Angelegenheiten, in denen der Betriebsrat ein Mitbestimmungsrecht hat

☐ bei Meinungsverschiedenheiten zwischen Arbeitgeber und Betriebsrat in Angelegenheiten, in denen der Betriebsrat ein Mitwirkungsrecht hat

Lösung s. Seite 140

Aufgabe 9: Rechte des Betriebsrats II

Prüfen Sie, ob der Betriebsrat in den folgenden Fällen ein

1. Mitbestimmungsrecht
2. Mitwirkungsrecht
3. Informationsrecht
4. Beratungsrecht

hat und tragen Sie die richtige Ziffer ein.

Situationen	Recht des Betriebsrats
a) Es sollen Überwachungskameras an allen Arbeitsplätzen installiert werden.	1
b) Aufgrund der schlechten Auftragslage sollen die Planzahlen für den Personalbedarf reduziert werden.	4
c) Der Betriebsrat nimmt Stellung zu einer vom Arbeitgeber ausgesprochenen Kündigung eines Arbeitnehmers, die er für sozial ungerechtfertigt hält.	2

Situationen	Recht des Betriebsrats
d) Ein betriebliches Vorschlagswesen wird eingeführt.	
e) Der Vorstand will für die Mitarbeiter in der Verwaltung die variable Arbeitszeit einführen.	
f) Aufgrund eines dringenden Großauftrages wird für die Mitarbeiter in der Produktion Mehrarbeit angeordnet.	
g) Ein Mitarbeiter der Produktion soll in eine andere Abteilung versetzt werden.	
h) Der Betriebsrat vereinbart mit dem Arbeitgeber, dass im Betrieb zu besetzende Stellen intern auszuschreiben sind.	
i) Eine Mitarbeiterin der Personalabteilung soll in die nächst höhere Entgeltgruppe eingestuft werden.	
j) Das Unternehmen befindet sich in einer wirtschaftlichen Krise. Um Entlassungen zu vermeiden, wird Kurzarbeit vereinbart.	
k) Das Unternehmen plant aufgrund der wirtschaftlichen Situation eine Produktionsstätte zu schließen.	
l) Die Mitarbeiter wünschen, dass neue Getränkeautomaten in der Kantine aufgestellt werden sollen.	

Lösungen s. Seite 141

Aufgabe 10: Wahl des Betriebsrats, Wahlberechtigung

Dürfen auch die Vorstände und Prokuristen an der Betriebsratswahl teilnehmen?

Lösung s. Seite 142

Aufgabe 11: Betriebsvereinbarungen

In welchem Fall liegt eine Betriebsvereinbarung vor?

- ☐ Die Sport Equipment AG einigt sich mit der IG Metall auf eine Entgelterhöhung von 3 % und eine Einmalzahlung in Höhe von 500,00 €.
- ☐ Die Sport Equipment AG einigt sich mit der IG Metall auf eine Erhöhung der wöchentlichen Arbeitszeit um zwei Stunden.
- ☐ Die Sport Equipment AG und die Salewa Sportgeräte GmbH vereinbaren die gemeinsame Produktion eines Schneeschuhs.
- ☐ Die Sport Equipment AG einigt sich mit dem Betriebsrat über die Einführung der Vertrauensarbeitszeit. Der Sachverhalt wird schriftlich festgehalten.
- ☐ Die Sport Equipment AG erhöht ihr Grundkapital durch die Ausgabe junger Aktien und lässt sich dies auf der Hauptversammlung genehmigen.
- ☐ Die Sport Equipment AG vereinbart mit der Bikewelt OHG die Lieferung von Helmen und Einrädern.

Lösung s. Seite 142

Aufgabe 12: Betriebsvereinbarungen – Bestandteile

Die Sport Equipment AG in Erlangen schließt mit dem Betriebsrat eine Betriebsvereinbarung, die eine Vielzahl von Regelungen enthält.

Welche der folgenden Vereinbarungen darf nicht Bestandteil dieser Vereinbarung sein?

- ☐ Lockerung des gesetzlichen Kündigungsschutzes für langjährige Mitarbeiter
- ☐ Einführung der Vertrauensarbeitszeit für alle Arbeitnehmer
- ☐ Höhe des Arbeitgeber-Zuschusses pro Mittagessen in der Kantine
- ☐ Nutzung der Sportstätten auf dem Betriebsgelände
- ☐ Regelungen über Betriebsurlaub
- ☐ Die Sport Equipment AG einigt sich mit dem Betriebsrat auf eine befristete Erhöhung der Wochenarbeitszeit um eine Stunde ohne Entgeltausgleich.

Lösung s. Seite 143

Aufgabe 13: Wahl der Jugend- und Auszubildendenvertretung

Beim Sporthaus Alpin & Bike OHG, einem Kunden der Sport Equipment AG, wird die Jugend- und Auszubildendenvertretung (JAV) neu gewählt.

Zum Wahltag liegt folgende Beschäftigungssituation vor:

Anzahl	**Alter**		
	unter 18 Jahre	**18 bis unter 25 Jahre**	**25 Jahre und älter**
Auszubildende	5	4	1
Arbeitnehmer	3	21	189

RECHTSGRUNDLAGEN

§ 60 BetrVG

(1) In Betrieben mit in der Regel mindestens fünf Arbeitnehmern, die das 18. Lebensjahr noch nicht vollendet haben (jugendliche Arbeitnehmer) oder die zu ihrer Berufsausbildung beschäftigt sind und das 25. Lebensjahr noch nicht vollendet haben, werden Jugend- und Auszubildendenvertretungen gewählt

§ 61 BetrVG

(1) Wahlberechtigt sind alle in § 60 Abs. 1 genannten Arbeitnehmer des Betriebs.

(2) Wählbar sind alle Arbeitnehmer des Betriebs, die das 25. Lebensjahr noch nicht vollendet haben.

§ 62 BetrVG

(1) Die Jugend- und Auszubildendenvertretung besteht in Betrieben mit in der Regel 5 bis 20 der in § 60 Abs. 1 genannten Arbeitnehmer aus einer Person,

21 bis 50 der in § 60 Abs. 1 genannten Arbeitnehmer aus 3 Mitgliedern,
51 bis 150 der in § 60 Abs. 1 genannten Arbeitnehmer aus 5 Mitgliedern,
151 bis 300 der in § 60 Abs. 1 genannten Arbeitnehmer aus 7 Mitgliedern,
[...]

---

a) Ermitteln Sie, wie viele Mitarbeiter/-innen bei der anstehenden Wahl zur JAV das aktive Wahlrecht besitzen.

b) Ermitteln Sie, wie viele Mitarbeiter/-innen das passive Wahlrecht besitzen.

c) Stellen Sie fest, aus wie vielen Personen die zukünftige JAV besteht.

Lösungen s. Seite 143

Aufgabe 14: Rechte und Pflichten der Jugend- und Auszubildendenvertretung

Von der Ausbildungsleitung der Sport Equipment AG erhalten Sie den Auftrag, die Auszubildenden des ersten Ausbildungsjahres über die Rechte und Pflichten sowie die gesetzlichen Grundlagen der JAV zu informieren. Kreuzen Sie die für die JAV zutreffenden Aussagen an.

- ☐ Die Rechte und Pflichten der JAV ergeben sich aus dem Jugendarbeitsschutzgesetz.
- ☐ Aufgabe der JAV ist es, über die Einhaltung der gesetzlichen Vorschriften des Berufsbildungsgesetzes zu wachen.
- ☐ Die JAV beantragt Maßnahmen, die ausschließlich Jugendlichen und Auszubildenden zugutekommen, direkt beim Arbeitgeber.
- ☐ Die Zahl der zu wählenden Jugend- und Auszubildendenvertreter ergibt sich aus der Anzahl aller Arbeitnehmer der Sport Equipment AG.
- ☐ Die regelmäßige Amtszeit der JAV beträgt zwei Jahre.
- ☐ Die JAV hat das Recht, jederzeit eine betriebliche Jugend- und Auszubildendenversammlung einzuberufen.

Lösungen s. Seite 144

Aufgabe 15: Wahl der Jugend- und Auszubildendenvertretung

Prüfen Sie, welche der folgenden Aussagen im Zusammenhang mit der Wahl der Jugend- und Auszubildendenvertretung zutreffend sind.

- ☐ Entsprechend der Anzahl der Mitarbeiter sind zwischen einem und fünf Jugend- und Auszubildendenvertreter zu wählen.
- ☐ Arbeitnehmer können nicht gewählt werden, sofern sie das 18. Lebensjahr bereits vollendet haben.
- ☐ Arbeitnehmer können gewählt werden, sofern sie das 25. Lebensjahr noch nicht vollendet haben.

☐ Wahlberechtigt sind nur die jugendlichen Arbeitnehmer und die Auszubildenden unter 25 Jahren.

☐ Arbeitnehmer können nicht gewählt werden, sofern sie nicht dem Betriebsrat angehören.

☐ Die Jugend- und Auszubildendenvertretung kann in offener Wahl gewählt werden.

Lösungen s. Seite 145

2. Arbeits- und Tarifrecht

Der Arbeitsvertrag (Dienstvertrag) ist ein Rechtsgeschäft zwischen Arbeitgeber und Arbeitnehmer, das durch die Abgabe von zwei übereinstimmenden Willenserklärungen entsteht. Der Arbeitnehmer verpflichtet sich zur Leistung der versprochenen Dienste und der Arbeitgeber zur Gewährung der vereinbarten Vergütung. Es gilt der Grundsatz der Vertragsfreiheit. Allerdings besteht die Verpflichtung, die wesentlichen Vertragsinhalte innerhalb eines Monats nach Beginn des Arbeitsverhältnisses schriftlich niederzulegen. Auch die Inhaltsfreiheit wird durch gesetzliche Arbeitsschutzregelungen, Tarifverträge und Betriebsvereinbarungen eingeschränkt.

Der Tarifvertrag ist ein Vertrag zwischen Gewerkschaften und Arbeitgeberverbänden bzw. einzelnen Arbeitgebern (Tarifvertragsparteien). Er enthält Bestimmungen über den Inhalt, den Abschluss und die Beendigung von Ausbildungs- und Arbeitsverhältnissen sowie betriebliche und betriebsverfassungsrechtliche Sachverhalte.

Aufgabe 1: Individualarbeitsrecht

Welche der nachfolgenden Aussagen ist dem Bereich des Individualarbeitsrechts zuzuordnen?

- ☐ Abschluss einer Betriebsvereinbarung zwischen einem Arbeitgeber und dem Betriebsrat
- ☐ Abschluss eines Haustarifvertrags zwischen dem einzelnen Unternehmen und der zuständigen Gewerkschaft
- ☐ Vereinbarung zwischen dem Arbeitgeberverband „Metall- und Elektroindustrie" und der IG Metall
- ☐ das zwischen den einzelnen Tarifparteien geltende Recht
- ☒ Verlängerung eines befristeten Arbeitsvertrags um zwei Jahre durch die Sport Equipment AG

Lösung s. Seite 146

Aufgabe 2: Arbeitsvertrag

Sie arbeiten in der Personalabteilung der Sport Equipment AG in Erlangen. Sie schreiben eine neu zu besetzende Stelle für Industriemechaniker intern und extern aus.

a) Nach Beendigung des Bewerbungsverfahrens planen Sie, den externen Bewerber Fritz Walter einzustellen. Dieser Einstellung widerspricht der Betriebsrat, da er die Stelle intern besetzen möchte. Es soll gerichtlich geklärt werden, ob Herr Walter dennoch eingestellt wird.

   Welches Gericht ist dafür zuständig?

   - ☐ das Amtsgericht Erlangen
   - ☐ das Bundesarbeitsgericht in Erfurt
   - ☐ das Sozialgericht in Erlangen

- ☐ das Landesarbeitsgericht in Nürnberg
- ☐ das Arbeitsgericht in Erlangen
- ☐ das Verwaltungsgericht Ansbach

b) Es wurde gerichtlich entschieden, dass Herr Fritz Walter eingestellt werden kann. Die Sport Equipment AG schließt mit Herrn Fritz Walter einen Arbeitsvertrag ab. Welche Aussage zu diesem Arbeitsvertrag ist falsch?

- ☐ Der Vertrag ist Teil des Individualarbeitsrechts.
- ☐ Mit der Unterzeichnung des Arbeitsvertrags verpflichtet sich Fritz Walter über Betriebsgeheimnisse zu schweigen.
- ☐ Herr Fritz Walter ist zukünftig an Weisungen seiner Vorgesetzten gebunden.
- ☐ Durch den Vertragsabschluss besitzt die Sport Equipment AG eine Entgeltpflicht gegenüber dem Arbeitnehmer.
- ☐ Der Vertrag ist Teil des Kollektivarbeitsrechts.

c) Welche Klausel dürfen Sie aufgrund gesetzlicher Bestimmungen nicht in den Arbeitsvertrag aufnehmen?

- ☐ Herr Fritz Walter wird auf die geltende Gleitzeitregelung hingewiesen.
- ☐ Es werden entsprechend dem Tarifvertrag 30 Tage Urlaub vereinbart.
- ☐ Es wird eine Probezeit von sechs Monaten vereinbart.
- ☐ Für Herrn Fritz Walter wird eine Kündigungsfrist von drei Monaten und für die Sport Equipment AG von einem Monat vereinbart
- ☐ Herr Fritz Walter verpflichtet sich auf Wunsch des Arbeitgebers, an notwendigen Weiterbildungsmaßnahmen (auch am Wochenende) teilzunehmen.

d) Ein Mitwettbewerber der Sport Equipment AG ist aus dem Arbeitgeberverband ausgetreten und somit nicht mehr an den Flächentarif gebunden. In Zukunft soll bei Neueinstellungen aufgrund der angespannten Konjunkturlage bei einer 5-Tage-Arbeitswoche den Arbeitnehmern nur noch 22 Arbeitstage Urlaub gewährt werden.

Nehmen Sie unter Berücksichtigung der Vorschriften des Bundesurlaubsgesetzes zu diesem Vorhaben Stellung.

RECHTSGRUNDLAGEN

Auszug aus dem Bundesurlaubsgesetz

§ 1 Urlaubsanspruch
Jeder Arbeitnehmer hat in jedem Kalenderjahr Anspruch auf bezahlten Erholungsurlaub.

§ 3 Dauer des Urlaubs

(1) Der Urlaub beträgt jährlich mindestens 24 Werktage.

(2) Als Werktage gelten alle Kalendertage, die nicht Sonn- oder gesetzliche Feiertage sind.

Lösungen s. Seite 146

Aufgabe 3: Kündigungsfristen – letzter Arbeitstag

Die 21-jährige Carmen Kohler erhält nach einjähriger Beschäftigungsdauer am 10. Juni die Kündigung. Geben Sie an, wann Carmen ihren letzten Arbeitstag hat.

- ☐ 24. Juni
- ☐ 30. Juni
- ☐ 10. Juli
- ☐ 15. Juli
- ☐ 31. Juli

RECHTSGRUNDLAGEN

Auszug aus dem BGB

§ 622 Kündigungsfristen bei Arbeitsverhältnissen

(1) Das Arbeitsverhältnis eines Arbeiters oder eines Angestellten (Arbeitnehmers) kann mit einer Frist von vier Wochen zum Fünfzehnten oder zum Ende eines Kalendermonats gekündigt werden.

(2) Für eine Kündigung durch den Arbeitgeber beträgt die Kündigungsfrist, wenn das Arbeitsverhältnis in dem Betrieb oder Unternehmen

1. zwei Jahre bestanden hat, einen Monat zum Ende eines Kalendermonats,
2. fünf Jahre bestanden hat, zwei Monate zum Ende eines Kalendermonats,
3. acht Jahre bestanden hat, drei Monate zum Ende eines Kalendermonats,
4. zehn Jahre bestanden hat, vier Monate zum Ende eines Kalendermonats,

[...]

(3) Während einer vereinbarten Probezeit, längstens für die Dauer von sechs Monaten, kann das Arbeitsverhältnis mit einer Frist von zwei Wochen gekündigt werden.

[...]

(6) Für die Kündigung des Arbeitsverhältnisses durch den Arbeitnehmer darf keine längere Frist vereinbart werden als für die Kündigung durch den Arbeitgeber.

Lösung s. Seite 147

Aufgabe 4: Kündigungsfristen – Zugang der Kündigung

Der Arbeitgeber will der Sachbearbeiterin Tina Schramm zum 31. Juli 2020 kündigen. Frau Schramm ist 32 Jahre alt und seit 01. Januar 2017 im Unternehmen beschäftigt. Stellen Sie fest, an welchem Tag das Unternehmen Frau Schramm die Kündigung spätestens aushändigen muss.

- ☐ 15. Juni 2020
- ☐ 30. Juni 2020
- ☐ 03. Juli 2020
- ☐ 15. Juli 2020
- ☐ 17. Juli 2020

Lösung s. Seite 148

Aufgabe 5: Kündigung durch den Arbeitnehmer

Eine Mitarbeiterin hat mit 18 Jahren als Auszubildende bei der Sport Equipment AG begonnen und ist mittlerweile seit 13 Jahren im Unternehmen. Da sie aus privaten Gründen nach Hamburg zieht, fragt sie am 07. Dezember, zu welchem Termin sie ihren Arbeitsvertrag durch fristgerechte Kündigung frühestens beenden kann. Laut Arbeitsvertrag gelten die gesetzlichen Kündigungsfristen. Geben Sie das Datum des letzten Arbeitstages an.

- ☐ 31. Dezember dieses Jahres
- ☐ 4. Januar des nächsten Jahres
- ☐ 15. Januar des nächsten Jahres
- ☐ 31. Januar des nächsten Jahres
- ☐ 28. Februar des nächsten Jahres
- ☐ 31. März des nächsten Jahres
- ☐ 31. Mai des nächsten Jahres

Lösung s. Seite 148

Aufgabe 6: Kündigungsfristen während der Probezeit

Nach bestandener Abschlussprüfung schließt Knut Hildebrand einen unbefristeten Arbeitsvertrag mit sechsmonatiger Probezeit für eine Tätigkeit in seiner Lieblingsabteilung seines Ausbildungsbetriebs ab. Es wurde vereinbart, dass die gesetzlichen Regelungen gelten sollen. Stellen Sie fest, welche rechtliche Konsequenz die Vereinbarung der Probezeit für Herrn Hildebrand hat.

- ☐ Während der Probezeit gilt die gesetzliche Kündigungsfrist von vier Wochen zum Fünfzehnten oder zum Ende des Kalendermonats.
- ☐ Während der Probezeit kann der Arbeitgeber sofort, der Arbeitnehmer innerhalb von zwei Wochen kündigen.
- ☐ Während der Probezeit gilt eine gesetzliche Kündigungsfrist von zwei Wochen.

- ☐ Während der Probezeit kann ihm der Arbeitgeber nur kündigen, wenn er vorsätzlich gegen seine Vertragspflichten verstößt.
- ☐ Sein Arbeitsverhältnis ist nach sechs Monaten automatisch beendet.

Lösung s. Seite 149

Aufgabe 7: Kündigungsschutzklage, Einreichungsfrist

INFO

Für den Arbeitnehmer besteht die Möglichkeit, sich über eine Kündigungsschutzklage gegen eine Kündigung zu wehren.

Die Sport Equipment AG hat Volker Endres, 40 Jahre, wegen mehrerer Verstöße gegen die Arbeitszeitbestimmungen form- und fristgerecht ordentlich gekündigt, nachdem sie ihn vorher erfolglos abgemahnt hatte. Herr Endres erwägt, gegen die Kündigung vor dem zuständigen Arbeitsgericht zu klagen. Bestimmen Sie die nach dem Kündigungsschutzgesetz zutreffenden Aussagen.

- ☐ Herr Endres kann innerhalb von drei Wochen nach Zugang der Kündigung Einspruch beim Betriebsrat einlegen.
- ☐ Herr Endres kann nur dann eine Kündigungsschutzklage einreichen, wenn er vorab innerhalb einer Woche Einspruch gegen die Kündigung beim Betriebsrat eingelegt hat.
- ☐ Herr Endres hat binnen einer Woche Einspruch beim Betriebsrat eingelegt. Hält dieser den Einspruch gegen die Kündigung für begründet, so muss Herr Endres binnen drei Wochen vor dem zuständigen Arbeitsgericht Klage erheben.
- ☒ Herr Endres kann innerhalb von drei Wochen nach Zugang der Kündigung vor dem zuständigen Arbeitsgericht Klage erheben und beantragen, dass das Arbeitsgericht feststellen soll, dass das Arbeitsverhältnis durch die Kündigung nicht aufgelöst ist.
- ☐ Die Ausschlussfrist für die Klage vor dem Arbeitsgericht beträgt nach Zugang der Kündigung eine Woche.
- ☒ Herr Endres hat trotzdem die Möglichkeit, vor dem Arbeitsgericht Klage auf Feststellung zu erheben, auch wenn der Betriebsrat den Einspruch gegen die Kündigung für unbegründet hält.

Lösungen s. Seite 149

Aufgabe 8: Mitwirkung des Betriebsrats bei Kündigung

Tobias Neundörfer, 31 Jahre, Vater von zwei Kindern, erhält aus betriebsbedingten Gründen die Kündigung. Da er diese für sozial ungerechtfertigt hält, wendet er sich an den Betriebsrat. Prüfen Sie, welche der folgenden Aussagen zu den Kündigungsmodalitäten richtig sind.

- ☐ Der Betriebsrat muss in Kündigungsfragen angehört werden. Der Arbeitnehmer kann innerhalb von drei Wochen nach Zugang der schriftlichen Kündigung Klage beim zuständigen Arbeitsgericht einreichen.
- ☐ Der Betriebsrat muss in Kündigungsfragen angehört werden. Hält er die Kündigung für ungerechtfertigt, dann darf der Arbeitgeber nicht kündigen.
- ☐ Der Betriebsrat muss in Kündigungsfragen angehört werden. Sofern er die Kündigung für sozial ungerechtfertigt hält, muss er innerhalb von drei Wochen Kündigungsschutzklage beim zuständigen Arbeitsgericht einreichen.
- ☐ Der Betriebsrat kann der Kündigung mit dem Ziel widersprechen, eine Verständigung mit dem Arbeitgeber über eine Weiterbeschäftigung herbeizuführen.
- ☐ Der Betriebsrat kann in Kündigungsfragen angehört werden. Auch ohne seine Zustimmung wird die Kündigung wirksam.
- ☐ Der Betriebsrat muss in Kündigungsfragen nicht angehört werden. Auch ohne die Anhörung des Betriebsrats wird die Kündigung wirksam.

Lösungen s. Seite 150

Aufgabe 9: Besonderer Kündigungsschutz

Aufgrund von Rationalisierungsmaßnahmen ist die Jung AG (300 Mitarbeiter) gezwungen, Arbeitsplätze abzubauen. Prüfen Sie, welche Arbeitsverhältnisse am frühesten durch Kündigung beendet werden können.

- ☐ Simone Braun, 24 Jahre alt, seit fünf Jahren im Unternehmen, wurde vor einem Jahr in die Jugend- und Auszubildendenvertretung gewählt.
- ☐ Simon Roth, 22 Jahre, wurde vor einem Jahr nach der Ausbildung in ein unbefristetes Arbeitsverhältnis übernommen.
- ☐ Werner Helmschrott, 50 Jahre alt, Industriekaufmann, seit 25 Jahren im Unternehmen.
- ☐ Andrea König, 38 Jahre alt, Industriekauffrau, alleinerziehende Mutter einer vierjährigen Tochter, seit zwei Jahren im Unternehmen.
- ☐ Norbert Krön, 30 Jahre, Industriekaufmann, seit vier Monaten im Unternehmen.

Lösungen s. Seite 150

Aufgabe 10: Allgemeiner Kündigungsschutz

Stellen Sie fest, welche der folgenden Aussagen zum Kündigungsschutz richtig sind.

- ☐ Wenn der Betriebsrat Kündigungen für sozial ungerechtfertigt hält, kann der Arbeitgeber innerhalb einer Frist von drei Wochen Klage vor dem zuständigen Arbeitsgericht einreichen.
- ☐ Durch Tarifverträge können die gesetzlichen Kündigungsfristen nur zugunsten der Arbeitnehmer verlängert werden.
- ☐ Ordentliche Kündigungen von Mitgliedern des Betriebsrats sind nach dem Betriebsverfassungsgesetz ausgeschlossen.

☐ Der Betrag der Abfindung darf nach dem Kündigungsschutzgesetz zwölf Monatsverdienste nicht übersteigen.

☐ Eine Kündigung aus betrieblichen Gründen ist sozial ungerechtfertigt, wenn der zu kündigende Arbeitnehmer an einem anderen Arbeitsplatz weiterbeschäftigt werden könnte, der Arbeitgeber ihm dieses aber nicht angeboten hat.

Lösung s. Seite 151

Aufgabe 11: Kündigung

Die Sport Equipment AG hat 350 Mitarbeiter und möchte der Industriekauffrau Kerstin Spörlein, die seit einem Jahr im Betrieb tätig ist, kündigen.

a) Worin unterscheiden sich ordentliche und außerordentliche Kündigung?

b) Welche Voraussetzungen muss die Sport Equipment AG für eine sozial gerechtfertigte Kündigung beachten?

c) Zeigen Sie Möglichkeiten auf, wie sich Frau Spörlein gegen die Kündigung wehren kann.

d) Am Tag des Zugangs der schriftlichen Kündigung legt Frau Spörlein ein ärztliches Attest über das Bestehen einer Schwangerschaft vor. Begründen Sie, ob Frau Spörlein gekündigt werden kann.

Lösungen s. Seite 151

Aufgabe 12: Kündigungsschutzklage, Gericht

Herr Klaus Augenthaler, Arbeitnehmer der Sport Equipment AG, steht wegen einer Kündigung mit seinem Arbeitgeber im Rechtsstreit. Der Rechtsstreit konnte vorab in einem Güterverfahren nicht durch Vergleich beigelegt werden. Nun möchte Herr Augenthaler Klage erheben. Welches Gericht ist zuständig?

☐ Sozialgericht Erlangen

☐ Landesarbeitsgericht Nürnberg

☒ Arbeitsgericht Erlangen

☐ Bundesarbeitsgericht in Erfurt

☐ Amtsgericht Erlangen

Lösung s. Seite 152

Aufgabe 13: Kündigung eines Ausbildungsvertrags I

Kilian Goppert ist Auszubildender zum Industriekaufmann. Trotz anfänglicher Begeisterung ist er sich nach Ablauf der Probezeit nicht mehr sicher, ob er wirklich den richtigen Ausbildungsberuf gewählt hat. Er überlegt, ob er nicht eine Ausbildung zum Schreiner beginnen kann. Prüfen Sie, ob er nach dem Berufsbildungsgesetz seinen Ausbildungsvertrag kündigen kann.

Nach Ablauf der Probezeit ...

- ☐ kann der Vertrag ausschließlich in beiderseitigem Einvernehmen aufgelöst werden.
- ☐ kann Herr Goppert den Vertrag schriftlich mit einer Frist von vier Wochen kündigen, wenn er sich für einen anderen Beruf ausbilden lassen will.
- ☐ kann Herr Goppert nur während der ersten Hälfte seiner Ausbildung den Vertrag schriftlich unter Einhaltung einer Frist von vier Wochen kündigen.
- ☐ kann der Vertrag stets von beiden Seiten gekündigt werden, wenn eine Kündigungsfrist von vier Wochen eingehalten wird.
- ☐ kann der Vertrag durch Herrn Goppert nur gegen Zahlung einer Vertragsstrafe aufgelöst werden.

Lösung s. Seite 152

Aufgabe 14: Beendigung eines Ausbildungsvertrags

Welche Aussagen zum Berufsausbildungsverhältnis von Jessica Benedikt (17-jährige Auszubildende der Sport Equipment AG) sind richtig?

- ☐ Während der Probezeit kann sowohl Frau Benedikt als auch die Sport Equipment AG das Ausbildungsverhältnis ohne Angaben von Gründen fristlos kündigen.
- ☐ Die Dauer der Probezeit beträgt bei Ausbildungsverhältnissen in der Industrie mindestens sechs Monate.
- ☐ Das Berufsausbildungsverhältnis endet stets erst mit Ablauf der im Ausbildungsvertrag vorgesehenen Ausbildungszeit.
- ☐ Besteht Frau Benedikt vor Ablauf der Ausbildungszeit die Abschlussprüfung, so endet das Berufsausbildungsverhältnis mit Bestehen der Abschlussprüfung.
- ☐ Wird Frau Benedikt im Anschluss an das Berufsausbildungsverhältnis von der Sport Equipment AG beschäftigt, ohne dass hierüber ausdrücklich etwas vereinbart worden ist, so wird hierdurch ein auf ein Jahr befristetes Arbeitsverhältnis begründet.
- ☐ Das Berufsausbildungsverhältnis kann nach der Probezeit von Frau Benedikt ohne Einhaltung einer Kündigungsfrist gekündigt werden, wenn sie sich für eine andere Berufstätigkeit ausbilden lassen will.

Lösungen s. Seite 153

Aufgabe 15: Kündigung eines Ausbildungsvertrags II

Eine Auszubildende, die am 01.09. im Jahr 00 ihre Ausbildung zur Industriekauffrau bei der Sport Equipment AG begonnen hat, fragt Sie als Mitglied der Jugend- und Auszubildendenvertretung, zu welchem Zeitpunkt ihr Ausbildungsverhältnis endet, wenn sie am 05.03. des Jahres 01 die Kündigung einreicht, da sie sich entschlossen hat, einen anderen Beruf zu erlernen.

Ermitteln Sie mithilfe des abgebildeten Kalenderauszuges den Tag, mit dessen Ablauf das Ausbildungsverhältnis enden würde.

Jahr 01																
	Januar					Februar					März					
Woche	1	2	3	4	5	5	6	7	8	9	9	10	11	12	13	14
Montag		5	12	19	26		2	9	16	23		2	9	16	23	30
Dienstag		6	13	20	27		3	10	17	24		3	10	17	24	31
Mittwoch		7	14	21	28		4	11	18	25		4	11	18	25	
Donnerstag	1	8	15	22	29		5	12	19	26		5	12	19	26	
Freitag	2	9	16	23	30		6	13	20	27		6	13	20	27	
Samstag	3	10	17	24	31		7	14	21	28		7	14	21	28	
Sonntag	4	11	18	25		1	8	15	22		1	8	15	22	29	
	April					Mai					Juni					
Woche	14	15	16	17	18	18	19	20	21	22	23	24	25	26	27	
Montag		6	13	20	27		4	11	18	25	1	8	15	22	29	
Dienstag		7	14	21	28		5	12	19	26	2	9	16	23	30	
Mittwoch	1	8	15	22	29		6	13	20	27	3	10	17	24		
Donnerstag	2	9	16	23	30		7	14	21	28	4	11	18	25		
Freitag	3	10	17	24		1	8	15	22	29	5	12	19	26		
Samstag	4	11	18	25		2	9	16	23	30	6	13	20	27		
Sonntag	5	12	19	26		3	10	17	24	31	7	14	21	28		

Lösung s. Seite 153

Aufgabe 16: Kündigung eines Ausbildungsvertrags III

Tina und Jenny, beide 17 Jahre alt, haben vor einem halben Jahr eine Ausbildung zur Industriekauffrau bei der Sport Equipment AG begonnen. Tina möchte nun zur Bikewelt GmbH nach Nürnberg wechseln und dort ihre Ausbildung fortsetzen. Jenny ist sehr unglücklich mit ihrer Berufswahl und hat festgestellt, dass ihr der Beruf der Industriekauffrau nicht liegt. Sie möchte daher eine Ausbildung zur Medizinischen Fachangestellten beginnen und hat auch bereits eine Ausbildungspraxis gefunden, die sie sofort einstellen würde. Der Ausbilder der Sport Equipment AG will die beiden Auszubildenden nicht gehen lassen.

Wie ist die Rechtslage?

Lösung s. Seite 153

Aufgabe 17: Tarifvertragsparteien

Welche Vertragspartner können Tarifverträge rechtsgültig abschließen?

- ☐ ein einzelner Arbeitgeber und ein einzelner Arbeitnehmer
- ☐ ein einzelner Arbeitgeber und der Betriebsrat
- ☒ ein einzelner Arbeitgeber und die für den Betrieb zuständige Gewerkschaft
- ☐ das Bundesministerium für Arbeit und Soziales sowie der Deutsche Gewerkschaftsbund

- ☐ der Präsident des FC Bayern München e. V. und ein Spielerberater
- ☐ der Arbeitgeberverband und der Betriebsrat
- ☐ der Arbeitgeberverband und die Gewerkschaften

Lösungen s. Seite 154

Aufgabe 18: Tarifautonomie I

INFO

Eine Einflussnahme auf die Ergebnisse der Verhandlungen zwischen den beiden Tarifparteien durch staatliche Institutionen ist untersagt. Tarifverträge werden daher unabhängig von staatlichen Einflüssen ausgehandelt.

Aus welchem Gesetz ist die Tarifautonomie abzuleiten?

- ☐ Handelsgesetzbuch
- ☐ Kündigungsschutzgesetz
- ☐ Betriebsverfassungsgesetz
- ☐ Grundgesetz
- ☐ Bürgerliches Gesetzbuch
- ☐ Mitarbeiterbestimmungsgesetz

Lösung s. Seite 154

Aufgabe 19: Tarifautonomie II

Die Sport Equipment AG und die IG Metall befinden sich aktuell in schwierigen Tarifverhandlungen. Welcher Sachverhalt stellt in diesem Zusammenhang einen Verstoß gegen das Prinzip der Tarifautonomie dar?

- ☐ Die IG Metall ruft nach dem Scheitern der Tarifverhandlungen mit der Sport Equipment AG zur ersten Urabstimmung auf.
- ☐ Die Sport Equipment AG stimmt dem Schlichtungsverfahren zu.
- ☐ Die Sport Equipment AG sperrt nach den gescheiterten Tarifverhandlungen die gewerkschaftlich organisierten Arbeitnehmer aus.
- ☐ Nach Wiederaufnahme der Verhandlungen bietet die Sport Equipment AG der IG Metall an, das Entgelt aller Arbeitnehmer um 2,3 % zu erhöhen.
- ☐ Der Bundesarbeitsminister setzt nach wochenlangen Arbeitskämpfen fest, dass die Arbeitgeber bundesweit das Entgelt für alle Arbeitnehmer der Metall- und Elektroindustrie um 2,5 % anheben müssen.

Lösung s. Seite 154

Aufgabe 20: Allgemeinverbindlichkeit

Wer kann einen Tarifvertrag für allgemeinverbindlich erklären?

- ☐ der Bundesminister für Arbeit und Soziales
- ☐ der Bundesminister für Wirtschaft und Technologie
- ☐ die Bundeskanzlerin
- ☐ Arbeitgeberverbände und Gewerkschaften mit einer gemeinsamen Erklärung
- ☐ die Tarifpartner auf Antrag des Bundesarbeitsministeriums

Lösung s. Seite 155

Aufgabe 21: Arbeitskampf

INFO

Während der Laufzeit eines Tarifvertrags sind die Tarifpartner zum Arbeitsfrieden verpflichtet (Friedenspflicht). Wenn die Tarifverhandlungen für gescheitert erklärt wurden, kann die Gewerkschaft nach einer Urabstimmung zum Streik aufrufen, um ihre Forderungen durchzusetzen. Auf einen Streik können die Arbeitgeber mit Aussperrung reagieren.

Welche Aussage trifft auf die Arbeitskampfmaßnahme Aussperrung zu?

- ☐ Unter Aussperrung versteht man die planmäßig organisierte Arbeitsniederlegung aller Arbeitnehmer eines Betriebs.
- ☐ Unter Aussperrung versteht man die planmäßig organisierte Arbeitsniederlegung aller gewerkschaftlich organisierten Arbeitnehmer eines Betriebs.
- ☐ Aussperrung bedeutet die Nichtzulassung der Arbeitnehmer zur Arbeit bei gleichzeitiger Verweigerung der Lohn- und Gehaltszahlung.
- ☐ Aussperrung bedeutet die ordentliche Kündigung des Arbeitsverhältnisses in den betroffenen Betrieben.
- ☐ Im Rahmen eines Insolvenzverfahrens sperrt der Insolvenzverwalter den Betrieb zu, da das Verfahren mangels Masse eingestellt wurde.
- ☐ Die gewerkschaftlich organisierten Arbeiternehmer legen für einen befristeten Zeitraum die Arbeit nieder, um ihren Forderungen gegenüber den Arbeitgebern Nachdruck zu verleihen.

Lösung s. Seite 155

Aufgabe 22: Ablauf von Tarifverhandlungen

INFO

Tarifverhandlungen beginnen, wenn der alte Tarifvertrag ausläuft (Fristablauf) oder von einer Tarifvertragspartei gekündigt wird.

Bringen Sie die nachfolgenden Schritte bezüglich des Ablaufs von „idealtypischen" Tarifverhandlungen in die richtige Reihenfolge.

a) Erste Urabstimmung: 90 % der gewerkschaftlich organisierten Arbeitnehmer stimmen einem befristeten Streik zu.
b) fristgemäße Kündigung des alten Entgelttarifvertrags
c) neue Verhandlungen während des Streiks
d) Aufnahme der Verhandlungen zwischen den beiden Tarifparteien
e) Die Gewerkschaft erklärt die Tarifverhandlungen für gescheitert.
f) Zweite Urabstimmung: 50 % der gewerkschaftlich organisierten Arbeitnehmer nehmen den ausgehandelten Kompromissvorschlag an.
g) Der Arbeitgeberverband lehnt den Schlichtungsvorschlag ab.
h) Der neue Entgelttarifvertrag tritt in Kraft.
i) Schwerpunktstreiks und Aussperrung

Lösung s. Seite 156

Aufgabe 23: Tarifvertragsarten

Nach erfolgreichen Verhandlungen zwischen den Tarifpartnern liegt der neue Entgelttarifvertrag vor. Stellen Sie fest, welche Regelung in diesem Tarifvertrag festgelegt wurde.

- ☐ die Höhe der Zuschläge für Überstunden
- ☐ die Anzahl der Urlaubstage
- ☐ die Vergütung in den einzelnen Entgeltgruppen
- ☐ die Entgeltfortzahlung im Krankheitsfall
- ☐ die Höhe der Vermögenswirksamen Leistungen des Arbeitgebers
- ☐ die Dauer der wöchentlichen Arbeitszeit
- ☐ die Regelungen zur Gleit- und Kernarbeitszeit

Lösung s. Seite 157

3. Rechtliche Rahmenbedingungen und Rechtsgeschäfte

Das Abschließen von Geschäften ist eine zentrale Aufgabe von Kaufleuten und ist vor allem für die Bereiche Beschaffung und Absatz von maßgeblicher Bedeutung. Für das Vertragsrecht bilden das BGB und das HGB wesentliche Rechtsgrundlagen. Hierin wird festgelegt, welche Arten von Verträgen abgeschlossen werden können, unter welchen Bedingungen Verträge zustande kommen und was passiert, wenn Vertragspflichten nicht erfüllt werden. In diesem Kapitel sollen aber auch rechtliche Rahmenbedingungen betrachtet werden, die als Grundlage des Vertragsrechts gelten.

Aufgabe 1: Öffentliches Recht

Welche Aussage zum öffentlichen Recht ist richtig?

- ☐ Es regelt alle Vertragsverhältnisse zwischen dem Staat und Privatpersonen.
- ☐ Bereiche des öffentlichen Rechts sind Handelsrecht und Strafrecht.
- ☐ Es enthält arbeitsrechtliche Regelungen für alle Angestellten des öffentlichen Dienstes.
- ☐ Es regelt Rechtsverhältnisse zwischen Privatpersonen und dem Staat nach dem Prinzip der Gleichordnung.
- ☒ Es regelt Rechtsverhältnisse zwischen Staat und Privatpersonen nach dem Prinzip der Über- und Unterordnung.

Lösung s. Seite 158

Aufgabe 2: Privatrecht

Welche Aussagen zum Privatrecht sind richtig?

- ☐ Das Steuerrecht ist Teil des Privatrechts.
- ☐ Das Privatrecht regelt Rechtsverhältnisse zwischen Privatpersonen und Staat nach dem Prinzip der Gleichordnung.
- ☐ Das Privatrecht regelt Rechtsverhältnisse zwischen Privatpersonen untereinander nach dem Prinzip der Über- und Unterordnung.
- ☒ Das Privatrecht regelt Rechtsverhältnisse zwischen Privatpersonen untereinander nach dem Prinzip der Gleichordnung.
- ☒ Das Privatrecht regelt Rechtsverhältnisse zwischen Privatpersonen und Unternehmen nach dem Prinzip der Gleichordnung.
- ☐ Das Privatrecht regelt ausschließlich Rechtsbeziehungen zwischen Privatpersonen.

Lösungen s. Seite 158

Aufgabe 3: Rechtsbereiche I

Welche der folgenden Aussagen ist richtig?

- ☐ Privatrechtliche Gesetzesregelungen sind zwingendes Recht, von dem nicht abgewichen werden darf.

- ☐ Das BGB gehört zum Bereich des öffentlichen Rechts, da es für jeden gilt.
- ☒ Von den Regelungen des BGB kann nicht abgewichen werden, da damit vom Grundsatz der Gleichordnung abgewichen würde.
- ☐ Die Verfassung regelt ausschließlich Rechtsverhältnisse zwischen staatlichen Einrichtungen.
- ☐ Das BGB regelt Rechtsbeziehungen zwischen Bürger und Staat.
- ☐ Das BGB ist als Bereich des privaten Rechts kein zwingendes Recht.

Lösung s. Seite 158

Aufgabe 4: Rechtsbereiche II

Die Stadt Nürnberg kauft für einen städtischen Sportverein von der Sport Equipment AG eine Kletterwand. Nach drei Wochen sind einige der Klettergriffe locker, da sie offensichtlich nur unzureichend verschraubt waren. Die Stadt Nürnberg fordert die Sport Equipment AG zur kostenlosen Reparatur der Kletterwand auf.

Auf welchen Bereich des Rechts bezieht sich dieser Anspruch?

- ☐ Öffentliches Recht
- ☒ Privates Recht
- ☐ Strafrecht
- ☐ Verwaltungsrecht
- ☐ Gemeinderecht

Lösung s. Seite 159

Aufgabe 5: Rechtsverordnungen

Welche Aussage zu Rechtsverordnungen ist richtig?

- ☐ Sie stellen die Gesamtheit aller Rechtsnormen eines Landes dar.
- ☐ Sie können von allen juristischen Personen erlassen werden.
- ☐ Sie werden aufgrund eines Gesetzes erlassen.
- ☒ Sie werden vom Bundesverfassungsgericht erlassen.
- ☐ Sie stehen in der Rangordnung über den Gesetzen und behalten deshalb ihre Gültigkeit auch, wenn die zugrunde gelegten Gesetze aufgehoben werden.

Lösung s. Seite 159

Aufgabe 6: Rechtsquellen

Ordnen Sie die folgenden Fälle jeweils der Institution zu, die für den Erlass der betreffenden Rechtsquelle infrage kommt.

a) Die für Nürnberg gültige Hundesteuer wird erhöht.

b) Der Spitzensteuersatz der Einkommensteuer wird gesenkt.

c) Für die Erhebung der Einkommensteuer wird eine neue Durchführungsverordnung erlassen.

d) Für die Bundesrepublik Deutschland wird ein neues Einwanderungsgesetz beschlossen.

e) Die Satzung der Sport Equipment AG wird geändert.

f) Das Grundgesetz der Bundesrepublik Deutschland soll geändert werden.

g) Das Bayerische Gesetz über das Erziehungs- und Unterrichtswesen wird geändert.

Für den Erlass zuständige Institution	Fall (Buchstaben)
Deutscher Bundestag	
Stadt Nürnberg	
Bundesregierung	
Bayerischer Landtag	
Keine der genannten Institutionen	

Lösungen s. Seite 159

Aufgabe 7: Rechtsobjekte – vertretbare Sachen

INFO

Als Rechtsobjekte werden Gegenstände des Rechts bezeichnet. Es wird unterschieden in Sachen und Rechte.

Bei Sachen wird unterschieden zwischen

- unbeweglichen Sachen und beweglichen Sachen
- vertretbaren Sachen und nicht vertretbaren Sachen.

In welchen Fällen handelt es sich um vertretbare Sachen?

- ☐ ein Ölgemälde
- ☐ ein 50-Euro-Schein
- ☐ ein Patent
- ☐ eine Lizenz
- ☐ eine Packung Nägel
- ☐ eine Geldforderung gegenüber einem Kunden
- ☐ ein Gebrauchtwagen

Lösungen s. Seite 160

Aufgabe 8: Rechtsobjekte – unbewegliche Sachen

In welchen Fällen handelt es sich um unbewegliche Sachen?

- ☐ Kiesgrube
- ☐ Wohnwagen
- ☐ CNC-Maschine
- ☐ Mülleimer
- ☐ Zelt
- ☐ Laserdrucker
- ☐ Fabrikschornstein

Lösungen s. Seite 160

Aufgabe 9: Rechtsobjekte

Ordnen Sie die folgenden Fälle jeweils der passenden Art von Rechtsobjekten zu.

a) Herr Meyer erwirbt Aktien der Sport Equipment AG.

b) Die Sport Equipment AG erwirbt die Lizenz, ein Fertigungsverfahren anzuwenden, das durch ein Patent geschützt ist.

c) Frau Weber kauft beim Fahrradhändler ein gebrauchtes Fahrrad.

d) Ein Sportgeschäft bestellt aus dem Katalog der Sport Equipment AG fünf Bikerhelme eines bestimmten Types.

e) Herr Weller lässt sich beim Schneider einen Maßanzug anfertigen.

f) Der Multimillionär Abrahamovic lässt bei einer Werft eine Luxusyacht mit zahlreichen Sonderwünschen bauen.

g) Die Sport Equipment AG fordert von einem Kunden die Bezahlung einer noch offenen Rechnung.

Arten von Rechtsobjekten	**Fall**
Vertretbare Sachen	
Nicht vertretbare Sachen	
Rechte	

Lösung s. Seite 161

Aufgabe 10: Eigentum

INFO

Eigentum ist die rechtliche Herrschaft über eine Sache. Besitz bedeutet die tatsächliche Herrschaft über eine Sache zu haben.

- **§ 854 BGB Abs. 1:** Der Besitz einer Sache wird durch die Erlangung der tatsächlichen Gewalt über die Sache erworben.
- **§ 929 BGB:** Zur Übertragung des Eigentums an einer beweglichen Sache ist erforderlich, dass der Eigentümer die Sache dem Erwerber übergibt und beide darüber einig sind, dass das Eigentum übergehen soll. Ist der Erwerber im Besitz der Sache, so genügt die Einigung über den Übergang des Eigentums.

Die Einigung erfolgt durch übereinstimmende Willenserklärungen im Rahmen eines Vertragsabschlusses.

Welche Aussage zum Eigentum ist richtig?

- ☐ Der Eigentümer eines Rindermastbetriebs kann nach Belieben mit den Tieren verfahren.
- ☐ Der Besitzer einer Wohnung muss nicht zwangsläufig auch deren Eigentümer sein.
- ☐ Bei Immobilien ist der Eigentümer immer gleichbedeutend mit dem Besitzer.
- ☐ Eigentum ist die tatsächliche Herrschaft über eine Sache.
- ☐ Nur bewegliche Sachen können den Eigentümer wechseln.

Lösung s. Seite 161

Aufgabe 11: Eigentumsübergang I

Welche Aussage zum Eigentumsübergang ist richtig?

- ☐ Der Käufer einer beweglichen Sache wird mit Abschluss des Kaufvertrags Eigentümer der Sache.
- ☐ Das Eigentum an einer unbeweglichen Sache geht mit der Einigung über die Eigentumsübertragung auf den Käufer über.
- ☐ Das Eigentum an einer beweglichen Sache geht mit Einigung und Übergabe auf den Käufer über.
- ☐ Einigung und Übergabe einer beweglichen Sache müssen zur gleichen Zeit erfolgen, damit das Eigentum übergeht.
- ☐ Zwischen beweglichen und unbeweglichen Sachen gibt es hinsichtlich der Eigentumsübertragung keine Unterschiede.

Lösung s. Seite 161

Aufgabe 12: Eigentumsübergang II

In welchen Fällen ist eine Eigentumsübertragung erfolgt?

- ☐ Ein Sport-Center gibt bei der Sport Equipment AG eine künstliche Kletterwand in Auftrag. Über den Kaufpreis ist man sich einig. Der Sport-Center bezahlt bereits im Voraus.
- ☐ Die Sport Equipment AG verkauft ein Betriebsgrundstück an die Star-Rad GmbH. Der Kaufvertrag und die Einigungserklärung wurden bereits von einem Notar beurkundet.
- ☐ Herr Kunz bestellt beim Blumenhändler telefonisch einen Blumenstrauß. Der Blumenhändler nimmt die Bestellung an und liefert den Strauß zur Wohnung von Herrn Kunz, der den Strauß entgegennimmt. Herr Kunz hat noch nicht bezahlt.
- ☐ Herr Wittke kauft ein Fahrrad bei einem Fahrradhändler. Das Fahrrad steht unter Eigentumsvorbehalt des Händlers. Der Händler übergibt Herrn Wittke das Fahrrad. Herr Wittke hat noch nicht bezahlt.
- ☐ Frau Blum findet auf der Straße eine verloren gegangene Uhr. Da sie nicht weiß, wem sie gehört, behält sie die Uhr.
- ☐ Herr Walz kauft bei einem Sporthändler ein Fahrrad. Was Herr Walz nicht weiß: das Fahrrad steht noch unter Eigentumsvorbehalt des Herstellers. Herr Walz nimmt das Fahrrad mit nach Hause.
- ☐ Herr Ilgner kauft bei einem Schmuckhändler eine Goldkette und schenkt sie seiner Freundin. Was sowohl Herr Ilgner als auch seine Freundin nicht wissen: die Kette wurde von Dieben gestohlen und an den Schmuckhändler verkauft.

Lösungen s. Seite 162

Aufgabe 13: Eigentum und Besitz

Herr Lorenz mietet für zwei Tage einen Lkw bei der Autorent GmbH. Er fährt mit dem Lkw zu seiner alten Wohnung, die er ausräumen möchte. Welche Aussage beschreibt den Sachverhalt zutreffend?

- ☐ Die Autorent GmbH ist Eigentümer und Besitzer des Lkw.
- ☐ Herr Lorenz darf nach Belieben mit dem Lkw verfahren.
- ☐ Sowohl Herr Lorenz als auch die Autorent GmbH sind Besitzer des Lkw.
- ☐ Die Autorent GmbH hat für zwei Tage das Eigentum am Lkw an Herrn Lorenz übertragen.
- ☐ Die Autorent GmbH ist Eigentümer, Herr Lorenz Besitzer des Lkw.

Lösung s. Seite 162

Aufgabe 14: Rechtssubjekte I

INFO

Als Rechtssubjekte bezeichnet man Personen, die Träger des Rechts sind. Voraussetzung hierfür ist deren Rechtsfähigkeit. Es wird unterschieden in natürliche und juristische Personen.

Unter der Geschäftsfähigkeit versteht man die Fähigkeit, eigene Willenserklärungen rechtswirksam abgeben zu können. Das BGB nimmt drei Abstufungen vor, die sich nach Alter und geistiger Reife der Person richten:

- Geschäftsunfähigkeit: Personen, vor Vollendung des 7. Lebensjahres und Personen, die sich in einem Zustand krankhafter Störung der Geistestätigkeit befinden
- beschränkte Geschäftsfähigkeit: Personen, die das 7. Aber noch nicht das 18. Lebensjahr vollendet haben
- unbeschränkte Geschäftsfähigkeit: Personen, die das 18. Lebensjahr vollendet haben.

Geben Sie an, ob die folgenden Aussagen richtig oder falsch sind:

Aussagen	Richtig oder falsch?
Sachen gehören zu den Rechtssubjekten.	
Immobilien sind vertretbare Sachen.	
Ein neunjähriges Kind ist beschränkt rechtsfähig.	
Willenserklärungen von Minderjährigen sind immer nichtig.	
Personen zwischen 7 und 18 Jahren sind beschränkt geschäftsfähig.	
Eine juristische Person kann nicht beschränkt geschäftsfähig sein.	
Als Gesellschafter einer GmbH ist Herr Müller eine juristische Person.	

Lösungen s. Seite 163

Aufgabe 15: Rechtssubjekte II

Ordnen Sie zu:

[1] juristische Person des öffentlichen Rechts

[2] juristische Person des privaten Rechts

[3] keine juristische Person

Industrie- und Handelskammer [ ]

Berufsgenossenschaften [ ]

Eingetragene Vereine	[ ]
Aktiengesellschaften	[ ]
Genossenschaften	[ ]
Sparkassen	[ ]
Kommanditgesellschaften	[ ]
Universitäten	[ ]
nicht eingetragene Vereine	[ ]
Rundfunkanstalten der ARD	[ ]

Lösungen s. Seite 163

Aufgabe 16: Juristische Personen

Bei welchen der folgenden Personen handelt es sich um juristische Personen?

- ☐ Amtsrichter Faller
- ☐ Müller & Söhne OHG
- ☐ Drechsler Baumaschinen GmbH
- ☐ Notar Lüder
- ☐ Sport Equipment AG
- ☐ Vorstandsvorsitzender einer Aktiengesellschaft
- ☐ Freistaat Bayern
- ☐ Schreinerei Lang e. K.
- ☐ Robert Bosch Stiftung

Lösungen s. Seite 164

Aufgabe 17: Rechtsfähigkeit

Wann beginnt die Rechtsfähigkeit einer GmbH?

- ☐ mit der Aufnahme ihrer Geschäftstätigkeit
- ☐ mit der Eintragung ins Grundbuch
- ☐ mit der Eintragung ins Handelsregister
- ☐ mit der notariellen Beurkundung der Satzung
- ☐ mit Abschluss des Gesellschaftervertrags

Lösung s. Seite 164

Aufgabe 18: Geschäftsfähigkeit

Welche Aussage zur Geschäftsfähigkeit ist richtig?

- ☐ Die Geschäftsfähigkeit einer natürlichen Person beginnt mit Vollendung der Geburt.

- ☐ Dauerhaft geisteskranke Menschen sind beschränkt geschäftsfähig.
- ☐ Die Geschäfte eines 19-Jährigen sind schwebend unwirksam.
- ☐ Beschränkt Geschäftsfähige benötigen für eine rechtswirksame Willenserklärung die Zustimmung des gesetzlichen Vertreters.
- ☐ Die Willenserklärungen eines 17-Jährigen sind bis zur Verweigerung der Zustimmung durch die gesetzlichen Vertreter grundsätzlich rechtswirksam.

Lösung s. Seite 164

Aufgabe 19: Willenserklärungen und deren Rechtsfolgen

Geben Sie an, ob in den folgenden Situationen durch die Abgabe der Willenserklärungen ein rechtswirksamer Vertrag zustande gekommen ist.

Situation	Ist ein rechtswirksamer Vertrag zustande gekommen?
Der 5-jährige Alexander kauft im Auftrag seiner Mutter beim Bäcker Brot.	
Der 9-jährige Udo kauft von seinem Taschengeld eine CD. Nach dem Kauf sagt seine Mutter, dass ihr dies nicht recht sei und er die CD zurückgeben soll.	
Der 15-jährige Harald kauft sich für 999 € ein Notebook.	
Die 8-jährige Evi bekommt von ihrer Tante 50 € geschenkt. Evis Mutter ist dagegen, da sie mit der Tante zerstritten ist.	
Der 16-jährige Klaus kauft ein Fahrrad, das einen Wert von über 500 € hat, für 100 €. Seine Eltern wissen bis jetzt noch nichts davon.	
Die 17-jährige Nicole verkauft an der Kasse eines Supermarktes Waren an die Kunden. Für den Nebenjob im Supermarkt hat sie die Zustimmung ihrer Eltern.	
Für den Nebenjob im Supermarkt kauft sich die 17-jährige Nicole die einheitliche Firmenkleidung des Supermarktes für 120 €.	
Der 16-jährige Paul kauft einen neuen Computer, den er in mehreren Monatsraten von seinem Taschengeld bezahlen will.	

Lösungen s. Seite 165

Aufgabe 20: Empfangsbedürftige Willenserklärungen

Welche Willenserklärung führt zu einem gültigen Rechtsgeschäft, ohne empfangsbedürftig zu sein?

- ☐ Angebot
- ☐ Anfechtung
- ☐ Testament
- ☐ Schenkung
- ☐ Bestellung

Lösung s. Seite 166

Aufgabe 21: Einseitige und mehrseitige Rechtsgeschäfte I

Geben Sie an, ob die folgenden Aussagen richtig oder falsch sind.

Aussagen	**Richtig oder falsch?**
Mehrseitige Rechtsgeschäfte sind immer auch mehrseitig verpflichtend.	
Der Schenkungsvertrag ist ein einseitiges Rechtsgeschäft.	
Bei einseitigen Rechtsgeschäften kann die Willenserklärung empfangsbedürftig oder nicht empfangsbedürftig sein.	
Bei zweiseitigen Rechtsgeschäften sind Willenserklärungen grundsätzlich empfangsbedürftig.	
Bei einer Kündigung handelt es sich um eine einseitige nicht empfangsbedürftige Willenserklärung.	
Eine Schenkung ist erst wirksam, wenn der Beschenkte zustimmt.	

Lösungen s. Seite 166

Aufgabe 22: Einseitige und mehrseitige Rechtsgeschäfte II

Ordnen Sie zu, um welche Arten von Rechtsgeschäften es sich bei den unten stehenden Sachverhalten handelt.

[1] einseitiges Rechtsgeschäft

[2] einseitig verpflichtender Vertrag

[3] mehrseitig verpflichtendes Rechtsgeschäft

Schenkungsvertrag [ ]

Arbeitsvertrag [ ]

Kaufvertrag [ ]

Testament [ ]

Bürgschaft [ ]

Kündigung [ ]

Lösungen s. Seite 166

Aufgabe 23: Vertragsarten I

Die Sport Equipment AG beauftragt einen freiberuflichen Informatiker, eine neue Software zur Lagerverwaltung zu entwickeln. Um welche Vertragsart handelt es sich?

☐ Kaufvertrag

☐ Dienstvertrag

☐ Leasingvertrag

☐ Werkvertrag

☐ Arbeitsvertrag

Lösung s. Seite 167

Aufgabe 24: Vertragsarten II

Um welche Vertragsarten handelt es sich?

Fall	Vertragsart
Frau Müller holt sich bei ihrer Nachbarin einen Liter Milch, mit der Zusage, am nächsten Tag einen Liter zurückzugeben.	
Da das Fahrrad von Frau Müller einen platten Reifen hat, benutzt sie für zwei Tage das Fahrrad ihrer Nachbarin (natürlich mit deren Zustimmung).	
Frau Müller übernimmt an zwei Nachmittagen in der Woche für eine Rechtsanwaltskanzlei Ablagetätigkeiten.	
Herr Wolf beschließt umzuziehen. Für 160 € am Tag besorgt er sich ein geeignetes Transportfahrzeug von der Autoverleih GmbH.	
Herr Wolf beauftragt ein Bauunternehmen mit dem Bau eines schlüsselfertigen Einfamilienhauses.	
Herr Wolf hat in seinem Wald fünf große Fichten gefällt. Er beauftragt ein Sägewerk damit, aus den Bäumen Bauholz für ein Gartenhaus zu machen.	
Die Baustoff AG darf gegen Entgelt ein Grundstück nutzen, um dort in einer Kiesgrube Kies zu fördern.	

Lösungen s. Seite 167

Aufgabe 25: Dienstvertrag

Welche Aussage zum Dienstvertrag ist richtig?

- ☐ Dienstverträge müssen immer zum gewünschten Arbeitserfolg führen.
- ☐ Ein Ausbildungsvertrag ist eine besondere Form des Dienstvertrags.
- ☐ Reparaturaufträge stellen Dienstverträge dar.
- ☐ Der Dienstvertrag ist eine besondere Form des Werkvertrags.
- ☐ Ein Arbeitsvertrag ist nur dann ein Dienstvertrag, wenn es sich um einen Dienstleistungsberuf handelt.

Lösung s. Seite 168

Aufgabe 26: Anfechtbarkeit und Nichtigkeit von Rechtsgeschäften

Welche Aussage über die Wirksamkeit von Rechtsgeschäften ist richtig?

- ☐ Alle Rechtsgeschäfte sind bis zur erfolgreichen Anfechtung rechtswirksam.
- ☐ Nichtige Rechtsgeschäfte sind anfechtbar.
- ☐ Im Falle eines Motivirrtums ist eine erfolgreiche Anfechtung nur möglich, wenn unverzüglich nach Entdeckung des Irrtums eine Anfechtungserklärung erfolgt.
- ☐ Im Falle einer arglistigen Täuschung beträgt die Anfechtungsfrist ein Jahr nach Entdeckung der Täuschung.
- ☐ Rechtsgeschäfte von Geschäftsunfähigen sind anfechtbar.

Lösung s. Seite 168

Aufgabe 27: Rechtsfolge bei Irrtum

Durch einen „Zahlendreher" auf dem Bestellschein werden der Sport Equipment AG anstelle von 18 Schlafsäcken 81 Schlafsäcke vom Hersteller geliefert. Welche Aussage ist richtig?

- ☐ Der Kaufvertrag ist nichtig, da die Willenserklärungen nicht übereinstimmen.
- ☐ Die Sport Equipment AG muss die Schlafsäcke annehmen, da sie den Fehler selbst verschuldet hat.
- ☐ Die Sport Equipment AG kann den Vertrag anfechten, muss aber eventuell entstandene Mehrkosten bezahlen.
- ☐ Es ist kein Kaufvertrag zustande gekommen, da der Hersteller keine Auftragsbestätigung geschickt hat.
- ☐ Der Kaufvertrag ist wirksam, die Sport Equipment AG kann jedoch innerhalb von vier Wochen von ihrem gesetzlichen Rückgaberecht Gebrauch machen.

Lösung s. Seite 168

Aufgabe 28: Nichtige Rechtsgeschäfte

Unter welchen Umständen ist eine Willenserklärung bereits zum Zeitpunkt ihrer Abgabe nichtig?

- ☐ arglistige Täuschung
- ☐ widerrechtliche Drohung
- ☐ dauerhafte krankhafte Störung der Geistestätigkeit
- ☐ Willenserklärung eines 7-jährigen Mädchens mit Einwilligung der Eltern
- ☐ Irrtum in der Übermittlung
- ☐ Scherzgeschäft

Lösungen s. Seite 169

Aufgabe 29: Rechtswirksamkeit von Verträgen

Beurteilen Sie die Rechtswirksamkeit und geben Sie an, ob die folgenden Rechtsgeschäfte nichtig, anfechtbar oder uneingeschränkt rechtswirksam sind:

Rechtsgeschäfte	Rechtswirksamkeit
Der 5-jährige Alexander kauft sich für 9,99 € ein Spielzeugauto.	
Zwei Kaufleute beschließen einen Grundstückskauf über 240.000 €. Um Grunderwerbsteuer zu sparen, beschließen sie, im notariellen Vertrag nur einen Kaufpreis von 160.000 € anzugeben. Der Differenzbetrag soll bar gezahlt werden.	
Die Sport Equipment AG stellt einen Mitarbeiter an, um Erzeugnisse an Großkunden auszuliefern. Erst später stellt sich heraus, dass der neue Mitarbeiter keinen Lkw-Führerschein besitzt.	
Ein sichtlich stark betrunkener Mann bietet einem Passanten an, dessen Fahrrad für 500 € abzukaufen. Der Passant willigt ein.	
Herr Müller kauft ein Ölgemälde in der Annahme, dass dieses im Wert steigt. Dies erweist sich jedoch als Irrtum, der Wert des Gemäldes sinkt innerhalb kurzer Zeit um 20 %.	
Harald Weber kauft in einem Elektrofachmarkt eine Hifi-Anlage in der Annahme, dass diese auch MP3-Formate abspielen kann. Zuhause stellt er fest, dass dies nicht möglich ist.	
Herr Eckert will von seinem Nachbarn eine kleine Rasenfläche kaufen, um einen zusätzlichen Stellplatz für ein Auto zu haben. Zum Abschluss des Geschäfts setzt er mit seinem Nachbarn einen schriftlichen Vertrag auf.	
Herr Friedrichs will seine Dreizimmerwohnung vermieten. Als eine Familie mit fünf Kindern, die dringend eine Wohnung sucht, anfragt, verlangt er das Vierfache der üblichen Miete. Aufgrund der Wohnungsnot ist die Familie gezwungen einzuwilligen.	

Rechtsgeschäfte	Rechtswirksamkeit
Durch einen Schreibfehler werden 200 statt 20 Packungen Kopierpapier bestellt.	
Durch die Vorlage eines gefälschten Zeugnisses erlangt Alexander S. einen Arbeitsvertrag.	

Lösungen s. Seite 169

Aufgabe 30: Formvorschriften

Welche Formvorschriften gelten für die folgenden Rechtsgeschäfte?

Rechtsgeschäfte	Formvorschrift
Herr und Frau Müller schließen einen Ehevertrag.	
Die Sport Equipment AG kauft ein Betriebsgrundstück.	
Frau Müller kündigt ihren Arbeitsvertrag bei der Sport Equipment AG.	
Die Sport Equipment AG lässt eine Grundschuld ins Grundbuch eintragen.	
Die Mutter von Frau Müller bürgt für ein Darlehen ihrer Tochter.	
Für die Mutter von Frau Müller wird ein Wohnrecht ins Grundbuch eingetragen.	
Familie Müller will einen Verein zur Nachbarschaftshilfe zum Eintrag ins Vereinsregister anmelden.	
Die Tochter von Frau Müller schließt einen Ausbildungsvertrag ab.	
Die Sport Equipment AG stellt sich für einen Geschäftspartner als Bürge bei der Bank zur Verfügung.	

Lösungen s. Seite 170

Aufgabe 31: Kaufvertragsinhalte

INFO

In einem Vertrag müssen neben der Bestimmung der Ware und des Preises auch festgelegt werden, wie Erfüllungsort, Gefahrenübergang, Gerichtsstand, Verpackungs- und Transportkosten und ein eventueller Eigentumsvorbehalt geregelt werden. Unterbleibt eine Festlegung im einzelnen Vertrag, so gelten die gesetzlichen Regelungen.

Geben Sie an, ob die folgenden Aussagen richtig oder falsch sind:

Aussagen	Richtig oder falsch?
Eine Bestellung stellt immer einen Antrag dar.	
Eine konkrete Anfrage ist kein Antrag.	
Der Antrag geht stets vom Käufer aus.	
Die Bindungsfrist an einen schriftlich abgegebenen Antrag beträgt eine Woche.	
Ein telefonisches Angebot ist nur für die Dauer des Gespräches bindend.	
Der gesetzliche Erfüllungsort für die Geldschuld befindet sich am Wohn-/Geschäftssitz des Käufers.	
Der Verkäufer trägt die Gefahr des Warentransportes, wenn im Vertrag nichts festgelegt wurde.	
Der Käufer trägt die Kosten für den Geldtransfer.	
Beim Kauf von Lebensmitteln handelt es sich immer um einen Verbrauchsgüterkauf.	
Beim Kauf von Lebensmittel kann es sich nie um einen Verbrauchsgüterkauf handeln.	
Beim Kauf nach Probe kann das gekaufte Gut bei Nichtgefallen zurückgegeben werden.	
Beim zweiseitigen Handelskauf kann der Gerichtsstand vertraglich frei vereinbart werden.	

Lösungen s. Seite 171

Aufgabe 32: Erfüllungsort und Gefahrenübergang

RECHTSGRUNDLAGEN

Der Erfüllungsort ist der Ort, an dem der Schuldner seine Leistung zu erbringen hat. Die gesetzliche Regelung laut § 269 Abs. 1 BGB lautet:

„Ist ein Ort für die Leistung weder bestimmt noch aus den Umständen, insbesondere aus der Natur des Schuldverhältnisses, zu entnehmen, so hat die Leistung an dem Ort zu erfolgen, an welchem der Schuldner zur Zeit der Entstehung des Schuldverhältnisses seinen Wohnsitz hatte.“

Bei Gewerbebetrieben gilt der Geschäftssitz.

Die Sport Equipment AG verkauft zehn Einräder an die Star-Rad GmbH. Welche Aussagen zum Gefahrenübergang und zum Erfüllungsort sind richtig?

☐ Der Gefahrenübergang ist am Geschäftssitz der Star-Rad GmbH, da es sich hier um eine Bringschuld handelt.

☐ Erfüllungsort ist der Geschäftssitz der Star-Rad GmbH, da sie Schuldnerin ist.

☒ Die Gefahr geht mit Übergabe der Einräder am Geschäftssitz der Sport Equipment AG auf die Star-Rad GmbH über.

☐ Die Einräder müssen laut gesetzlicher Regelung auf die Gefahr der Sport Equipment AG geliefert werden.

☐ Wird eine Lieferung vereinbart, geht die Gefahr mit Übergabe an den Spediteur von der Sport Equipment AG auf die Star-Rad GmbH über.

☐ Der Erfüllungsort kann vertraglich nicht frei festgelegt werden, da er gesetzlich vorgeschrieben ist.

Lösungen s. Seite 172

Aufgabe 33: Eigentumsvorbehalt

Welche der folgenden Aussagen ist richtig?

☐ Wenn im Vertrag keine Vereinbarung getroffen wird, gilt automatisch der einfache Eigentumsvorbehalt.

☒ Ware, die unter Eigentumsvorbehalt geliefert wurde, darf erst nach deren Bezahlung weiterverkauft werden.

☐ Werden Güter weiterverarbeitet, die unter einfachem Eigentumsvorbehalt geliefert wurden, erlischt der Eigentumsvorbehalt.

☐ Die Vereinbarung eines Eigentumsvorbehaltes kommt in der Praxis kaum vor, da sie nur schwer umsetzbar ist.

☐ Wenn ein Schuldner Insolvenz anmeldet, gehen auch die mit Eigentumsvorbehalt gelieferten Waren in die Insolvenzmasse ein.

Lösung s. Seite 172

Aufgabe 34: Transportkosten

Welche der folgenden Aussagen ist richtig?

☐ Im BGB ist geregelt, wer die Transportkosten zu tragen hat; von dieser gesetzlichen Regelung darf man nicht abweichen.

☐ Transportkosten trägt laut gesetzlicher Regelung grundsätzlich der Käufer.

☐ Transportkosten werden in der Praxis zwischen Käufer und Verkäufer aufgeteilt.

☐ Transportkosten müssen in den Warenpreisen bereits enthalten sein, die Lieferung ist deshalb für den Käufer kostenlos.

☐ Verpackungskosten sind in den Transportkosten grundsätzlich bereits enthalten.

Lösung s. Seite 173

Aufgabe 35: Kaufvertragsarten I

INFO

Kaufverträge können nach verschiedenen Kriterien unterschieden werden:

- nach der Rechtsstellung der Vertragspartner in Handelskauf oder bürgerlichen Kauf
- nach dem Liefertermin in Terminkauf, Fixhandelskauf, Kauf auf Abruf oder Kauf gegen Andienung
- nach der Bestimmung der Ware in Stückkauf, Gattungskauf, Kauf auf Probe, Kauf nach Probe, Kauf zur Probe oder Spezifikationskauf.

Welche der folgenden Aussagen ist richtig?

☐ Beim zweiseitigen Handelskauf ist das BGB nicht relevant, es gelten lediglich die Regelungen des HGB.

☐ Beim Verbrauchsgüterkauf gelten für den Käufer strengere gesetzliche Regelungen, um den Verkäufer vor einer eventuellen Benachteiligung zu schützen.

☐ Die Regelungen des Verbrauchsgüterkaufs finden beim Handel mit Gebrauchsgütern keine Anwendung.

☐ Der Verbrauchsgüterkauf ist eine Form des einseitigen Handelskaufs.

☐ Für den Verbrauchsgüterkauf gilt die Vertragsfreiheit im gleichen Maße wie für den bürgerlichen Kauf.

Lösung s. Seite 173

Aufgabe 36: Kaufvertragsarten II

Ordnen Sie die folgenden Begriffe den jeweiligen Sachverhalten richtig zu:

[1] Verbrauchsgüterkauf

[2] bürgerlicher Kauf

[3] einseitiger Handelskauf

[4] zweiseitiger Handelskauf

Sachverhalte	**Kaufvertragsart**
Richard Müller kauft einen Schlafsack bei der Sport Equipment AG.	
Ein Sporthändler kauft den gebrauchten Schlafsack von Richard Müller.	
Die Sport Equipment AG liefert einem Sportgroßhandel 85 Rucksäcke.	
Richard Müller kauft von seinem Schwager eine gebrauchte Satteltasche.	

Lösungen s. Seite 173

Aufgabe 37: Kaufvertragsarten III

Ordnen Sie die folgenden Kaufvertragsarten den jeweiligen Sachverhalten zu: Kaufvertragsarten:

[1] Kauf auf Probe
[2] Kauf zur Probe
[3] Kauf nach Probe
[4] Kauf auf Abruf
[5] Terminkauf
[6] Fixhandelskauf
[7] Kauf gegen Andienung
[8] Spezifikationskauf

Sachverhalte	Kaufvertragsarten
Die Sport Equipment AG bestellt bei der Büroartikel GmbH zunächst einen Laserdrucker. Der Kauf weiterer Drucker wird in Aussicht gestellt, wenn der Drucker den Erwartungen entspricht.	3 2
Die Konrad Gebäudetechnik GmbH bestellt 250 Bewegungsmelder. Mit dem Hersteller wird vereinbart, dass die Lieferungen erst erfolgen sollen, wenn die Bewegungsmelder tatsächlich montiert werden.	4
Auf einer Messe hat Herr Friedrich den Kaufvertrag über eine neue Kücheneinrichtung unterschrieben. Für eine Küchenfarbe konnte er sich jedoch so schnell nicht entscheiden. Es wird vereinbart, dass er die Farbe der Küche noch bis zu zehn Wochen vor Lieferung festlegen kann.	8
Herr Müller kauft für sein Wohnzimmerregal eine dekorative Holzfigur. Da Herr Müller nicht ganz sicher ist, ob die Figur in das Regal passt, wird vereinbart, dass er sie zurückbringen kann, wenn die Figur zu groß ist.	1
Für das Weihnachtsgeschäft bestellt ein Händler Schokoladenfiguren mit der Vereinbarung „Lieferung bis spätestens 10. November".	~~8~~ 6
Im Rahmen eines Großauftrags soll ein Hersteller von Kunststoffbehältern einen Industriebetrieb mit 12.000 Kunststoffbehältern beliefern. Da der Kunststoffhersteller nur eingeschränkte Lagerkapazitäten besitzt, wird vereinbart, dass er liefern kann, sobald eine Verpackungseinheit von 100 Behältern hergestellt ist.	7
Die Schneiderei Schmidt bestellt bei einem Vertreter der Textilindustrie entsprechend eines Musterkatalogs 35 Meter eines Stoffes unter Angabe der Musternummer.	3
Die Lieferung der neuen Küche von Herrn Friedrich soll am 22. August erfolgen.	~~6~~ 5

Lösungen s. Seite 174

Aufgabe 38: Zahlungspflicht

Richard Müller kauft ein Kite-Surfboard von der Sport Equipment AG. Welche Aussage zur Zahlung ist richtig?

- ☐ Richard Müller hat seine Zahlungspflicht erfüllt, wenn das Geld auf dem Konto der Sport Equipment AG eingeht, da dort der Erfüllungsort ist.

- ☐ Herr Müller muss nur die Überweisung veranlassen, das Risiko des Geldeingangs trägt die Sport Equipment AG.
- ☐ Herr Müller trägt das Risiko des Zahlungseingangs bei der Sport Equipment AG, die Sport Equipment AG muss jedoch die Kosten des Zahlungsvorgangs tragen.
- ☐ Herr Müller muss die Überweisung erst am vereinbarten Zahlungstermin bei seiner Bank veranlassen, da sein Wohnsitz der Erfüllungsort für die Geldschuld ist.
- ☐ Herr Müller trägt das Risiko des Geldeingangs bei der Sport Equipment AG, da es sich hier um eine Bringschuld handelt.

Lösung s. Seite 174

Aufgabe 39: Gerichtsstand

Die Sport Equipment AG hat der Star-Rad GmbH zehn Einräder im Gesamtwert von 5.400,00 € verkauft. Welches Gericht ist in folgenden Situationen zuständig, wenn bezüglich des Gerichtsstands keine Vereinbarung getroffen wurde.

[1] Amtsgericht am Geschäftssitz der Sport Equipment AG

[2] Amtsgericht am Geschäftssitz der Star-Rad GmbH

[3] Landgericht am Geschäftssitz der Sport Equipment AG

[4] Landgericht am Geschäftssitz der Star-Rad GmbH

Situation	Gericht
Die Lieferung der Einräder ist ausgeblieben, die Star-Rad GmbH klagt auf Erfüllung der Leistung.	
Die Sport Equipment AG beantragt ein gerichtliches Mahnverfahren, nachdem die Zahlung nicht erfolgt ist.	
Die Star-Rad GmbH klagt wegen mangelhafter Lieferung auf Schadenersatz in Höhe von 1.800,00 €.	
Die Sport Equipment AG klagt nach Fälligkeit auf Zahlung des Kaufpreises.	

Lösungen s. Seite 175

Aufgabe 40: Allgemeine Geschäftsbedingungen

Welche Aussage zur Gültigkeit Allgemeiner Geschäftsbedingungen ist richtig?

- ☐ AGB werden nur dann Vertragsbestandteil, wenn sie von beiden Vertragsparteien unterschrieben werden.
- ☐ AGB sind grundsätzlich nur rechtswirksam, wenn sie der anderen Vertragspartei schriftlich ausgehändigt wurden.
- ☐ Die andere Vertragspartei muss auf zumutbare Weise vom Inhalt der AGB Kenntnis nehmen können.

☐ Der Verwender darf keine vom Gesetz abweichenden Regelungen in den AGB treffen.

☐ Die andere Vertragspartei muss nach Vertragsabschluss auf die Verwendung der AGB ausdrücklich hingewiesen werden.

Lösung s. Seite 176

Aufgabe 41: Mangelhafte Lieferung

Geben Sie an, ob die folgenden Aussagen richtig oder falsch sind:

Aussagen	Richtig oder falsch?
Die Mängelhaftung nach BGB bezieht sich nur auf Mängel, die bereits bei Gefahrenübergang bestehen.	
Gekaufte Ware muss immer umgehend auf Mängel geprüft werden.	
Mängel müssen immer umgehend beim Verkäufer gerügt werden.	
Laut HGB muss gelieferte Ware von Kaufleuten innerhalb von 14 Tagen geprüft werden.	
Verbraucher müssen mangelhafte Ware innerhalb von sechs Monaten zum Verkäufer zurückbringen.	
Die Beweislastumkehr gilt nur beim Verbrauchsgüterkauf.	
Kaufleute müssen prinzipiell die gesamte Warenlieferung prüfen, um ihre Ansprüche bei eventuellen Mängeln nicht zu verlieren.	

Lösungen s. Seite 176

Aufgabe 42: Mängelrüge

Ein Kaufmann bemerkt erst sieben Monate nach Lieferung, dass die Ware einen versteckten Mangel aufweist. Die Mängelrüge erfolgt daraufhin unverzüglich. Welche Aussage ist richtig?

☐ Die Rüge erfolgte rechtzeitig, da die gesetzliche Gewährleistungspflicht für Kaufleute ein Jahr beträgt.

☐ Der Kaufmann hätte innerhalb von sechs Monaten rügen müssen.

☐ Er hätte den Mangel bereits bei der Lieferung rügen müssen.

☐ Die Rüge erfolgte rechtzeitig, da sie unmittelbar nach der Entdeckung des Mangels erfolgte.

☐ Der Verkäufer muss beweisen, dass der Mangel nicht bereits bei Lieferung bestand.

Lösung s. Seite 177

Aufgabe 43: Prüf- und Rügepflicht

Beim Entladen einer Warenlieferung werden erhebliche Schäden an der Verpackung festgestellt. Welche Aussage ist richtig?

- ☐ Die Ware muss zurückgeschickt werden, da ein Mangel sonst als akzeptiert gilt.
- ☐ Die mangelhafte Ware muss innerhalb von zwei Jahren an den Verkäufer zurückgesandt werden.
- ☐ Mängel an der Verpackung sind nicht relevant, es muss nichts unternommen werden.
- ☐ Der Fahrer der Spedition muss die Schäden quittieren.
- ☐ Das Unternehmen hat vier Wochen Zeit um die Ware zu prüfen, dann muss unverzüglich gerügt werden.

Lösung s. Seite 177

Aufgabe 44: Versteckte Mängel

Die Sport Equipment AG erhält eine Lieferung Einräder. In welchem Fall liegt ein versteckter Mangel vor?

- ☐ Die Einräder sind nicht wie bestellt blau, sondern grün.
- ☐ Der Lack auf mehreren Rädern hat Luftblasen geworfen.
- ☐ Bei der Produktion wurden falsche Schläuche in die Reifen eingesetzt.
- ☐ Auf den Einrädern sind die falschen Sättel montiert.
- ☐ Bei den gelieferten Einrädern fehlt die Sattelverschraubung.

Lösung s. Seite 177

Aufgabe 45: Mängelarten

Geben Sie an, ob in den folgenden Fällen Mängel vorliegen. Bestimmen Sie auch die Art der Mängel:

Fall	Kein Mangel	Rechtsmangel	Sachmangel	
			Offener Mangel	Versteckter Mangel
Herr Meier kauft einen Schrank zur Selbstmontage. Aufgrund einer ungenauen Angabe in der Montageanleitung bohrt er ein Loch an die falsche Stelle in die Schranktür.				
Herr Müller kauft den gleichen Schrank. Trotz der mangelhaften Montageanleitung gelingt ihm der Aufbau des Schrankes.				

Fall	Kein Mangel	Rechts-mangel	Sachmangel	
			Offener Mangel	Versteckter Mangel
Herr Müller kauft Fassadenfarbe, um sein Haus neu zu streichen. Nach dem Anstrich muss er feststellen, dass die Farbe nicht wasserbeständig ist.				
Herr Meier will ebenfalls seine Hausfassade streichen. Um Geld zu sparen, kauft er dafür eine Farbe, die laut Etikett nur für den Innenbereich geeignet ist. Der Verkäufer versichert jedoch, dass sich die Farbe auch zur Verwendung im Außenbereich eignen würde. Nach dem Anstreichen muss Herr Meier feststellen, dass die Farbe nicht wasserbeständig ist.				
Herr Müller kauft über eine Zeitungsanzeige ein gebrauchtes Fahrrad. Später stellt sich heraus, dass das Fahrrad gestohlen war.				
Ein Automobilhersteller wirbt für einen Fahrzeugtyp damit, dass nur 5,5 Liter Benzin auf 100 km verbraucht werden. Später stellt sich heraus, dass der Verbrauch bei normaler Fahrweise wesentlich höher ist.				
Die Sport Equipment AG hat bei einem Hersteller zwölf Einräder bestellt. Es werden jedoch zwölf Mountainbikes geliefert.				
Die Sport Equipment AG hat weiterhin 24 Paar Tourenski bestellt. Es werden jedoch nur 22 Paar geliefert.				

Lösungen s. Seite 178

Aufgabe 46: Rechte des Käufers bei mangelhafter Lieferung

INFO

Dem Käufer stehen bei einer mangelhaften Lieferung verschiedene Rechte zu. Vorrangige Rechte stehen ihm sofort, ohne die Beachtung einer angemessenen Nachfrist zu. Nachrangige Rechte kann er erst in Anspruch nehmen, wenn diese angemessene Nachfrist verstrichen ist.

Ordnen Sie zu, ob es sich im Folgenden um ein vorrangiges Recht, um ein nachrangiges Recht oder um kein Recht des Käufers bei mangelhafter Lieferung handelt:

	Vorrangiges Recht	Nachrangiges Recht	Kein anwendbares Recht
Rücktritt vom Kaufvertrag			
Preisminderung			
Reparatur der mangelhaften Ware			
Selbsthilfeverkauf der mangelhaften Ware			
Nacherfüllung			
Schadenersatz statt der Leistung			
Verzugszins			
Neulieferung			
Ersatz vergeblicher Aufwendungen			

Lösungen s. Seite 179

Aufgabe 47: Nicht-Rechtzeitig-Lieferung

INFO

Im rechtlichen Sinne kommt der Verkäufer in Verzug, wenn

- die Leistung fällig ist
- der Verkäufer den Verzug verschuldet (zu vertreten) hat
- eine Mahnung durch den Käufer erfolgt ist.

Stellen Sie fest, ob bei den folgenden vereinbarten Lieferterminen eine Mahnung erforderlich ist, um den Lieferanten in Verzug zu setzen (die Lieferung ist bis zu diesen Zeitpunkten nicht erfolgt):

Liefervereinbarung	Mahnung erforderlich	Mahnung nicht erforderlich
Lieferung am 18. Februar diesen Jahres		
Lieferung sofort		
Lieferung im Mai diesen Jahres		
Lieferung Anfang August		
Lieferung ab Anfang August		
Lieferung schnellstmöglich		

Lösungen s. Seite 179

Aufgabe 48: Rechte des Käufers bei Nicht-Rechtzeitig-Lieferung

Kreuzen Sie an, welche der folgenden Rechte bei einem Lieferverzug nach Ablauf einer angemessenen Nachfrist geltend gemacht werden können:

Recht	Anwendbar	Nicht anwendbar
Rücktritt vom Vertrag		
Nachbesserung		
Verzugszins		
Schadenersatz statt der Leistung		
Deckungskauf durchführen		
Preisminderung		
Lieferung verlangen und Ersatz des Verzögerungsschadens fordern		

Lösungen s. Seite 180

Aufgabe 49: Verjährungsfristen

Geben Sie an, ob die folgenden Aussagen richtig oder falsch sind:

Aussage	Richtig oder falsch?
In Kaufverträgen können Kaufleute untereinander Gewährleistungsfristen frei vereinbaren.	
Durch die Erhebung einer Klage beginnt die Verjährungsfrist erneut zu laufen.	
Die regelmäßige Verjährungsfrist beginnt immer am Anfang des Jahres, in dem der Anspruch entsteht.	
Schadenersatzansprüche aufgrund der Verletzung der Person verjähren in 30 Jahren nach dem Schaden verursachenden Ereignis.	
Nach dem Ablauf der Verjährungsfrist gilt eine Forderung als erfüllt.	
Rechtskräftig festgestellte Ansprüche aus Gerichtsurteilen verjähren in zehn Jahren.	
Vertraglich festgelegte Verjährungsfristen können 30 Jahre nicht übersteigen.	

Lösungen s. Seite 180

Aufgabe 50: Verjährung der Zahlungspflicht

Die Sport Equipment AG wartet auf eine ausstehende Zahlung der Star-Rad GmbH. Welche der folgenden Aussagen zur Verjährung ist richtig?

- ☐ Um den Ablauf der Verjährung zu hemmen, muss die Sport Equipment AG eine Zwangsvollstreckung bei der Star-Rad GmbH beantragen.
- ☐ Wird der Star-Rad GmbH ein Mahnbescheid zugestellt, so beginnt die Verjährung erneut zu laufen.
- ☐ Da der Anspruch aus einem Kaufvertrag resultiert, verjährt er in zwei Jahren.
- ☐ Die Verjährungsfrist beginnt mit der Fälligkeit der Zahlung.
- ☐ Wenn die Sport Equipment AG Klage einreicht, wird der Ablauf der Verjährung gehemmt.

Lösung s. Seite 181

4. Kaufmannsrecht

Kaufleute haben gemäß HGB besondere Rechte und Pflichten. Das HGB unterscheidet verschiedene Kaufmannseigenschaften, legt die Grundsätze der Firmierung fest, enthält Regelungen zum Handelsregister und ermöglicht die Erteilung von Prokura und anderen betrieblichen Handlungsvollmachten.

Aufgabe 1: Kaufmannseigenschaft

Welche Aussage zur Kaufmannseigenschaft gemäß HGB ist richtig?

- ☐ Alle Gewerbebetriebe sind Kaufleute.
- ☐ Land- und forstwirtschaftliche Betriebe können unter keinen Umständen Kaufmannseigenschaft erlangen.
- ☐ Bei Istkaufleuten hat die Handelsregistereintragung im Hinblick auf die Kaufmannseigenschaft konstitutive Wirkung.
- ☐ Für Kaufleute gelten vorrangig die Sondervorschriften des BGB. Sagt das BGB zu einem Sachverhalt nichts aus, gilt in diesem Punkt das HGB.
- ☐ Alle Kaufleute sind gemäß HGB zur Buchführung verpflichtet.

INFO

Kaufmann im Sinne des HGB ist, wer ein Handelsgewerbe betreibt (§ 1 Abs. 1 HGB).

Handelsgewerbe ist jeder Gewerbebetrieb, es sei denn, dass das Unternehmen nach Art oder Umfang einen in kaufmännischer Weise eingerichteten Geschäftsbetrieb nicht erfordert (§ 1 Abs. 2 HGB).

Kaufmannsart	Erläuterung
Istkaufmann	Istkaufmann ist, wer ein Handelsgewerbe betreibt, das nach Art und Umfang einen kaufmännisch geführten Geschäftsbetrieb erfordert (§ 1 HGB).
Kannkaufmann	► Gewerbebetriebe, die keine kaufmännische Organisation im Sinne des § 1 HGB benötigen (Kleingewerbetreibende) ► sowie Betriebe der Land und Forstwirtschaft, die eine kaufmännische Organisation im Sinne des § 1 HGB erfordern, können durch die Eintragung ins Handelsregister Kaufmannseigenschaft erwerben (§ 2 HGB). → Kaufmann kraft Eintragung
Formkaufmann	Bestimmte Gesellschaften gelten aufgrund ihrer Rechtsform automatisch als Kaufmann (§ 6 Abs. 2 HGB). Hierzu zählen die Kapitalgesellschaften (GmbH, AG, KGaA.) sowie die eG und EWIV. → Kaufmann kraft Rechtsform

Lösung s. Seite 182

Aufgabe 2: Kaufmannseigenschaft – Kannkaufmann

Welche der folgenden Aussagen trifft auf Kannkaufleute zu?

☐ Zu den Kannkaufleuten zählen ausschließlich Kleingewerbetreibende.

☐ Bei Kleingewerbetreibenden hat die Handelsregistereintragung konstitutive Wirkung, d. h. sie sind zu einer Eintragung im Handelsregister verpflichtet.

☐ Land- und forstwirtschaftliche Betriebe, die keinen in kaufmännischer Weise eingerichteten Geschäftsbetrieb erfordern, können durch Eintragung im Handelsregister zum Kaufmann werden.

☐ Kleingewerbetreibende werden erst durch die Eintragung im Handelsregister zum Kaufmann.

☐ Freiberuflich Tätige können zum Kaufmann werden, indem sie sich z. B. als eingetragener Kaufmann im Handelsregister registrieren lassen.

Lösung s. Seite 182

Aufgabe 3: Kaufmannseigenschaft – Formkaufmann

Bei welchen der folgenden Rechtsformen handelt es sich um Formkaufkleute?

☐ Gesellschaft mit beschränkter Haftung (GmbH)

☐ Einzelunternehmen (e. K.)

☐ Gesellschaft bürgerlichen Rechts (GbR)

☐ Aktiengesellschaft (AG)

☐ Versicherungsverein auf Gegenseitigkeit (VVaG)

☐ Partnerschaftsgesellschaft (PartG)

☐ eingetragene Genossenschaft (eG)

☐ Industrie- und Handelskammer

☐ Stadtsparkasse Erlangen

☐ eingetragener Verein (e. V.)

☐ Kommanditgesellschaft auf Aktien (KGaA)

Lösungen s. Seite 182

Aufgabe 4: Pflichten eines Kaufmanns

Welche der folgenden kaufmännischen Pflichten gelten nicht gemäß HGB für die Sport Equipment AG?

☐ Pflicht zur Ernennung eines Prokuristen

☐ Pflicht zur Erstellung eines Jahresabschlusses

☐ Pflicht zur Erstellung eines Geschäftsberichtes

☐ Pflicht zur Eintragung ins Handelsregister

- ☐ Pflicht zur Erstellung eines Inventars
- ☐ Beachtung von Pflichtangaben in Geschäftsbriefen

Lösung s. Seite 183

Aufgabe 5: Firma

Welche Aussage zur Firmierung gemäß HGB ist richtig?

- ☐ Die Firma eines Einzelkaufmanns muss zur ausreichenden Kennzeichnung den Namen des Inhabers enthalten.
- ☐ Bei allen Kaufleuten entsteht die Kaufmannseigenschaft erst mit Eintragung der Firma im Handelsregister.
- ☐ Alle Kaufleute sind zur Eintragung ihrer Firma im Handelsgesetzbuch verpflichtet.
- ☐ Ein Kaufmann kann unter seiner Firma klagen und verklagt werden.
- ☐ Die Firma ist der im Personalausweis eingetragene Name eines Kaufmanns.

RECHTSGRUNDLAGEN

§ 17 HGB

(1) Die Firma eines Kaufmanns ist der Name, unter dem er seine Geschäfte betreibt und die Unterschrift abgibt.

(2) Ein Kaufmann kann unter seiner Firma klagen und verklagt werden.

Lösung s. Seite 183

Aufgabe 6: Firma – Firmierungsgrundsätze

In welchen Fällen handelt es sich nicht um Firmierungsgrundsätze gemäß HGB?

- ☐ Firmenöffentlichkeit
- ☐ Firmenordentlichkeit
- ☐ Firmenwahrheit
- ☐ Firmenklarheit
- ☐ Firmenbeständigkeit
- ☐ Firmenausschließlichkeit
- ☐ Firmenaufzeichnungspflicht

Lösungen s. Seite 183

Aufgabe 7: Firma – Rechtsformzusatz

Welche der folgenden Aussagen zum Rechtsformzusatz ist richtig?

- ☐ Alle Firmen enthalten als Zusatz „eingetragener Kaufmann“.
- ☐ Nur bei Formkaufleuten muss die Firma einen Rechtsformzusatz enthalten.

- ☐ Bei allen Kaufleuten muss die Firma einen Zusatz enthalten, der die Rechtsform des Unternehmens angibt.
- ☐ Die Rechtsform muss nur bei Kapitalgesellschaften in der Firma enthalten sein.
- ☐ Bei Fantasiefirmen kann auf eine Angabe der Rechtsform verzichtet werden.

Lösung s. Seite 184

Aufgabe 8: Firma – Name

Der Vorstand der Sport Equipment AG denkt über eine Umfirmierung nach, wobei die Rechtsform jedoch beibehalten werden soll. Welche Firma ist gemäß HGB prinzipiell zulässig?

- ☐ Outdoor Sport KGaA
- ☐ Sport Equipment e. K.
- ☐ Outdoor Fabrik AG
- ☐ Outdoor Fachhandels AG
- ☐ Outdoor Equipment Gesellschaft

Lösung s. Seite 184

Aufgabe 9: Firma – Firmenausschließlichkeit

Welche der folgenden Aussagen zur Firmenausschließlichkeit ist zutreffend?

- ☐ Eine neue Firma darf nicht den Vor- und Nachnamen eines bereits am gleichen Ort firmierenden Kaufmanns enthalten.
- ☐ Es darf in Deutschland keine zwei gleich lautenden Firmen geben.
- ☐ Eine neue Firma muss sich von den bereits bestehenden Firmen im gleichen Regierungsbezirk deutlich unterscheiden.
- ☐ Eine neue Firma muss sich gemäß HGB von allen als Marke eingetragenen Bezeichnungen deutlich unterscheiden.
- ☐ Eine neue Firma muss sich von allen bereits am gleichen Ort bestehenden und im Handelsregister eingetragenen Firmen deutlich unterscheiden.

Lösung s. Seite 185

Aufgabe 10: Handelsregister

Welche Aussage zum Handelsregister ist richtig?

- ☐ Das Handelsregister ist ein öffentliches Verzeichnis aller juristischen Personen eines Amtsgerichtsbezirks.
- ☐ Im Handelsregister sind nur Istkaufleute eingetragen.
- ☐ Landwirtschaftliche Betriebe können nicht im Handelsregister eingetragen werden.

- ☐ Das Handelsregister ist ein öffentliches Verzeichnis, in dem ausschließlich Kaufleute eingetragen sind.
- ☐ Das Handelsregister wird vom örtlich zuständigen Landgericht geführt.

INFO

Das Handelsregister ist ein öffentliches Verzeichnis aller Kaufleute eines Amtsgerichtsbezirks.

Lösung s. Seite 185

Aufgabe 11: Handelsregister – Abteilungen

Welche der folgenden Rechtsformen sind in Abteilung B des Handelsregisters einzutragen?

- ☐ GmbH
- ☐ AG & Co. OHG
- ☐ GmbH & Co. KG
- ☐ AG
- ☐ OHG
- ☐ KG
- ☐ eG
- ☐ KGaA

INFO

Einzelkaufleute und Personengesellschaften werden in Abteilung A, Kapitalgesellschaften in Abteilung B des Handelsregisters eingetragen.

Lösungen s. Seite 185

Aufgabe 12: Handelsregister – Anmeldung

Die Sport Equipment AG hat einen neuen Vorstand. Was ist bei der Anmeldung zur Eintragung des neuen Vorstands im Handelsregister zu beachten?

- ☐ Die Anmeldung erfolgt formlos beim zuständigen Registergericht.
- ☐ Die Anmeldung zur Eintragung erfordert eine notarielle Beurkundung.
- ☐ Die Anmeldung muss elektronisch in öffentlich beglaubigter Form eingereicht werden.
- ☐ Die Anmeldung erfolgt handschriftlich und muss vom Vorstand unterzeichnet sein.

☐ Die Anmeldung zur Eintragung erfolgt durch einen Rechtsanwalt in elektronischer Form.

Lösung s. Seite 186

Aufgabe 13: Handelsregister – Schutz öffentlichen Glaubens

INFO

Funktionen des Handelsregisters

Information der Öffentlichkeit	Einsichtnahme: Die Einsichtnahme in das Handelsregister sowie in die zum Handelsregister eingereichten Dokumente ist jedem zu Informationszwecken gestattet. (§ 9 Abs. 1 HGB)
	Veröffentlichung: Das Gericht macht die Eintragungen in das Handelsregister in dem von der Landesjustizverwaltung bestimmten elektronischen Informations- und Kommunikationssystem bekannt. (§ 10 Abs. 1 HGB)
Schutz öffentlichen Glaubens (§ 15 HGB)	Das Handelsregister genießt öffentlichen Glauben: ▸ Eingetragene und bekannt gemachte Tatsachen muss ein Dritter gegen sich gelten lassen. (Dies gilt nicht bei Rechtshandlungen, die innerhalb von fünfzehn Tagen nach der Bekanntmachung vorgenommen werden, sofern der Dritte beweist, dass er die Tatsache weder kannte noch kennen musste.) ▸ Nicht eingetragene Tatsachen können gutgläubigen Dritten nicht entgegengehalten werden. ▸ Falsche Eintragungen gelten gegenüber Gutgläubigen als richtig. ▸ Wird eine eingetragene Tatsache unrichtig bekannt gemacht, so kann sich ein gutgläubiger Dritter auf die bekannt gemachte Tatsache berufen.

Welche Aussage zum Handelsregister ist im Hinblick auf den Schutz öffentlichen Glaubens zutreffend?

☐ Eingetragene Tatsachen können nicht wieder gelöscht werden.

☐ Eingetragene Tatsachen muss nur der gegen sich gelten lassen, der sie auch ohne Einsicht im Handelsregister hätte wissen müssen.

☐ Durch die Eintragung einer Tatsache im Handelsregister erfolgt eine notarielle Beurkundung.

☐ Auf falsch eingetragene Tatsachen kann sich niemand berufen.

☒ Nicht eingetragene Tatsachen können gutgläubigen Dritten nicht entgegengehalten werden.

Lösung s. Seite 187

Aufgabe 14: Handelsregister – rechtliche Wirkung

INFO

Im Hinblick auf die rechtliche Wirkung von Handelsregistereintragungen unterscheidet man konstitutiv und deklaratorisch.

konstitutiv (rechtserzeugend)	Die Rechtswirksamkeit entsteht erst mit der Eintragung im Handelsregister.
deklaratorisch (rechtsbezeugend)	Die Rechtswirksamkeit ist bereits gegeben; durch die Handelsregistereintragung wird sie nur bestätigt.

Für welche Sachverhalte ist die Wirkung der Handelsregistereintragung konstitutiv?

- ☐ Kaufmannseigenschaft der Istkaufleute
- ☐ Rechtsform einer Aktiengesellschaft
- ☐ Höhe des Stammkapitals einer GmbH
- ☐ Prokura
- ☐ Kaufmannseigenschaft der Kannkaufleute
- ☐ Gegenstand des Unternehmens

Lösungen s. Seite 187

Aufgabe 15: Prokura

Der Vorstand der Sport Equipment AG möchte zwei Prokuristen ernennen, die den Vorstand bei der Unternehmensleitung entlasten sollen. Welche Aussage zur Prokura ist richtig?

- ☐ Ein Prokurist ist nur zu den Rechtshandlungen ermächtigt, die ihm vom Vorstand ausdrücklich gestattet worden sind.
- ☐ Ein Prokurist ist zu allen Arten von gerichtlichen und außergerichtlichen Rechtshandlungen ermächtigt, die der Betrieb eines Handelsgewerbes mit sich bringt.
- ☐ Ein Prokurist hat zwar die Befugnis, Geschäfte zu tätigen, besitzt aber keine Vertretungsbefugnis.
- ☐ Die Prokura bezieht sich nur auf Rechtshandlungen, die ihm in der Satzung der Aktiengesellschaft ausdrücklich zugebilligt werden.
- ☐ Die Prokura erstreckt sich auf alle Geschäfte und Rechtshandlungen, die der Betrieb eines derartigen Handelsgewerbes oder die Vornahme derartiger Geschäfte gewöhnlich mit sich bringt.

RECHTSGRUNDLAGEN

§ 49 HGB

(1) Die Prokura ermächtigt zu allen Arten von gerichtlichen und außergerichtlichen Geschäften und Rechtshandlungen, die der Betrieb eines Handelsgewerbes mit sich bringt.

(2) Zur Veräußerung und Belastung von Grundstücken ist der Prokurist nur ermächtigt, wenn ihm diese Befugnis besonders erteilt ist.

Lösung s. Seite 187

Aufgabe 16: Prokura – Befugnisse

Zu welchen Rechtshandlungen ist ein Prokurist nur mit besonderer Ermächtigung befugt?

- [ ] Kauf eines Betriebsgrundstücks
- [ ] Aufnahme eines Darlehens
- [x] Belastung von Grundstücken ✓
- [ ] Einstellen von Mitarbeitern
- [ ] Kündigung von Arbeitsverträgen
- [x] Veräußerung von Grundstücken ✓
- [ ] Prozessführung

Lösungen s. Seite 188

Aufgabe 17: Prokura – Beschränkung

Der Vorstand der Sport Equipment AG möchte den Umfang der Prokura einschränken. Welche Aussage ist richtig?

- [x] Eine Beschränkung der Prokura auf bestimmte Arten von Rechtsgeschäften ist grundsätzlich möglich.
- [ ] Eine Beschränkung der Prokura auf bestimmte Arten von Rechtsgeschäften ist rechtswirksam, wenn sie im Arbeitsvertrag schriftlich fixiert ist.
- [ ] Eine Beschränkung der Prokura auf bestimmte Arten von Rechtsgeschäften ist rechtswirksam, wenn der Prokurist damit ausdrücklich einverstanden ist.
- [ ] Dritten gegenüber ist die Beschränkung des Umfangs der Prokura nur wirksam, wenn die Beschränkung im Handelsregister eingetragen ist.
- [x] ✓ Eine Beschränkung des Umfangs der Prokura ist Dritten gegenüber unwirksam.

RECHTSGRUNDLAGEN

§ 50 HGB

(1) Eine Beschränkung des Umfangs der Prokura ist Dritten gegenüber unwirksam.

Lösung s. Seite 188

Aufgabe 18: Handlungsvollmacht

Welche Aussage zur Handlungsvollmacht ist richtig?

- ☐ Eine Handlungsvollmacht erlangt erst durch Eintragung ins Handelsregister Rechtswirksamkeit.
- ☐ Ein Handlungsbevollmächtigter ist zu allen Arten von gerichtlichen und außergerichtlichen Rechtshandlungen ermächtigt, die der Betrieb eines Handelsgewerbes mit sich bringt.
- ☒ Die Handlungsvollmacht erstreckt sich auf alle Geschäfte und Rechtshandlungen, die der Betrieb eines derartigen Handelsgewerbes oder die Vornahme derartiger Geschäfte gewöhnlich mit sich bringt.
- ☐ Die Handlungsvollmacht kann nur vom Vorstand persönlich erteilt werden.
- ☐ Die Handlungsvollmacht muss vom Aufsichtsrat der AG genehmigt werden.

RECHTSGRUNDLAGEN

§ 54 HGB

(1) Ist jemand ohne Erteilung der Prokura zum Betrieb eines Handelsgewerbes oder zur Vornahme einer bestimmten zu einem Handelsgewerbe gehörigen Art von Geschäften oder zur Vornahme einzelner zu einem Handelsgewerbe gehöriger Geschäfte ermächtigt, so erstreckt sich die Vollmacht (Handlungsvollmacht) auf alle Geschäfte und Rechtshandlungen, die der Betrieb eines derartigen Handelsgewerbes oder die Vornahme derartiger Geschäfte gewöhnlich mit sich bringt.

(2) Zur Veräußerung oder Belastung von Grundstücken, zur Eingehung von Wechselverbindlichkeiten, zur Aufnahme von Darlehen und zur Prozeßführung ist der Handlungsbevollmächtigte nur ermächtigt, wenn ihm eine solche Befugnis besonders erteilt ist.

Lösung s. Seite 189

Aufgabe 19: Handlungsvollmacht – Befugnisse

Zu welchen Rechtshandlungen ist ein Handlungsbevollmächtigter nur mit besonderer Erlaubnis befugt?

- ☐ Kauf einer Maschine für die Fertigung
- ☐ Aufnahme eines Darlehens
- ☐ Bestellung von Rohstoffen
- ☐ Einstellen von Mitarbeitern
- ☐ Kündigung von Arbeitsverträgen
- ☐ Eröffnung eines Bankkontos
- ☐ Eingehen von Wechselverbindlichkeiten

Lösungen s. Seite 189

5. Rechtsformen des Unternehmens

Durch die Rechtsform werden grundsätzliche Aspekte zur Rechtspersönlichkeit eines Unternehmens sowie zur Haftung und zur Geschäftsführungs- und Vertretungsbefugnis der Gesellschafter festgelegt.

Aufgabe 1: Personengesellschaften I

INFO

Eine Personengesellschaft ist ein Zusammenschluss von mindestens zwei Personen zur Erreichung eines gemeinsamen Zweckes. Weitere Merkmale von Personengesellschaften sind:

- persönliche Haftung der Gesellschafter
- persönliches Engagement der Gesellschafter in der Gesellschaft
- Die Gesellschaft hat keine eigene Rechtspersönlichkeit (keine juristische Person).

Welche Aussage zu den Personengesellschaften ist richtig?

☐ Einzelunternehmen zählen zu den Personengesellschaften.

☒ Personengesellschaften sind ein Zusammenschluss von mindestens zwei Personen, wobei es sich um natürliche und/oder juristische Personen handeln kann.

☐ Nur natürliche Personen können Gesellschafter einer Personengesellschaft sein.

☐ Personengesellschaften werden in Abteilung B des Handelsregisters eingetragen.

☐ Die Gesellschaft bürgerlichen Rechts ist keine Personengesellschaft.

Lösung s. Seite 190

Aufgabe 2: Personengesellschaften II

Welche der folgenden Unternehmen sind Personengesellschaften?

☐ Möbel Walter KG

☐ Robert Bosch GmbH

☐ Henkel AG & Co. KGaA

☐ Verlag C. H. Beck OHG

☐ Alfred Ritter GmbH & Co. KG

☐ Stahlwaren Schwarzenegger e. K.

☐ Siemens Aktiengesellschaft

☐ DATEV eG

☐ Allianz SE

Lösungen s. Seite 190

Aufgabe 3: Kapitalgesellschaften

INFO

Bei der Kapitalgesellschaft steht die Kapitalbeteiligung der Gesellschafter im Vordergrund. Kapitalgesellschaften sind juristische Personen.

Welche Aussage trifft auf die Kapitalgesellschaften zu?

- ☐ Kapitalgesellschaften besitzen keine eigene Rechtspersönlichkeit.
- ☐ Die Gesellschafter von Kapitalgesellschaften sind immer auch gleichzeitig deren Geschäftsführer.
- ☐ Alle Kapitalgesellschaften sind juristische Personen des öffentlichen Rechts.
- ☐ Kapitalgesellschaften haben keine persönlich haftenden Gesellschafter.
- ☐ Kapitalgesellschaften benötigen ein gesetzlich vorgeschriebenes Mindestfremdkapital.

Lösung s. Seite 190

Aufgabe 4: Vorteile der Personengesellschaften oder Kapitalgesellschaften

Welche der folgenden Vorteile treffen auf Personengesellschaften, welche auf Kapitalgesellschaften zu?

Sachverhalt	Personen-gesellschaften	Kapital-gesellschaften
Die Gesellschafter haften nicht mit ihrem Privatvermögen für die Verbindlichkeiten des Unternehmens.		
Es ist kein gesetzlich vorgeschriebenes Mindestkapital erforderlich.		
Aufgrund der Rechtsform muss kein Aufsichtsrat mit Arbeitnehmervertretern gebildet werden. (Vorteil aus Sicht der Arbeitgeber.)		
Die fehlende Haftungseinschränkung erhöht die Kreditwürdigkeit.		
Die rechtsformspezifischen Gründungsformalitäten sind weniger aufwendig.		

Lösungen s. Seite 191

Aufgabe 5: Merkmale der Rechtsformen

Die folgende Tabelle zu den Merkmalen verschiedener Rechtsformen enthält drei Fehler. Korrigieren Sie diese.

Rechtsform	Juristische Person	Ausschluss der persönlichen Haftung aller Gesellschafter	Mindestkapital erforderlich
Einzelunternehmen	Nein	Nein	Nein
OHG	Nein	Nein	Ja
KG	Ja	Nein	Nein
GmbH	Ja	Nein	Ja
AG	Ja	Ja	Ja

Lösungen s. Seite 191

Aufgabe 6: Die OHG

RECHTSGRUNDLAGEN

§ 105 Abs. 1 HGB

Eine Gesellschaft, deren Zweck auf den Betrieb eines Handelsgewerbes unter gemeinschaftlicher Firma gerichtet ist, ist eine offene Handelsgesellschaft, wenn bei keinem der Gesellschafter die Haftung gegenüber den Gesellschaftsgläubigern beschränkt ist.

Welche Aussage zur OHG ist richtig?

☐ Eine OHG ist eine Kapitalgesellschaft.

☐ Eine OHG ist eine juristische Person des privaten Rechts.

☒ Eine OHG zählt zu den Personengesellschaften.

☐ Eine OHG ist immer Kannkaufmann.

☐ Eine OHG ist eine Körperschaft mit eigener Rechtspersönlichkeit.

Lösung s. Seite 192

Aufgabe 7: Gründung der OHG

Welche Aussage zur Gründung einer OHG ist richtig?

☐ Für die Gründung einer OHG genügt ein formloser Gesellschaftsvertrag.

☐ Für die Gründung einer OHG muss ein notariell beurkundeter Gesellschaftsvertrag vorliegen.

☐ Die Gründung einer OHG bedarf eines öffentlich beglaubigten Gesellschaftsvertrags.

- ☐ Eine Eintragung der OHG ins Handelsregister ist nicht erforderlich.
- ☐ Für die Gründung einer OHG genügt ein Gesellschafter.

Lösung s. Seite 192

Aufgabe 8: Geschäftsführung der OHG

Welche Aussage zur Geschäftsführung trifft auf die OHG zu?

- ☐ Die OHG benötigt einen geschäftsführenden Vorstand.
- ☐ Eine OHG kann nur einen Geschäftsführer haben.
- ☐ Die Gesellschafter einer OHG können nicht gleichzeitig auch deren Geschäftsführer sein.
- ☐ In einer OHG sind grundsätzlich alle Gesellschafter zur Geschäftsführung berechtigt und verpflichtet.
- ☐ Eine Beschränkung der Geschäftsführungsbefugnis durch den Gesellschaftsvertrag ist nicht möglich.

Lösung s. Seite 192

Aufgabe 9: Vertretung der OHG

Welche Aussage zur Vertretungsbefugnis trifft nicht auf die OHG zu?

- ☐ Die Vertretungsbefugnis der Gesellschafter umfasst alle gerichtlichen und außergerichtlichen Geschäfte und Rechtshandlungen.
- ☐ Zu einer rechtswirksamen Willenserklärung im Namen der Firma gegenüber Dritten ist grundsätzlich die Zustimmung aller Gesellschafter erforderlich.
- ☐ Die Vertretungsbefugnis der Gesellschafter umfasst auch die Veräußerung und Belastung von Grundstücken sowie die Erteilung und den Widerruf einer Prokura.
- ☐ Eine Beschränkung des Umfanges der Vertretungsmacht ist Dritten gegenüber unwirksam.
- ☐ Die Willenserklärung eines Gesellschafters im Namen der Firma ist im Außenverhältnis auch dann rechtswirksam, wenn die anderen Gesellschafter darüber nicht informiert wurden.

Lösung s. Seite 193

Aufgabe 10: Haftung bei der OHG I

Welche Aussage zur Haftung der Gesellschafter einer OHG ist falsch?

- ☐ Die Gesellschafter einer OHG haften gesamtschuldnerisch für die Verbindlichkeiten des Unternehmens.
- ☐ Die Gesellschafter einer OHG haften auch mit ihrem Privatvermögen für die Verbindlichkeiten des Unternehmens.
- ☐ Die Gesellschafter einer OHG haften nur mit ihrer Kapitaleinlage.

☐ Gläubiger können sich unmittelbar an einen Gesellschafter der OHG wenden, um von ihm die Begleichung der Schuld zu verlangen.

☐ Die Haftung der Gesellschafter für die Verbindlichkeiten der OHG ist der Höhe nach nicht begrenzt.

Lösung s. Seite 193

Aufgabe 11: Haftung bei der OHG II

In welchen Fällen ist die persönliche Haftung bei mindestens einem OHG-Gesellschafter ausgeschlossen?

☐ C. H. Beck OHG

☐ Werkstoff.bit OHG

☐ Brauerei Fäßla OHG

☐ Cewe Color AG & Co OHG

☐ Gaugler & Lutz OHG

☐ LuK GmbH & Co. OHG

Lösungen s. Seite 193

Aufgabe 12: Die Kommanditgesellschaft

RECHTSGRUNDLAGEN

§ 161 Abs. 1 HGB

Eine Gesellschaft, deren Zweck auf den Betrieb eines Handelsgewerbes unter gemeinschaftlicher Firma gerichtet ist, ist eine Kommanditgesellschaft, wenn bei einem oder bei einigen von den Gesellschaftern die Haftung gegenüber den Gesellschaftsgläubigern auf den Betrag einer bestimmten Vermögenseinlage beschränkt ist (Kommanditisten), während bei dem anderen Teil der Gesellschafter eine Beschränkung der Haftung nicht stattfindet (persönlich haftende Gesellschafter).

Welche Aussage zur KG ist richtig?

☐ Eine KG ist eine stille Gesellschaft.

☐ Eine KG ist eine juristische Person.

☐ Eine KG ist keine Personengesellschaft.

☐ Eine KG gehört nicht zu den Kapitalgesellschaften.

☐ Eine KG ist eine Körperschaft mit eigener Rechtspersönlichkeit.

Lösung s. Seite 194

Aufgabe 13: Eintragung der KG ins Handelsregister

Welche Aussage zur Handelsregistereintragung einer KG ist richtig?

- ☐ Der Kommanditist muss nicht ins Handelsregister eingetragen werden.
- ☐ Die Einlage des Kommanditisten geht nicht aus dem Handelsregister hervor.
- ☐ Der Kommanditist ist mit seiner Einlage ins Handelsregister einzutragen.
- ☐ Die Pflicht zur Eintragung ins Handelsregister besteht nur für Komplementäre.
- ☐ Die Eintragung der KG ins Handelsregister hat in jedem Falle konstitutive Wirkung.

Lösung s. Seite 194

Aufgabe 14: Geschäftsführung und Vertretung der KG

Welche Aussage zur Geschäftsführung und Vertretung trifft auf die KG zu?

- ☐ Der Kommanditist ist zur Geschäftsführung verpflichtet.
- ☐ Sowohl der Kommanditist als auch der Komplementär sind vertretungsbefugt.
- ☐ Der Komplementär darf ohne Zustimmung des Kommanditisten kein Darlehen aufnehmen und auch keine Mitarbeiter einstellen.
- ☐ Der Kommanditist kann grundsätzlich jedem Rechtsgeschäft des Komplementärs widersprechen.
- ☐ Für Handlungen, die über den gewöhnlichen Betrieb des Handelsgewerbes der Gesellschaft hinausgehen, hat der Kommanditist ein Widerspruchsrecht gegenüber dem Vollhafter.

Lösung s. Seite 194

Aufgabe 15: Haftung bei der KG I

Welche Aussagen zur Haftung treffen nicht auf die KG zu?

- ☐ Der Kommanditist haftet grundsätzlich nur mit seiner im Handelsregister eingetragenen Einlage.
- ☐ Der Komplementär haftet persönlich für die Verbindlichkeiten der Kommanditgesellschaft.
- ☐ Der Kommanditist haftet auch vor Eintragung der Kommanditgesellschaft im Handelsregister grundsätzlich nur mit seiner Einlage.
- ☐ Der Kommanditist haftet den Gläubigern gegenüber unmittelbar mit dem noch nicht geleisteten Teil seiner im Handelsregister eingetragenen Einlage.
- ☐ Mehrere Komplementäre haften solidarisch für die Verbindlichkeiten der Gesellschaft.
- ☐ Jeder Komplementär haftet nur für die von ihm selbst getätigten Rechtsgeschäfte persönlich.

Lösungen s. Seite 195

Aufgabe 16: Haftung bei der KG II

In welchen Fällen haftet keine natürliche Person mit ihrem Privatvermögen?

☐ Otto Fuchs Kommanditgesellschaft

☐ Adolf Würth GmbH & Co. KG

☐ Knauf Gips KG

☐ Hörmann KG

☐ Dr. August Oetker KG

☐ Rehau AG & Co.

☐ Andreas Stihl AG & Co. KG

Lösungen s. Seite 195

Aufgabe 17: Wettbewerbsverbot bei der KG

Welche Aussage zum Wettbewerbsverbot bei einer Kommanditgesellschaft ist richtig?

☐ Der Komplementär darf ohne Einwilligung der anderen Gesellschafter weder im gleichen Handelszweig Geschäfte machen noch an einer anderen gleichartigen Handelsgesellschaft als persönlich haftender Gesellschafter teilnehmen.

☐ Der Kommanditist darf nicht als persönlich haftender Gesellschafter bei einem anderen Unternehmen der gleichen Branche einsteigen.

☐ Sowohl Komplementäre als auch Kommanditisten unterliegen dem Wettbewerbsverbot gemäß HGB.

☐ Komplementäre dürfen an keiner anderen Handelsgesellschaft als vollhaftender Gesellschafter teilnehmen.

☐ Kommanditisten benötigen die Zustimmung des Komplementärs, wenn sie in der gleichen Branche ein Unternehmen gründen wollen.

Lösung s. Seite 196

Aufgabe 18: Rechte der Gesellschafter einer KG

Kreuzen Sie jeweils an, auf wen folgende im HGB festgelegten Rechte zutreffen.

Rechte	Komplementär	Kommanditist
Widerspruchsrecht bei ungewöhnlichen Geschäften		x
Vertretungsbefugnis	x	
Geschäftsführungsbefugnis	x	
Anspruch auf Gewinn in Höhe von 4 % des Kapitalanteils	x	

Lösungen s. Seite 196

Aufgabe 19: Die GmbH

INFO

Die Gesellschaft mit beschränkter Haftung ist eine Handelsgesellschaft mit eigener Rechtspersönlichkeit, deren Gesellschafter mit Stammeinlagen am Stammkapital der Gesellschaft beteiligt sind, ohne persönlich für die Verbindlichkeiten der Gesellschaft zu haften.

Welche Aussage zur GmbH ist richtig?

- ☐ Eine GmbH ist eine Personengesellschaft.
- ☐ Eine GmbH ist keine juristische Person.
- ☐ Eine GmbH ist eine Körperschaft des öffentlichen Rechts.
- ☐ Eine GmbH ist kein Formkaufmann.
- ☐ Eine GmbH ist eine juristische Person.

Lösung s. Seite 196

Aufgabe 20: Eintragung der GmbH ins Handelsregister

Welche Aussage zur Handelsregistereintragung einer GmbH ist richtig?

- ☐ Erst durch die Eintragung im Handelsregister entsteht die GmbH als solche im Außenverhältnis.
- ☐ Die GmbH wird in Abteilung A des Handelsregisters eingetragen.
- ☐ Eine GmbH wird in das GmbH-Register eingetragen.
- ☐ Das Stammkapital der GmbH geht nicht aus dem Handelsregister hervor.
- ☐ Die Eintragung der GmbH ins Handelsregister hat deklaratorische Wirkung.

Lösung s. Seite 197

Aufgabe 21: Die Gründung einer GmbH

Welche Bedingung muss zur Gründung einer GmbH nicht erfüllt sein?

- ☐ Es muss ein notariell beurkundeter Gesellschaftsvertrag vorliegen.
- ☐ Die GmbH muss mindestens zwei Gesellschafter haben.
- ☐ Jeder Gesellschafter muss vor Anmeldung der GmbH zur Eintragung im Handelsregister mindestens ein Viertel des Nennbetrags seines Geschäftsanteils eingezahlt haben.
- ☐ Der Gesamtbetrag der eingezahlten Geldeinlagen zuzüglich des Gesamtnennbetrags der Geschäftsanteile, für die Sacheinlagen zu leisten sind, muss die Hälfte des Mindeststammkapitals erreicht haben, damit eine Anmeldung zur Eintragung im Handelsregister erfolgen darf.

- ☐ Sacheinlagen sind vor der Anmeldung der Gesellschaft zur Eintragung in das Handelsregister so an die Gesellschaft zu bewirken, dass sie endgültig zur freien Verfügung der Geschäftsführer stehen.

Lösung s. Seite 197

Aufgabe 22: Geschäftsführung und Vertretung bei der GmbH

Welche Aussage zur Geschäftsführung und Vertretung trifft auf die GmbH nicht zu?

- ☐ Die Gesellschafter können eine andere Person als Gesellschafter bestellen.
- ☐ Im Gesellschaftsvertrag kann bestimmt werden, dass alle Gesellschafter zur Geschäftsführung berechtigt sind.
- ☐ Die GmbH darf maximal einen Geschäftsführer haben.
- ☐ Die Geschäftsführer vertreten die GmbH gerichtlich und außergerichtlich.
- ☐ Hat eine GmbH keinen Geschäftsführer, wird sie durch die Gesellschafter vertreten.

Lösung s. Seite 197

Aufgabe 23: Haftung der GmbH-Gesellschafter

Welche Aussagen zur Haftung der GmbH-Gesellschafter sind richtig?

- ☐ Die Gesellschafter haften persönlich für die Verbindlichkeiten der GmbH.
- ☐ Die Haftung gegenüber den Gläubigern beschränkt sich auf das Gesellschaftsvermögen.
- ☐ Die Gesellschafter haften bis zur Eintragung der GmbH ins Handelsregister nur mit ihrer Einlage.
- ☐ Die Haftung eines GmbH-Gesellschafters kommt der Haftung eines Komplementärs einer KG gleich.
- ☐ Geschäftsführende Gesellschafter einer GmbH haften grundsätzlich auch mit ihrem Privatvermögen.
- ☐ Haben die Gesellschafter bereits vor der Handelsregistereintragung im Namen der GmbH gehandelt, haften sie für die daraus entstehenden Verbindlichkeiten persönlich und solidarisch.

Lösungen s. Seite 198

Aufgabe 24: Einlagepflichten der GmbH-Gesellschafter

Welche Aussage zur Einlagepflicht der GmbH-Gesellschafter ist richtig?

- ☐ Die Anmeldung zur Eintragung im Handelsregister darf erst erfolgen, wenn auf jeden Geschäftsanteil, soweit nicht Sacheinlagen vereinbart sind, die Hälfte des Nennbetrags eingezahlt ist.
- ☐ Insgesamt muss auf das Stammkapital mindestens so viel eingezahlt sein, dass der Gesamtbetrag der eingezahlten Geldeinlagen zuzüglich des Gesamtnennbetrags

der Geschäftsanteile, für die Sacheinlagen zu leisten sind, ein Viertel des Mindeststammkapitals erreicht.

- ☐ Damit eine GmbH zur Eintragung im Handelsregister angemeldet werden kann, muss jeder Gesellschafter seine Einlage komplett getätigt haben.
- ☐ Die Höhe der zu leistenden Einlage richtet sich nach dem bei der Errichtung der Gesellschaft im Gesellschaftsvertrag festgesetzten Nennbetrag des Geschäftsanteils.
- ☐ Die Höhe der zu leistenden Einlage ist nach Köpfen aufgeteilt.

Lösung s. Seite 198

Aufgabe 25: Organe der GmbH

Welches der folgenden Organe kann nicht zu einer GmbH gehören?

- ☐ Gesellschafterversammlung
- ☐ Geschäftsführer
- ☐ Aufsichtsrat
- ☐ Prokurist
- ☐ Vorstand

Lösung s. Seite 199

Aufgabe 26: Gewinnverwendung bei der GmbH

Welche Aussagen zur Ergebnisverwendung treffen auf die GmbH zu?

- ☐ Der Jahresüberschuss wird per Gesetz nach Köpfen auf die einzelnen Gesellschafter verteilt.
- ☐ Über die Verwendung des Jahresüberschusses bestimmt der Geschäftsführer.
- ☐ Die Gesellschafter können mit Rücksicht auf die Bestimmungen des Gesellschaftsvertrags beschließen, dass Beträge in Gewinnrücklagen eingestellt oder als Gewinn vorgetragen werden.
- ☐ Die Gewinnverteilung erfolgt, soweit der Gesellschaftsvertrag keine andere Regelung vorsieht, nach dem Verhältnis der Geschäftsanteile.
- ☐ Der Gewinn wird, sofern der Gesellschaftsvertrag keine andere Regelung vorsieht, in einem angemessenen Verhältnis auf die Gesellschafter verteilt.
- ☐ Jeder Gesellschafter erhält eine vierprozentige Verzinsung seiner Geschäftsanteile, der Restgewinn wird nach Köpfen verteilt.

Lösungen s. Seite 199

Aufgabe 27: Die Unternehmergesellschaft (haftungsbeschränkt)

Welche Aussage zur Unternehmergesellschaft (haftungsbeschränkt) ist richtig?

- ☐ Die Unternehmergesellschaft (haftungsbeschränkt) muss nicht im Handelsregister eingetragen werden.

- ☐ Die Unternehmergesellschaft (haftungsbeschränkt) ist eine Personengesellschaft.
- ☐ Die Bezeichnung „Unternehmergesellschaft“ darf in der Firma nicht abgekürzt werden.
- ☐ Die Bezeichnung „haftungsbeschränkt“ darf in der Firma nicht abgekürzt werden.
- ☐ Die Unternehmergesellschaft (haftungsbeschränkt) darf nur einen Gesellschafter haben.

Lösung s. Seite 199

Aufgabe 28: Gründung einer Aktiengesellschaft

INFO

Die Aktiengesellschaft ist eine Gesellschaft mit eigener Rechtspersönlichkeit, für deren Verbindlichkeiten nur das Gesellschaftsvermögen haftet und deren Grundkapital in Aktien zerlegt ist.

Welche Aussage zur Gründung einer Aktiengesellschaft ist richtig?

- ☐ Zur Gründung einer AG werden mindestens zwei Aktionäre benötigt.
- ☐ Zur Gründung einer AG müssen Aktien an mindestens einer Wertpapierbörse emittiert werden.
- ☐ An der Feststellung der Satzung müssen sich eine oder mehrere Personen beteiligen, die die Aktien gegen Einlagen übernehmen.
- ☐ Es muss eine Eintragung in Abteilung A des Handelsregisters erfolgen.
- ☐ Für die Gründung ist eine notariell beglaubigte Satzung erforderlich.

Lösung s. Seite 200

Aufgabe 29: Das Grundkapital einer AG

Welche Aussage zur Zerlegung des Grundkapitals in Aktien ist falsch?

- ☐ Die Aktien können entweder als Nennbetragsaktien oder als Stückaktien begründet werden.
- ☐ Der Anteil am Grundkapital bestimmt sich bei Nennbetragsaktien allein nach der Zahl der Aktien.
- ☐ Die Aktien sind unteilbar.
- ☐ Nennbetragsaktien müssen auf mindestens 1,00 € lauten.
- ☐ Der Anteil am Grundkapital bestimmt sich bei Stückaktien nach der Zahl der Aktien.

Lösung s. Seite 200

Aufgabe 30: Eintragung der AG ins Handelsregister

Welche Bedingung muss u. a. erfüllt sein, damit eine AG zur Eintragung ins Handelsregister angemeldet werden kann?

☐ Die Aktien müssen bereits an der Börse gehandelt werden.

☐ Die staatliche Börsenaufsicht muss die Emission der Aktien genehmigt haben.

☐ Die Gründer müssen mindestens 12.500 € in bar in die Gesellschaft eingezahlt haben.

☐ Es muss in jedem Fall bereits der gesamte Nennbetrag aller Aktien eingezahlt worden sein.

☐ Die Anmeldung darf erst erfolgen, wenn auf jede Aktie, soweit nicht Sacheinlagen vereinbart sind, der eingeforderte Betrag ordnungsgemäß eingezahlt worden ist. Bei Bareinlagen muss der eingeforderte Betrag mindestens ein Viertel des geringsten Ausgabebetrags umfassen.

Lösung s. Seite 200

Aufgabe 31: Rechte der Aktionäre

Welche Rechte haben Stammaktionäre einer Aktiengesellschaft nicht?

☐ Teilnahme an der Hauptversammlung

☐ Abstimmung über die Ernennung eines neuen Vorstands

☐ Bestellung der Aktionärsvertreter im Aufsichtsrat der AG

☐ Abstimmung über die Entlastung des Aufsichtsrats

☐ Abstimmung über die Bildung einer gesetzlichen Rücklage

☐ Stimmrecht in der Hauptversammlung

☐ Abstimmung über die Höhe der Dividendenausschüttung

Lösungen s. Seite 200

Aufgabe 32: Organe der AG

Kreuzen Sie an, welche Aufgaben bzw. Pflichten jeweils von welchem Organ einer AG wahrgenommen werden.

Aufgaben/Pflichten	Vorstand	Aufsichtsrat	Hauptversammlung
Bestellung der Vorstandsmitglieder			
Berichterstattung an den Aufsichtsrat über den Gang der Geschäfte und die Lage der Gesellschaft			
Entlastung der Vorstandsmitglieder			

Aufgaben/Pflichten	Vorstand	Aufsichtsrat	Haupt-versammlung
Beschluss über die Verwendung des Bilanzgewinns			X
Überwachung der Geschäftsführung		X	
Beschluss von Satzungsänderungen			X
Verantwortlichkeit für die Führung der erforderlichen Handelsbücher	X		

Lösungen s. Seite 201

Aufgabe 33: Der Vorstand einer AG

Welche Aussagen zum Vorstand einer Aktiengesellschaft sind richtig?

- ☐ Der Vorstand ist das Kontrollorgan einer AG.
- ☐ Der Vorstand ist das Beschlussorgan einer AG.
- ☐ Der Vorstand ist das Leitungsorgan einer AG.
- ☐ Mitglied des Vorstands kann nur eine juristische, unbeschränkt geschäftsfähige Person sein.
- ☐ Der Vorstand vertritt die Gesellschaft gerichtlich und außergerichtlich.
- ☐ Die Vorstandsmitglieder werden von der Hauptversammlung gewählt.
- ☐ Vorstandsmitglieder bestellt der Aufsichtsrat auf höchstens fünf Jahre.

Lösungen s. Seite 201

Aufgabe 34: Aktienarten

Ordnen Sie folgende Merkmale jeweils den passenden Aktiengattungen zu.

a) Die Übertragung der Aktien erfolgt durch Einigung und Übergabe.

b) Der Nennwert der Aktien muss mindestens 1 € oder ein Vielfaches davon (volle Euro) betragen.

c) Für die Übertragung der Aktien ist ein Eintrag in das Aktienbuch bzw. Aktienregister erforderlich.

d) nennwertlose Aktien mit einem gleichen Anteil am Grundkapital

e) Aktien mit Recht auf eine höhere Dividendenausschüttung aber ohne Stimmrecht

f) Jede Aktie verkörpert ein Stimmrecht bei der Hauptversammlung der AG.

Aufgaben/Pflichten	Merkmale
Stammaktien	
Vorzugsaktien	
Inhaberaktien	
Namensaktien	
Nennbetragsaktien	
Stückaktien	

Lösungen s. Seite 202

6. Markt und Wettbewerb

Die wirtschaftlichen Rahmenbedingungen für Unternehmen werden durch die Wirtschaftsordnung geprägt. Elementarer Bestandteil einer Marktwirtschaft ist der Wettbewerb. Angebot und Nachfrage regeln den Marktpreis. Der Staat sorgt mit seiner Gesetzgebung dafür, dass der Wettbewerb aufrechterhalten wird, und geht gegen Wettbewerbsbeschränkungen vor. Eine wichtige Rolle spielen in diesem Zusammenhang das Gesetz gegen Wettbewerbsbeschränkungen (GWB) und das Gesetz gegen den unlauteren Wettbewerb (UWG).

Aufgabe 1: Soziale Marktwirtschaft

Welche Aussage zur Sozialen Marktwirtschaft ist richtig?

- ☐ Die Soziale Marktwirtschaft existiert ausschließlich in sozialistischen Staaten.
- ☐ Die Soziale Marktwirtschaft ist im Jahre 1990 im Zuge der Wiedervereinigung Deutschlands erstmalig realisiert worden.
- ☐ Die Soziale Marktwirtschaft unterscheidet sich von einer freien Marktwirtschaft dadurch, dass die Preisbildung grundsätzlich nicht durch Angebot und Nachfrage, sondern durch staatliche Preispolitik erfolgt.
- ☐ Die zentrale Idee der Sozialen Marktwirtschaft besteht darin, den Mechanismus eines freien Marktes zu erhalten und gleichzeitig für sozialen Ausgleich zu sorgen.
- ☐ Die Soziale Marktwirtschaft ist im Grundgesetz der Bundesrepublik Deutschland ausdrücklich als alleinig zulässige Wirtschaftsordnung verankert.

Lösung s. Seite 203

Aufgabe 2: Freie Marktwirtschaft

Welche Zeile enthält ausschließlich Merkmale einer freien Marktwirtschaft?

- ☐ Vertragsfreiheit, Sozialbindung des Eigentums, Wettbewerbsfreiheit
- ☐ Vertragsfreiheit, freie Preisbildung, gesetzliche Mindestlöhne
- ☐ freie Marktpreisbildung, Vertragsfreiheit, Privateigentum an Produktionsmitteln
- ☐ Gewerbefreiheit, staatlich fixierte Preise, Gewinnstreben der Unternehmen
- ☐ Erfüllung staatlicher Planvorgaben, Berufsfreiheit, Privateigentum an den Produktionsmitteln

Lösung s. Seite 204

Aufgabe 3: Soziale Marktwirtschaft – Grundsätze

Welche Maßnahmen sind mit den Grundsätzen der Sozialen Marktwirtschaft nicht vereinbar?

- ☐ Für die Ausfuhr landwirtschaftlicher Erzeugnisse gewährt die Europäische Union den Exporteuren Ausfuhrerstattungen, die den Preisunterschied zwischen niedrigerem Weltmarkt- und höherem Binnenmarktpreis ausgleichen sollen.

- ☐ Die EZB beschließt eine Anhebung der Mindestreservesätze, um die Inflation zu bekämpfen.
- ☐ Gewerkschaften und Arbeitgeberverbände einigen sich auf einen tariflichen Mindestlohn.
- ☐ Die Bundesregierung verordnet eine Tariferhöhung für alle Arbeitnehmer der Metall- und Elektroindustrie von 3,5 %.
- ☐ Der Staat übernimmt die Bürgschaft für ein riskantes Exportgeschäft eines deutschen Industrieunternehmens gegen Zahlung der vorgeschriebenen Versicherungsprämie.
- ☐ Der Staat gewährt für die Stromerzeugung aus Windkraft eine Einspeisevergütung.
- ☐ Eltern erhalten für ihre Kinder monatlich Kindergeld vom Staat.
- ☐ Die Zentralbank erlässt ein generelles Verbot von Devisenzahlungen ins Ausland.
- ☐ Die Milcherzeuger dürfen eine staatlich vorgegebene Milchquote nicht überschreiten, um einem Preisverfall durch Überproduktion entgegenzuwirken.
- ☐ Der Bundestag beschließt eine Erhöhung der Energiesteuer.
- ☐ Der Staat fördert die private Altersvorsorge von Arbeitnehmern mit einem Zuschuss.
- ☐ Das Bundeskartellamt verbietet einem Energieversorgungsunternehmen eine unangemessene Erhöhung der Gaspreise.
- ☐ Der Preis pro Liter Benzin wird durch eine staatliche Regulierungsbehörde festgelegt und gilt für alle Tankstellen innerhalb des Staatsgebiets.
- ☐ Der Staat schreibt den Unternehmen der Telekommunikation vor, dass jeder Haushalt auf Wunsch mit einem DSL-Anschluss ausgestattet werden muss.

Lösungen s. Seite 204

Aufgabe 4: Wirtschaftsordnungen

Entscheiden Sie, inwieweit die folgenden Merkmale auf die verschiedenen Wirtschaftsordnungen zutreffen.

\+ = trifft voll zu

(+) = trifft grundsätzlich zu, Ausnahmen sind möglich

\- = trifft nicht zu

Merkmale	Freie Marktwirtschaft	Soziale Marktwirtschaft	Zentralverwaltungswirtschaft
a) Die Wirtschaftssubjekte handeln nach dem ökonomischen Prinzip.			

Merkmale	Freie Marktwirtschaft	Soziale Marktwirtschaft	Zentralverwaltungswirtschaft
b) Die Betriebe müssen staatlich vorgegebene Produktionspläne erfüllen.			
c) Es herrscht der Grundsatz der Vertragsfreiheit.			
d) Betriebsgrundstücke und Maschinen sind Staatseigentum.			
e) Die Preisbildung erfolgt aufgrund von Angebot und Nachfrage			
f) Die Ressourcenallokation wird staatlich reguliert.			
g) Die Betriebsmittel sind Privateigentum.			
h) Die Gewährleistung der Preisniveaustabilität ist eine hoheitliche Aufgabe.			
i) Die Erhaltung des Wettbewerbs und die soziale Sicherung der Bürger stehen im Vordergrund.			

Lösungen s. Seite 205

Aufgabe 5: Marktformen

Die Sport Equipment AG möchte eine Marktanalyse durchführen. Hierzu müssen Sie sich zunächst über die verschiedenen Marktformen informieren. Stellen Sie fest, welche Ziffer in der nachstehenden Matrix die Marktform des Angebotsoligopols beschreibt.

Marktformen	Ein Nachfrager	Wenige Nachfrager	Viele Nachfrager
Ein Anbieter	1	2	3
Wenige Anbieter	4	5	6
Viele Anbieter	7	8	9

Lösung s. Seite 205

Aufgabe 6: Käufer-/Verkäufermärkte

Sie sollen die Frage beantworten, ob es sich bei den Absatzmärkten der Sport Equipment AG um Käufer- oder Verkäufermärkte handelt. Prüfen Sie, welche Situation auf einen Verkäufermarkt zutrifft.

- ☐ Auf dem Markt für Outdoor-Equipment gibt es mehr Nachfrager als Anbieter.
- ☐ Einem großen Angebot an Outdoor-Artikeln steht eine relativ geringe Nachfrage gegenüber.
- ☐ In der Outdoor-Branche herrscht starker Wettbewerb.
- ☐ Das Angebot an Outdoor-Artikeln übersteigt die Nachfrage.
- ☐ Die Nachfrage nach Outdoor-Artikeln ist größer als das Angebot.

INFO

Nach der Angebotsmenge und Nachfragemenge lassen sich unterscheiden:

- **Käufermarkt:** Das Angebot ist größer als die Nachfrage. Die Käufer besitzen dadurch die größere Marktmacht; sie können Preise und Vertragsbedingungen maßgeblich bestimmen.
- **Verkäufermarkt:** Die Nachfrage ist größer als das Angebot. Die Verkäufer haben die größere Marktmacht und können ihre Preise und Verkaufsbedingungen leichter durchsetzen.

Lösung s. Seite 206

Aufgabe 7: Vollkommener/unvollkommener Markt

In welcher Zeile sind ausschließlich Merkmale eines vollkommenen Marktes aufgeführt?

- ☐ homogene Güter, Markenpräferenzen, vollständige Markttransparenz
- ☐ rein rationales Verhalten der Marktteilnehmer, homogene Güter, keine räumlichen Präferenzen
- ☐ vollständige Konkurrenz, Markenpräferenzen, homogene Güter
- ☐ keine persönlichen Präferenzen, Qualitätsunterschiede, vollständige Markttransparenz
- ☐ keine räumlichen Präferenzen, unendlich hohe Reaktionsgeschwindigkeit der Marktteilnehmer, Angebotsoligopol

Lösung s. Seite 207

Aufgabe 8: Preisbildung auf dem unvollkommenen Markt

Prüfen Sie, welche der folgenden Aussagen zur Preisbildung auf einem unvollkommenen Markt zutreffend sind.

- ☐ Die Nachfrager reagieren nicht immer auf Preisänderungen der Anbieter.
- ☐ Die Lenkungsfunktion des Preises ist weitgehend ausgeschaltet.
- ☐ Die hohe Markttransparenz führt zu einheitlichen Marktpreisen.
- ☐ Der einzelne Anbieter kann keine aktive Preispolitik betreiben.
- ☐ Es können verdeckte Preiserhöhungen bei gleichen Preisen für das Produkt vorgenommen werden, indem der Packungsinhalt verkleinert wird.
- ☐ Wegen der modernen Kommunikationsmittel können Anbieter ihre Produkte an verschiedenen Orten nicht zu unterschiedlichen Preisen anbieten.

Lösungen s. Seite 207

Aufgabe 9: Preisbildung auf dem vollkommenen Markt

Um für die Preispolitik der Sport Equipment AG geeignete Maßnahmen zu finden, befassen Sie sich mit dem Marktpreismechanismus. Das Schaubild zeigt die Preisbildung für ein Gut auf einem vollkommenen Markt.

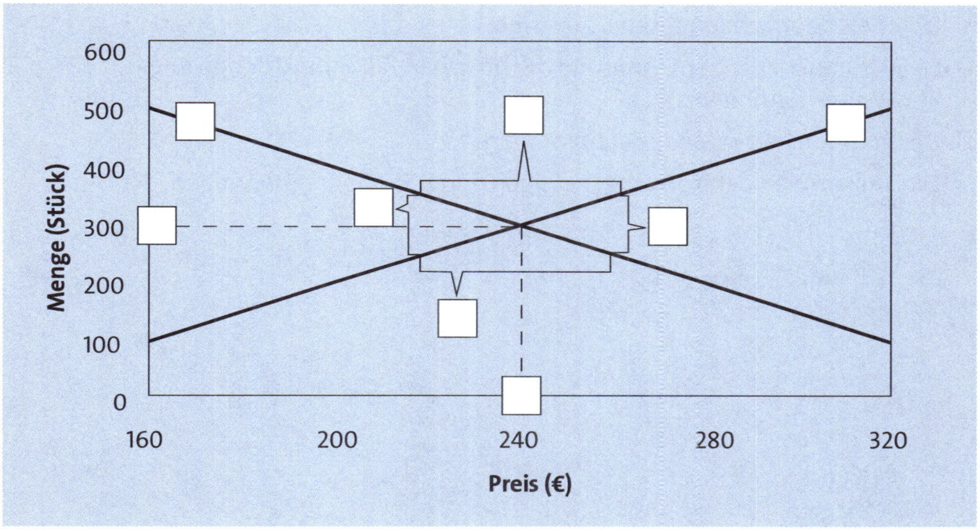

Tragen Sie die Ziffern folgender Begriffe an der zutreffenden Stelle des Schaubilds in die Kästchen ein.

[1] Nachfragekurve [2] Angebotsüberhang

[3] Gleichgewichtsmenge [4] Nachfrageüberhang

INFO

Der Gleichgewichtspreis, ist der Preis, bei dem die nachgefragte Menge gleich der angebotenen Menge ist. Bei dieser Menge wird der größtmögliche Absatz erzielt.

Ein Angebotsüberhang entsteht, wenn die angebotene Menge größer ist als die nachgefragte Menge.

Ein Nachfrageüberhang entsteht, wenn die nachgefragte Menge größer ist als die angebotene Menge.

Lösungen s. Seite 208

Aufgabe 10: Angebots-/Nachfragefunktion

Stellen Sie fest, in welchem der folgenden Fälle es bei einem Gebrauchsgut als Reaktion der Marktteilnehmer zu einer Rechtsverschiebung der Nachfragekurve kommen kann.

- ☐ Der Preis eines Komplementärgutes steigt deutlich.
- ☐ Der Preis eines Substitutionsgutes steigt deutlich.
- ☐ Der Preis des nachgefragten Gutes sinkt.
- ☐ Die Verbraucher ändern aufgrund der unsicheren Konjunkturlage ihre Konsumgewohnheiten nicht.
- ☐ Der Verbraucherpreisindex steigt um 1 %.
- ☐ Die Einkommen der Nachfrager steigen durch Tariflohnerhöhungen.

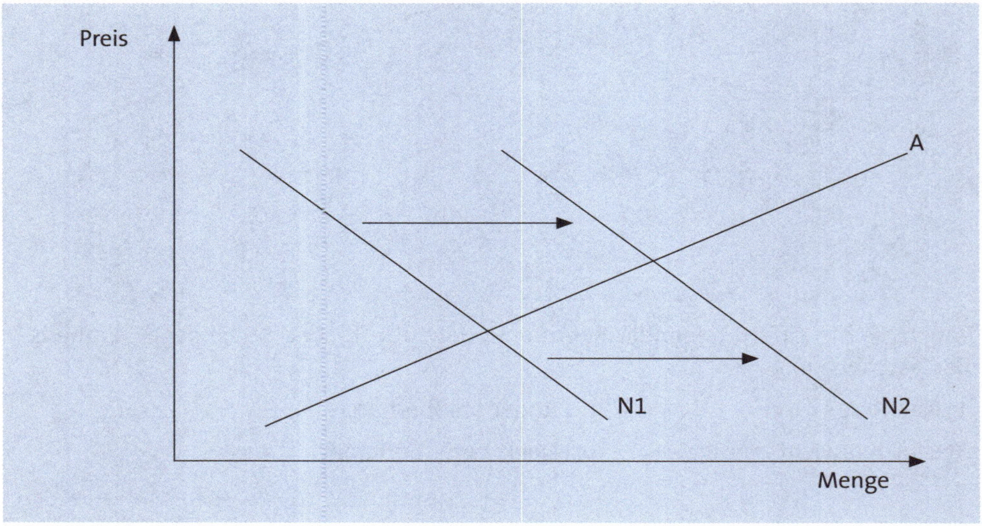

Lösungen s. Seite 208

Aufgabe 11: Gleichgewichtspreis

An einer Warenbörse erhält ein Makler folgende Aufträge:

Kaufaufträge		
Käufer	**Menge (t)**	**Preisobergrenze für 1 t (€)**
A	30	30,00
B	10	50,00
C	20	60,00
D	40	90,00

Verkaufsaufträge		
Verkäufer	**Menge (t)**	**Mindestpreis für 1 t (€)**
E	20	90,00
F	10	60,00
G	30	50,00
H	40	30,00

Ermitteln Sie den Gleichgewichtspreis.

Lösung s. Seite 209

Aufgabe 12: Preiselastizität der Nachfrage I

Fortsetzung der Aufgabe 11: Berechnen Sie die Preiselastizität der Nachfrage bei einer Preissteigerung von 30 € pro t auf 50 € pro t und interpretieren Sie das Ergebnis.

INFO

Eine Messgröße für die Preisempfindlichkeit der Nachfrage ist die Preiselastizität der Nachfrage.

$$\text{Preiselastitizität der Nachfrage} = \frac{\text{prozentuale Veränderung der nachgefragten Menge}}{\text{prozentuale Veränderung des Preises}}$$

Je höher die Preiselastizität der Nachfrage, umso empfindlicher reagiert die Nachfrage auf Preiserhöhungen.

Lösungen s. Seite 209

Aufgabe 13: Preiselastizität der Nachfrage II

Die Sport Equipment AG zieht eine Preiserhöhung für ihre Schneeschuhe in Erwägung. Auf einem Testmarkt wurden Preiserhöhungen durchgeführt. Das Ergebnis: eine Preiselastizität der Nachfrage von (-) 1,2. Welcher Rückschluss lässt sich daraus ziehen?

- ☐ Bei einem Preisanstieg von 1,2 % sinkt die Nachfrage um 1 %.
- ☐ Bei einem Preisanstieg von 1,2 % steigt die Nachfrage um 1 %.
- ☐ Bei einer Preiserhöhung um 10 € sinkt der Umsatz um 12 €.
- ☐ Bei einer Preiserhöhung um 1 % sinkt die Nachfrage um 1,2 %.
- ☐ Bei einer Preissenkung von 1,2 % sinkt die Nachfrage um 1 %.

Lösung s. Seite 209

Aufgabe 14: Unternehmenszusammenschlüsse – Konzern

Die Sport Equipment AG muss auf dem Markt für Outdoor-Equipment zum Teil mit großen Konzernen konkurrieren. Stellen Sie fest, welche Aussage auf einen Konzern zutrifft.

- ☐ Rechtlich und wirtschaftlich selbstständige Unternehmen treffen Vertragsabsprachen.
- ☐ Rechtlich und wirtschaftlich selbstständige Unternehmen betreiben eine gemeinsam vereinbarte Preispolitik.
- ☐ Unternehmen, die rechtlich und wirtschaftlich voneinander unabhängig sind, vereinbaren eine langfristige Zusammenarbeit in der Forschung und Entwicklung.
- ☒ Die beteiligten Unternehmen verlieren ihre rechtliche Selbstständigkeit.
- ☐ Zu wirtschaftlichen Zwecken werden rechtlich selbstständige Betriebe unter einheitlicher Leitung verbunden.

Lösung s. Seite 210

Aufgabe 15: Unternehmenszusammenschlüsse – Kartell

Aus der Zeitung entnehmen Sie, dass das Bundeskartellamt auf dem Outdoor-Equipment-Markt ein Kartellverfahren gegen mehrere Hersteller eingeleitet hat. Geben Sie an, welche Aussage sich auf ein Kartell bezieht.

- ☐ Die beteiligten Unternehmen schließen sich zusammen, um einen wettbewerbswidrigen Zweck zu verfolgen, und geben dabei ihre wirtschaftliche Selbstständigkeit auf.
- ☐ Dieser Unternehmenszusammenschluss entsteht durch einen Vertragsabrede, die zum Ziel hat, die Marktmacht der beteiligten Vertragspartner zu vergrößern.
- ☐ Dieser Unternehmenszusammenschluss führt zu einer rechtlichen und finanziellen Verschmelzung der Unternehmen.
- ☐ Diesen Unternehmenszusammenschluss erkennt man daran, dass mehrere rechtlich selbstständige Betriebe einer einheitlichen Leitung unterstellt sind.
- ☐ Dieser Unternehmenszusammenschluss erfolgt durch gegenseitige Kapitalbeteiligung.

Lösung s. Seite 210

Aufgabe 16: Unternehmenszusammenschlüsse – Fusion/Trust

Eine Marktstudie spricht von einem Konzentrationsprozess in der Outdoor-Branche, in Folge dessen immer weniger Anbieter übrig bleiben. In welchem Fall liegt ein Trust vor?

- ☐ Die Snowtec AG gründet zwei neue Tochtergesellschaften.
- ☐ Die Eisbär AG erwirbt die Aktienmehrheit an der Pinguin AG.
- ☒ Die Coldgear Ltd. und die Arctica S. A. fusionieren zur Arctic Coldgear S. A.

- ☐ Die Alaska GmbH und die Snowtec AG gründen ein Joint Venture.
- ☐ Die Snowtec AG schließt einen Gewinnabführungsvertrag mit der Lapplandia GmbH ab.

Lösung s. Seite 211

Aufgabe 17: Unternehmenszusammenschlüsse

Ordnen Sie den folgenden Unternehmenszusammenschluss die richtigen Kennbuchstaben zu.

A = Konzern **B** = Joint Venture **C** = Konsortium **D** = Kartell

Art des Zusammenschlusses	Fall
B	Zwei Unternehmen bilden ein Gemeinschaftsunternehmen, um gemeinsam eine neue Technologie voranzutreiben.
C	Zwei Unternehmen schließen sich für die Abwicklung eines gemeinsamen Projekts vorübergehend zu einer GbR zusammen.
D	Zwei Unternehmen der gleichen Branche sprechen ihre Angebotspreise miteinander ab.
A	Eine Muttergesellschaft beherrscht mehrere Tochtergesellschaften durch Kapitalbeteiligung.

Lösungen s. Seite 211

Aufgabe 18: Kartellverbot

Das Gesetz gegen Wettbewerbsbeschränkungen (GWB) ist die Grundlage für die Durchsetzung des Kartellverbotes. Geben Sie an, welche der folgenden Aussagen in diesem Zusammenhang zutreffend sind.

- ☐ Wettbewerbsbeschränkungen durch Kartelle fallen nur dann unter das GWB, wenn die vertraglichen Vereinbarungen über das abgestimmte Verhalten schriftlich festgelegt sind.
- ☐ Kartelle sind erlaubt, wenn sie die Verbraucher am entstandenen Gewinn angemessen beteiligen oder zur Förderung des technischen oder wirtschaftlichen Fortschritts beitragen.
- ☐ Das Verbot von wettbewerbsbeschränkenden Vereinbarungen bezieht sich im Wesentlichen auf vertikale Verbindungen großer Unternehmen.
- ☐ Wenn Kartelle den Wettbewerb verhindern oder verfälschen, gelten sie erst nach einer entsprechenden schriftlichen Erklärung des Kartellamts als verboten.
- ☐ Die Genehmigung von Mittelstandskartellen muss über eine Ministererlaubnis beantragt werden.
- ☐ Vereinbarungen, deren Gegenstand die Rationalisierung wirtschaftlicher Vorgänge durch eine zwischenbetriebliche Zusammenarbeit mittlerer Unternehmen ist, sind vom grundsätzlichen Verbot der Kartellbildung ausgenommen.

RECHTSGRUNDLAGEN

Das Kartellverbot ist im Gesetz gegen Wettbewerbsbeschränkungen (GWB) geregelt.

§ 1 GWB

Vereinbarungen zwischen Unternehmen, Beschlüsse von Unternehmensvereinigungen und aufeinander abgestimmte Verhaltensweisen, die eine Verhinderung, Einschränkung oder Verfälschung des Wettbewerbs bezwecken oder bewirken, sind verboten.

Lösungen s. Seite 211

Aufgabe 19: Missbrauchsaufsicht

Bei den Kite-Surfboards hat die Sport Equipment AG einen schweren Stand. Die Wassersport AG ist Marktführer und hat in Deutschland einen Marktanteil von 55 %. Stellen Sie fest, welche der folgenden Maßnahmen der Wassersport AG gegen das Wettbewerbsrecht verstößt.

- ☐ Sie bietet Auslaufmodelle zu Sonderkonditionen an.
- ☐ Sie bietet Händlern einen Rabatt in Höhe von 10 % auf alle ihre Modelle an.
- ☐ Sie bietet ihre Produkte über einen längeren Zeitraum deutlich unter Herstellkosten an, um die Konkurrenz vom Markt zu verdrängen.
- ☐ Sie staffelt ihre Preise nach Abnahmemenge.
- ☐ Sie bietet den Händlern hohe Rabatte unter der Bedingung, dass ausschließlich Kite-Surfboards der Wassersport AG ins Sortiment aufgenommen werden dürfen.
- ☐ Sie verkauft ihre Produkte zu saisonal variierenden Preisen.

RECHTSGRUNDLAGEN

§ 19 Abs. 1 GWB

Die missbräuchliche Ausnutzung einer marktbeherrschenden Stellung durch eine oder mehrere Unternehmen ist verboten.

Lösungen s. Seite 212

Aufgabe 20: Fusionskontrolle

Sie hören, dass die beiden größten inländischen Anbieter von Outdoor-Equipment, die zusammen einen Marktanteil von 70 % besitzen, Fusionsverhandlungen geführt haben. Prognostizieren Sie, wie die Kartellbehörden vor dem Hintergrund der marktwirtschaftlichen Ordnung in Deutschland auf den beabsichtigten Zusammenschluss reagieren wird.

- ☐ Das Kartellamt wird den Zusammenschluss untersagen, da grundsätzlich alle Unternehmenszusammenschlüsse angemeldet und genehmigt oder abgelehnt werden müssen.
- ☐ Das Kartellamt wird den Zusammenschluss nur untersagen, wenn das Kartellamt eine missbräuchliche Ausnutzung der Marktstärke durch z. B. überhöhte Produktpreise erwartet.
- ☐ Das Kartellamt wird den Zusammenschluss untersagen, da hier offensichtlich die Entstehung oder Verstärkung einer marktbeherrschenden Stellung gegeben ist.
- ☐ Das Kartellamt wird den Zusammenschluss nicht untersagen, solange andere Mitbewerber beim Kartellamt keine Beschwerde wegen Wettbewerbsbeschränkungen einlegen.
- ☐ Da hier ein überragendes Interesse der Allgemeinheit vorliegt, wird der Zusammenschluss im Falle einer Untersagung des Kartellamtes durch eine Ministererlaubnis genehmigt.

RECHTSGRUNDLAGEN

§ 36 Abs. 1 GWB
Ein Zusammenschluss, von dem zu erwarten ist, dass er eine marktbeherrschende Stellung begründet oder verstärkt, ist vom Bundeskartellamt zu untersagen, es sei denn, die beteiligten Unternehmen weisen nach, dass durch den Zusammenschluss auch Verbesserungen der Wettbewerbsbedingungen eintreten und dass diese Verbesserungen die Nachteile der Marktbeherrschung überwiegen.

§ 42 Abs. 1 GWB
Der Bundesminister für Wirtschaft und Technologie erteilt auf Antrag die Erlaubnis zu einem vom Bundeskartellamt untersagten Zusammenschluss, wenn im Einzelfall die Wettbewerbsbeschränkung von gesamtwirtschaftlichen Vorteilen des Zusammenschlusses aufgewogen wird oder der Zusammenschluss durch ein überragendes Interesse der Allgemeinheit gerechtfertigt ist.

Lösung s. Seite 213

Aufgabe 21: UWG

Prüfen Sie, welche Maßnahme der Sport Equipment AG dem Gesetz gegen den unlauteren Wettbewerb (UWG) widerspricht.

- ☐ Die Sport Equipment AG spricht die Preise für ihre Schneeschuhmodelle mit den Konkurrenzunternehmen ab.
- ☐ Die Sport Equipment AG wirbt in ihren Online-Shop mit irreführenden Preisnachlässen, obwohl sich für die Kunden in Wirklichkeit kein Preisvorteil ergibt.
- ☐ Die Sport Equipment AG gibt im Februar auf ihre Schneeschuhmodelle 30 % Rabatt.

- ☐ Die Sport Equipment AG will wegen Aufgabe eines Warenlagers einen Räumungsverkauf durchführen.
- ☐ Bei der Einführung eines neuen Produktes wird den Händlern ein einmaliger Sonderrabatt von 20 % gewährt.

RECHTSGRUNDLAGEN

§ 36 Abs. 1 GWB
(siehe Seite 97)

§ 1 UWG
Dieses Gesetz dient dem Schutz der Mitbewerber, der Verbraucherinnen und Verbraucher sowie der sonstigen Marktteilnehmer vor unlauteren geschäftlichen Handlungen. Es schützt zugleich das Interesse der Allgemeinheit an einem unverfälschten Wettbewerb.

Lösung s. Seite 213

7. Produktions- und Standortfaktoren

Die Produktionsfaktoren geben an, welche Faktoren für die betriebliche Leistungserstellung notwendig sind. Man unterscheidet volkswirtschaftliche und betriebswirtschaftliche Produktionsfaktoren. Die Faktorkombination erfolgt nach dem ökonomischen Prinzip. Die Wahl des optimalen Standorts ist für jeden Industriebetrieb eine elementare Entscheidung, die den Geschäftserfolg maßgeblich beeinflussen kann. Durch Standortanalysen werden Standortfaktoren bewertet und die Standortentscheidung systematisch vorbereitet.

Aufgabe 1: Volkswirtschaftliche Produktionsfaktoren

Welches sind die drei volkswirtschaftlichen Produktionsfaktoren?

☐ Arbeit, Kapital, Maschinen

☐ Kapital, Boden, Information

☐ Arbeit, Kapital, Boden

☐ Arbeit, Geld, Betriebsmittel

☐ Menschen, Material, Maschinen

Lösung s. Seite 214

Aufgabe 2: Betriebswirtschaftliche Produktionsfaktoren

Welche Zeile enthält ausschließlich betriebswirtschaftliche Produktionsfaktoren?

☐ Werkstoffe, Kapital, dispositiver Faktor

☐ Betriebsmittel, Werkstoffe, Boden

☐ Ausführende Arbeit, Kapital, Werkstoffe

☐ Dispositiver Faktor, Betriebsmittel, Werkstoffe

☐ Ausführende Arbeit, Werkstoffe, Kapital

Lösung s. Seite 214

Aufgabe 3: Volkswirtschaftliche und betriebswirtschaftliche Produktionsfaktoren

Kreuzen Sie an, welcher volkswirtschaftliche und welcher betriebswirtschaftliche Produktionsfaktor aus Sicht der Sport Equipment AG jeweils vorliegt.

Beispiel	Volkswirtschaftliche Produktionsfaktoren			Betriebswirtschaftliche Produktionsfaktoren			
	Arbeit	Boden	Kapital	Dispositiver Faktor	Werkstoffe	Betriebsmittel	Ausführende Arbeit
Bindungen für Schneeschuhe							
Lagerhalle							
Betriebsgrundstück							
Vorstand							
CNC-Maschine							
CNC-Maschinenbediener							
Schraubenzieher							
Schrauben							
Jutefasern für Verpackungsmaterial							
Büromaterial							
Strom							
Mahnsoftware							

Lösungen s. Seite 214

Aufgabe 4: Dispositiver Faktor

Welche Aufgabe gehört in der Sport Equipment AG nicht zum dispositiven Faktor?

- ☐ Produktivitätsvorgaben für die Fertigung machen
- ☐ Zielvereinbarungsgespräche mit den Mitarbeitern führen
- ☐ Über die Einführung eines neuen Produktes entscheiden
- ☐ Die Einführung einer neuen Finanzbuchhaltungssoftware beschließen
- ☐ Den Preis für einen Kundenauftrag über Standardprodukte kalkulieren

Lösung s. Seite 215

Aufgabe 5: Originäre und derivative Produktionsfaktoren

Die Sport Equipment AG produziert und vertreibt Schneeschuhe. In welchen Fällen entlang der Wertschöpfungskette handelt es sich um originäre Produktionsfaktoren?

- ☐ Erdöl für die Kunststoffherstellung
- ☐ Kabel für eine Spritzgussmaschine zur Rahmenherstellung
- ☐ ein Stahlgehäuse für die Spritzgussmaschine
- ☐ Baumwolle für die Herstellung der Beutel zur Aufbewahrung der Schneeschuhe
- ☐ ein Exportsachbearbeiter in der Vertriebsabteilung
- ☐ Spanngurte für die Schneeschuhbindungen
- ☐ Grundstück, auf dem die Montagehalle der Sport Equipment AG steht
- ☐ Bürogebäude für die Vertriebsabteilung der Sport Equipment AG
- ☐ Stahlklemmen für die Montage der Schneeschuhrahmen
- ☐ Strom für die Montagemaschinen

INFO

- **Originäre Produktionsfaktoren** sind ursprüngliche Produktionsfaktoren. Sie sind bereits vorhanden und müssen nicht erst durch die Kombination anderer Faktoren erstellt werden. Originäre Produktionsfaktoren sind von Natur aus begrenzt.
- **Derivative Produktionsfaktoren** sind abgeleitete Faktoren; sie entstehen erst durch den Einsatz von Boden und Arbeit.

Lösungen s. Seite 216

Aufgabe 6: Kosten der Produktionsfaktoren

Zu welchen Produktionsfaktoren der Sport Equipment AG gehören folgende Kosten? Ordnen Sie zu.

a) Abschreibungen auf Sachanlagen
b) Kosten für einen Internetanschluss
c) Benzinkosten für den eigenen Fuhrpark
d) Kosten für die Reparatur einer Fertigungsmaschine durch einen externen Servicetechniker
e) Tariflöhne für die Fertigungsmitarbeiter
f) Managergehälter
g) Frachtkosten einer Rohstofflieferung

Leistungsfaktoren	Beispiele
Werkstoffe	
Betriebsmittel	
Ausführende Arbeit	
Dispositiver Faktor	

Lösungen s. Seite 216

Aufgabe 7: Faktorsubstitution

In welchen Fällen erfolgt eine Faktorsubstitution?

- ☐ Die Sport Equipment AG verlegt ihr Auslieferungslager an einen anderen Standort.
- ☐ Ein Mitarbeiter geht in Rente und wird durch eine Neueinstellung ersetzt.
- ☐ Die Sport Equipment AG bezieht ihre Textilstoffe von einem anderen Hersteller als bisher.
- ☐ Bei der Sport Equipment AG ersetzen neue Lackierautomaten die alten Lackieranlagen, die noch manuell bedient wurden. Da die Lackiererei nun mit weniger Personal auskommt, wird die Zahl der Leiharbeitnehmer verringert.
- ☐ Die Sport Equipment AG ersetzt bei den Schneeschuhen Metallrahmen durch flexiblere Kunststoffrahmen.
- ☐ Die Sport Equipment AG lässt auf dem Dach ihres Fabrikgebäudes eine Photovoltaik-Anlage installieren, mit der ein Teil des Strombedarfs für die Fertigung gedeckt werden soll.

INFO

Unter Faktorsubstitution ist der Ersatz eines Produktionsfaktors durch einen anderen Produktionsfaktor zu verstehen.

Lösungen s. Seite 217

Aufgabe 8: Ökonomisches Prinzip – Minimalprinzip

In welchem Fall handelt die Sport Equipment AG nach dem Minimalprinzip?

- ☐ In der Montageabteilung soll die Produktivität durch eine Senkung des Krankenstands gesteigert werden.
- ☐ Beim Vertrieb der neuen Kite-Surfboards sollen die Außendienstmitarbeiter den Händlern möglichst geringe Rabatte gewähren.
- ☐ Die Rüstzeiten in der Teilefertigung sollen reduziert werden.

☐ In der Teilefertigung soll bei konstanter Produktionsmenge durch Erhöhung der Recycling-Quote der Materialeinsatz verringert werden.

☐ In der Teilefertigung soll durch eine Verringerung der Ausschussquote die Zahl der Gutstücke erhöht werden.

INFO

Das **Ökonomische Prinzip** besagt, dass Nutzen und Mitteleinsatz in einem optimalen Verhältnis zueinander stehen sollen. Hierbei werden zwei Varianten unterschieden:

Minimalprinzip:

Einen bestimmten Nutzen mit möglichst geringem Mitteleinsatz erreichen.

Einen bestimmten Ertrag mit möglichst geringem Aufwand erreichen.

Eine bestimmte Leistung mit möglichst geringen Kosten erreichen.

Maximalprinzip:

Mit einem vorgegebenen Mitteleinsatz einen möglichst großen Nutzen erzielen.

Mit einem vorgegebenen Aufwand einen möglichst hohen Ertrag erzielen.

Mit vorgegebenen Kosten eine möglichst hohe Leistung erzielen.

Lösung s. Seite 217

Aufgabe 9: Ökonomisches Prinzip – Maximalprinzip

In welchem Fall verfolgt die Sport Equipment AG das Maximalprinzip?

☐ Durch eine Reduzierung der Maschinenstillstandszeiten soll bei gleichbleibender Maschinenzahl die Produktivität in der Fertigung erhöht werden.

☐ Der bisherige Kundenstamm soll von nun an mit einem Außendienstmitarbeiter weniger betreut werden, um über eine Senkung der Vertriebskosten den Gewinn zu erhöhen.

☐ Der Einkauf erhält die Vorgabe, die Lieferantenpreise um 5 % zu drücken, um so eine höhere Gewinnspanne realisieren zu können.

☐ Teure Werkstoffe sollen durch kostengünstigere Werkstoffe ersetzt werden, ohne dass die Qualität darunter leidet.

☐ Durch eine neue Software kann die Bearbeitungszeit für Fremdrechungen um durchschnittlich einen Tag verkürzt werden.

Lösung s. Seite 218

Aufgabe 10: Faktorkombination – Minimalkostenkombination

Die Sport Equipment AG zieht in Erwägung, manuelle Montagearbeiten zu automatisieren. Es stehen drei verschiedene Verfahren zur Auswahl. Die Kosten für ausführende Arbeit werden für alle Verfahren mit 30 € pro Stunde veranschlagt. Die Kosten für die Betriebsmittel variieren von Verfahren zu Verfahren, da eine zunehmende Automatisierung auch teurere Maschinen erfordert. Bei den Kosten für Werkstoffe und die übrigen Leistungsfaktoren gibt es keine Unterschiede. Um die gleiche Produktionsleistung zu erreichen, fallen je nach Verfahren folgende Faktorkosten an:

- **Verfahren 1:** manuelle Fertigung
  - 50 Arbeitsstunden pro Tag
  - 10 Maschinenstunden pro Tag zu je 15 € pro Stunde
- **Verfahren 2:** halbautomatische Fertigung
  - 25 Arbeitsstunden pro Tag
  - 25 Maschinenstunden pro Tag zu je 30 € pro Stunde
- **Verfahren 3:** automatische Fertigung
  - 10 Arbeitsstunden pro Tag
  - 40 Maschinenstunden pro Tag zu je 40 € pro Stunde.

Ermitteln Sie das kostengünstigste Verfahren und geben Sie die Gesamtkosten für dieses Verfahren an.

INFO

Ein Unternehmen befindet sich in einer Minimalkostenkombination, wenn sie die Produktionsfaktoren zur Erstellung einer gegebenen Leistungsmenge so kombiniert, dass zu geringstmöglichen Kosten produziert wird (Minimalprinzip).

Lösung s. Seite 218

Aufgabe 11: Arbeitsteilung

Die Sport Equipment AG möchte über Arbeitsteilung eine Kosteneinsparung in der Produktion erzielen. Welche Maßnahme stellt eine innerbetriebliche Arbeitsteilung dar?

☐ Die Lackierung von Teilen wird an eine Fremdfirma vergeben.

☐ Die Arbeiter in der Montageabteilung spezialisieren sich jeweils auf einen bestimmten Arbeitsgang.

☐ Die Teilefertigung wird auf ein Zweigwerk der Sport Equipment AG übertragen.

☐ Zwei Mitarbeiter mit Teilzeitverträgen teilen sich einen Arbeitsplatz.

☐ Innerhalb einer teilautonomen Arbeitsgruppe praktizieren die Mitarbeiter Job Rotation.

Lösung s. Seite 218

Aufgabe 12: Outsourcing

Um weiter Kosten sparen zu können, denkt die Unternehmensleitung der Sport Equipment AG über Outsourcing nach. In welchem Fall handelt es sich um Outsourcing?

☐ Die Sport Equipment AG verlagert ihre Rucksackproduktion in ihr neu gegründetes Werk nach Rumänien.

☐ Die Sport Equipment AG vertreibt ihre Produkte in Osteuropa von nun an über ihre polnische Vertriebsgesellschaft.

☐ Die Montage der Schneeschuhe wird vom Erlanger Hauptwerk auf ein Zweigwerk in Sachsen ausgelagert.

☐ Die Riemen für die Schneeschuhbindungen werden nicht mehr von einem deutschen sondern einem chinesischen Lieferanten bezogen.

☐ Die Sport Equipment AG produziert die Rahmen für die Schneeschuhe nicht mehr selbst, sondern beauftragt einen Lieferanten damit.

MERKE

Outsourcing (Outside Resource Using) bedeutet Auslagerung von Prozessen an Fremdfirmen.

Lösung s. Seite 219

Aufgabe 13: Harte und weiche Standortfaktoren

In welchen Fällen handelt es sich um weiche Standortfaktoren?

☐ Arbeitsmentalität der Bevölkerung

☐ Lieferantennähe

☐ Einkommen der Bevölkerung

☐ Rohstoffvorkommen

☐ Freizeitangebote

☐ Dichte des Autobahnnetzes

☐ Nähe zum Absatzmarkt

INFO

Harte Faktoren sind quantifizierbar, d. h. sie sind mengenmäßig messbar bzw. als Kosten erfassbar.

Weiche Faktoren sind nicht quantifizierbar. Ihre Wahrnehmung unterliegt sehr stark subjektiven Einflüssen.

Lösungen s. Seite 219

Aufgabe 14: Standortfaktoren – Standortwahl

Die Sport Equipment AG sucht einen geeigneten Standort für ein Auslieferungslager in Deutschland. Welcher der folgenden Faktoren ist für die Standortwahl am ehesten vernachlässigbar.

- ☐ Gewerbesteuerhebesatz
- ☐ Autobahnanbindung
- ☐ Nähe zu den Rohstoffmärkten
- ☐ Angebot an Arbeitskräften
- ☐ günstige Gewerbeflächen

Lösung s. Seite 220

Aufgabe 15: Standortanalyse

Auf der Suche nach einem geeigneten Standort für ein Auslieferungslager hat die Sport Equipment AG drei Standorte in die engere Auswahl genommen. Die Standortanalyse hat zu folgender Tabelle geführt. Vervollständigen Sie die Tabelle und entscheiden Sie sich für einen der drei Standorte.

Entscheidungsbewertungstabelle zur Standortwahl

Standortfaktoren	**Standorte**						
	Faktorgewichtung	**A**		**B**		**C**	
		Bewertung	**Punkte • Gewichtung**	**Bewertung**	**Punkte • Gewichtung**	**Bewertung**	**Punkte • Gewichtung**
1. Verkehrsanbindung	30	5		4	120	2	60
2. Kundennähe	20	4	80	5	100	4	80
3. Qualifizierte Arbeitskräfte	15	4	60	3		4	60
4. Lohnniveau	10	3	30	4	40	5	50
5. Grundstückspreise	10	5	50	4	40	3	

Standortfaktoren	Standorte						
	Faktorgewichtung	A		B		C	
		Bewertung	Punkte • Gewichtung	Bewertung	Punkte • Gewichtung	Bewertung	Punkte • Gewichtung
6. Gewerbesteuer	10	3	30	4	40	4	40
7. Freie Gewerbeflächen	10	2	20	1	10	4	40
Summe	100						
Rangfolge der Standortalternativen							

Lösungen s. Seite 220

Aufgabe 16: Standortfaktoren – Standortverlagerung

Die Sport Equipment AG zieht eine Verlagerung ihrer Produktion in die Slowakei in Erwägung. Von dort aus soll vor allem für den deutschen Markt produziert werden. Was ist kein Argument gegen eine derartige Entscheidung?

- ☐ die weite Entfernung zu den deutschen Hauptabnehmern
- ☐ die hohen Investitionskosten für das neu zu gründende Werk
- ☐ das Wechselkursrisiko
- ☐ das höhere Qualitätsrisiko
- ☐ Sprachbarrieren

Lösung s. Seite 221

8. Volkswirtschaftliche Gesamtrechnungen und Konjunktur

Das wirtschaftliche Geschehen wird in den Volkswirtschaftlichen Gesamtrechnungen aufgezeigt. Diese bestehen aus einer Entstehungs-, einer Verwendungs- und einer Verteilungsrechnung. In deren Mittelpunkt steht das Bruttoinlandsprodukt (BIP), das den Wert der im Inland in einer Periode hergestellten Güter misst.

Das reale BIP ist ein Indikator für die wirtschaftliche Leistung einer Volkswirtschaft in einem bestimmten Zeitraum. Regelmäßig wiederkehrende Veränderungen der wirtschaftlichen Aktivität bezeichnet man als Konjunktur.

Der Staat versucht, Konjunkturschwankungen mithilfe wirtschaftspolitischer Maßnahmen zu glätten, um ein möglichst konstantes Wirtschaftswachstum zu erreichen, wie es das Stabilitätsgesetz von 1967 fordert („Magisches Viereck“).

Aufgabe 1: Wirtschaftskreislauf – Sektoren

INFO

Gleichartige Wirtschaftssubjekte werden zu Sektoren zusammengefasst.

Ordnen Sie die Kennziffern von drei der insgesamt sieben Tätigkeiten der Wirtschaftssubjekte den Sektoren des Wirtschaftskreislaufs zu.

Tätigkeiten der Wirtschaftssubjekte
1. Sachgüter und Dienstleistungen für den Markt produzieren, Gewinn erzielen
2. Einkommen sparen, Sachgüter und Dienstleistungen für den Markt produzieren
3. Einkommen für Konsum verwenden, Sachgüter und Dienstleistungen für den Markt produzieren
4. Einkommen zum Konsum und/oder zum Sparen verwenden
5. Einkommen sparen, Steuern erheben
6. Steuern erheben, Einkommen zum privaten Konsum verwenden
7. Steuern erheben, Einkommen umverteilen

Sektoren des Wirtschaftskreislaufs	
Unternehmen	
Private Haushalte	
Staat	

Lösung s. Seite 222

Aufgabe 2: Wirtschaftskreislauf – Transaktionen

Ordnen Sie im folgenden Kreislaufschema den fehlenden Begriff zu.

- ☐ Subventionen
- ☐ Außenbeitrag
- ☐ Import
- ☐ private Ersparnisse
- ☐ Einkommen
- ☐ private Investitionen

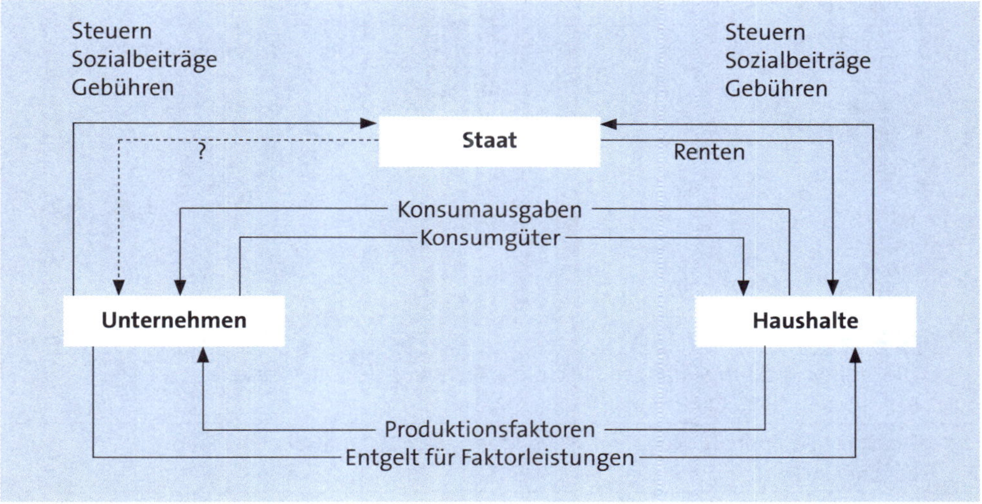

Lösung s. Seite 222

Aufgabe 3: Wirtschaftskreislauf – Geldströme

Der abgebildete Wirtschaftskreislauf stellt schematisch die Geldströme zwischen den Wirtschaftssektoren dar. Ordnen Sie den wirtschaftlichen Aktivitäten die jeweilige Ziffer des Geldstroms aus dem Modell des Wirtschaftskreislaufs zu.

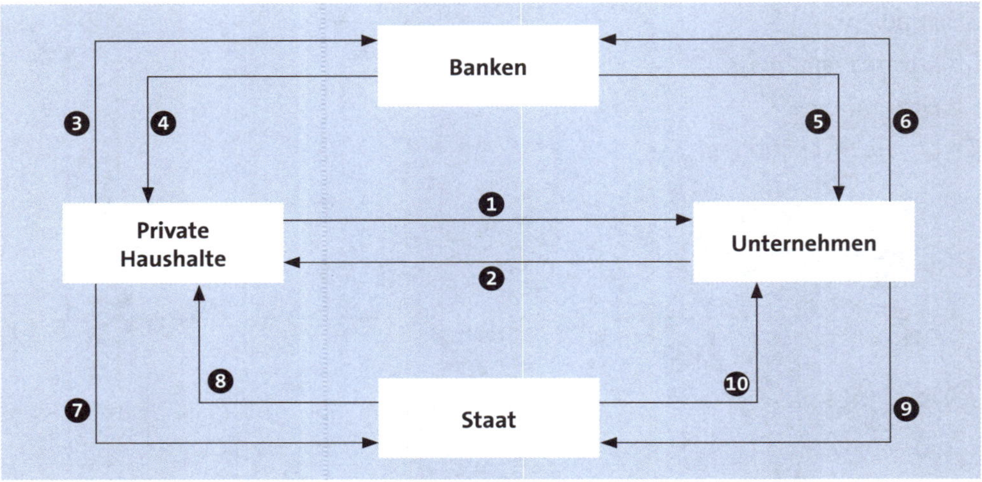

Wirtschaftliche Aktivitäten		Geldstrom
a)	Die Stadtverwaltung Erlangen gleicht die Rechnung des Dachdeckers Schuhmann für Reparaturen am Hallenbad aus.	
b)	Die Sport Equipment AG nimmt einen Kredit über 200.000 € bei der Frankenbank AG auf.	
c)	Frau Rebhan bezahlt ihre Lebensmitteleinkäufe im Supermarkt.	
d)	Familie Grasser erhält Kindergeld für ihren Sohn Max.	
e)	Die Sport Equipment AG überweist die fällige Körperschaftsteuer an das Finanzamt.	
f)	Herr Fröhlich, Beamter im Ruhestand, erhält seine monatliche Pension auf seinem Girokonto gutgeschrieben.	
g)	Die Entwicklung eines 2-Liter Pkw zur Serienreife wird durch Subventionen gefördert.	
h)	Herr Schmidt, Aktionär der Sport Equipment AG, erhält seine Gewinnbeteiligung von insgesamt 75 €.	
i)	Oma Amalia zahlt 50 € auf das Sparbuch ihres Enkels Felix ein.	

Lösungen s. Seite 223

Aufgabe 4: Wirtschaftskreislauf – Transferzahlungen

Prüfen Sie, welche der folgenden Transaktionen eine mögliche Transferzahlung des Staates beschreibt.

- ☐ Der Freistaat Bayern unterstützt anteilig den Bau einer öffentlichen Sportanlage.
- ☐ Das Land Rheinland-Pfalz begleicht die Rechnung eines Tiefbauunternehmens über den Ausbau einer Autobahn.
- ☐ Der Münchner Oberbürgermeister erhält einen neuen Dienstwagen.
- ☐ Ein verbeamteter Lehrer zahlt für seinen privaten Pkw die Kraftfahrzeugsteuer.
- ☐ Eine Mitarbeiterin der Stadtverwaltung Erlangen erhält Kindergeld für ihre zwei Kinder.

Lösung s. Seite 224

Aufgabe 5: Wirtschaftskreislauf

Im Wirtschaftskreislauf eines Landes haben die folgenden drei Geldströme zugenommen:

- Unternehmen an Haushalte
- Haushalte an Unternehmen und
- Haushalte an Staat.

Führen Sie eine mögliche Ursache für diese Veränderungen an, wenn nicht genannte Einflussgrößen unverändert bleiben.

- ☐ Der Einkommensteuertarif wurde angehoben.
- ☐ Die Umsatzsteuersätze wurden gesenkt.
- ☐ Die Beiträge zur Pflegeversicherung sind gestiegen.
- ☐ Die Tarifentgelte wurden branchenübergreifend erhöht.
- ☐ Verbraucher haben Teile ihrer Ersparnisse aufgelöst, um mehr zu konsumieren.

Lösung s. Seite 224

Aufgabe 6: Reales und nominales BIP

Für die Bundesrepublik Deutschland ergaben sich für die Jahre 01 und 02 folgende Zahlen:

Verwendung des Bruttoinlandsprodukts

In jeweiligen Preisen (Mrd. €)	01	02
Private Konsumausgaben	1.423,0	1.474,4
Bruttoinlandsprodukt	2.476,8	2.570,8

Preisbereinigt (Jahr 00 = 100)	01	02
Private Konsumausgaben	102,5	104,0
Bruttoinlandsprodukt	106,5	109,7

a) Ermitteln Sie die Wachstumsrate des nominalen Bruttoinlandsprodukts im Jahre 02. Runden Sie das Ergebnis auf zwei Stellen nach dem Komma.

TIPP

Die Wachstumsrate des Bruttoinlandsprodukts im Jahre 02 stellt die prozentuale Veränderung des Bruttoinlandsprodukts des Jahres 02 zum Jahr 01 dar.

b) Das Bruttoinlandsprodukt ist ein wichtiger Indikator für die wirtschaftliche Leistung der Volkswirtschaft der Bundesrepublik Deutschland. Welche der folgenden Aussagen beschreiben den Sachverhalt der angegebenen Daten zutreffend?

- ☐ Das Bruttoinlandsprodukt ist 02 gegenüber dem Vorjahr real um 94,0 Mrd. € gestiegen.
- ☐ 01 und 02 wurde der größte prozentuale Anteil des Bruttoinlandsprodukts für den privaten Konsum verwendet.
- ☐ Die privaten Konsumausgaben sind von 00 bis 01 preisbereinigt um 2,5 % gestiegen.
- ☐ Das Bruttoinlandsprodukt ist in 02 gegenüber 01 nominal gestiegen. Damit stieg auch der Wohlstand der Bevölkerung um den gleichen Wert.
- ☐ Das Bruttoinlandsprodukt sank 02 gegenüber 01 real und nominal.
- ☐ Die privaten Konsumausgaben waren 01 höher als 02.

Lösungen s. Seite 225

Aufgabe 7: BIP, Lohnquote, Gewinnquote, Bruttoinvestitionen, Volkseinkommen

Die Verwendung des Bruttoinlandsprodukts zeigt unter anderem, von welchen Wirtschaftsbereichen die produzierten Güter und Dienstleistungen verbraucht werden. Die folgende Tabelle zeigt dazu wichtige gesamtwirtschaftliche Größen:

Wichtige gesamtwirtschaftliche Größen (Auszug) in jeweiligen Preisen (Mrd. €)	**01**	**02**
Private Konsumausgaben	1.423,0	1.474,4
Konsumausgaben des Staates	488,8	502,9
Ausrüstungen	170,8	183,5
Bauten	235,0	255,5
Sonstige Anlagen	27,8	28,6
Vorratsveränderungen	- 4,0	- 5,7
Inländische Verwendung	2.341,4	2.439,4
Bruttoinlandsprodukt	2.476,8	2.570,8

Wichtige gesamtwirtschaftliche Größen (Auszug) in jeweiligen Preisen (Mrd. €)	**01**	**02**
Arbeitnehmerentgelt	1.262,9	1.318,3
Unternehmens- und Vermögenseinkommen	635,0	644,4

Ermitteln Sie anhand der Daten aus der abgebildeten Tabelle

a) den Außenbeitrag für das Jahr 02 in Mrd. Euro.

b) die Höhe der Bruttoinvestitionen im Jahr 02 in Mrd. Euro.

INFO

Bruttoinvestitionen sind die Ausgaben der Unternehmen für Investitionen in das Anlage- und Umlaufvermögen.

c) die Höhe des Volkseinkommens im Jahr 02 in Mrd. Euro.

Volkseinkommen = Arbeitnehmerentgelt + Unternehmens- und Vermögenseinkommen

d) die Höhe der Lohnquote im Jahr 02 in Prozent.

$$\text{Lohnquote} = \frac{\text{Arbeitnehmerentgelt} \cdot 100}{\text{Volkseinkommen}}$$

e) die Höhe der Gewinnquote im Jahr 01 in Prozent.

$$\text{Gewinnquote} = \frac{\text{Unternehmens- und Vermögenseinkommen} \cdot 100}{\text{Volkseinkommen}}$$

Lösungen s. Seite 225

Aufgabe 8: Bruttoinlandsprodukt, Bruttonationaleinkommen

Prüfen Sie, welche der folgenden Aussagen zum Bruttoinlandsprodukt (BIP) der Bundesrepublik Deutschland zutreffend sind.

☐ Schattenwirtschaftliche Aktivitäten werden über geeignete Schätzungen in das BIP einbezogen.

☐ Bei der Ermittlung des realen BIP werden die tatsächlich erzielten Marktpreise als Bezugsgröße zugrunde gelegt.

- [x] Das BIP unterscheidet sich in seiner Höhe vom Bruttonationaleinkommen durch den Saldo der Primäreinkommen aus der übrigen Welt.
- [ ] Den Unterschied zwischen nominalem und realem BIP bestimmt der Saldo der Primäreinkommen aus der übrigen Welt.
- [ ] Im BIP sind die unentgeltlich erbrachten Leistungen des Staates nicht enthalten.
- [ ] Das BIP erfasst die wirtschaftlichen Leistungen aller Inländer, unabhängig davon, ob sie im Inland oder Ausland erbracht werden.

Lösungen s. Seite 226

Aufgabe 9: BIP-Wachstum

Unterscheiden Sie quantitatives und qualitatives Wachstum.

Lösung s. Seite 227

Aufgabe 10: BIP-Kritik

Das mittels des Bruttoinlandsprodukts gemessene Wirtschaftswachstum eines Landes wird als Indikator für den Wohlstand einer Gesellschaft kritisch gesehen.

Führen Sie drei Kritikpunkte an.

Lösungen s. Seite 227

Aufgabe 11: BIP, Bruttonationaleinkommen

Das Bruttoinlandsprodukt ist in Mrd. Euro üblicherweise geringer als das Bruttonationaleinkommen. Beschreiben Sie den Zusammenhang zwischen den beiden volkswirtschaftlichen Größen und interpretieren Sie die Differenz.

Lösungen s. Seite 227

Aufgabe 12: BIP, Konjunkturindikator

Im Stabilitätsgesetz ist unter anderem das Ziel eines stetigen und angemessenen Wirtschaftswachstums genannt. Nennen Sie die Messgröße, mit der ermittelt wird, wie weit man sich diesem Ziel genähert oder ob man es erreicht hat.

- [ ] Bruttoinlandsprodukt (nominal)
- [ ] Bruttowertschöpfung
- [x] Bruttoinlandsprodukt (real)
- [ ] Außenbeitragsquote
- [ ] Volkseinkommen

Lösung s. Seite 228

Aufgabe 13: Konjunkturindikatoren

Bestimmen Sie die Konjunkturindikatoren, die als relativ verlässliche Frühindikatoren für den Konjunkturverlauf von besonderer Bedeutung sind.

☐ Außenbeitrag

☒ Auftragseingänge in der Industrie

☐ Inflationsrate

☐ Wirtschaftswachstum

☐ Arbeitslosenquote

☒ Ifo-Geschäftsklimaindex

☐ Kapazitätsauslastung

☒ Einzelhandelsumsatz

☒ Baugenehmigungen

☐ Lohnentwicklung des verarbeitenden Gewerbes

☐ Steuereinnahmen des Staates

Lösungen s. Seite 228

Aufgabe 14: Konjunkturphasen – Indikatoren

Bei ihrer Absatzprognose für das neue Geschäftsjahr berücksichtigt die Sport Equipment AG die zu erwartende Konjunkturentwicklung. Die nachfolgenden Daten eines Wirtschaftsinstituts liegen zur Auswertung vor:

	1. Quartal	2. Quartal	3. Quartal
Auftragseingang in % (Basisjahr = 100)	121	118	112
Produktion in % (Basisjahr = 100)	116	113	109
Arbeitslose (Anzahl in 1.000)	4.027	4.097	4.150
Offene Stellen (Anzahl in 1.000)	471	445	409

Auf welche Konjunkturlage weisen die Indikatoren hin?

☐ auf einen ansteigenden Trend

☐ auf einen Boom

☐ auf eine Rezession

☐ auf eine Expansion

☐ auf einen Aufschwung

Lösung s. Seite 228

Aufgabe 15: Konjunkturphasen – Rezession

Stellen Sie fest, welcher Sachverhalt auf eine Rezession hindeutet.

- ☐ Die Steuereinnahmen des Staates steigen.
- ☐ Das reale Bruttoinlandsprodukt ist gegenüber dem Vorjahr gesunken.
- ☐ Die volkswirtschaftliche Nachfrage ist größer als das Angebot.
- ☐ Sowohl die Kapazitätsauslastung als auch die Investitionstätigkeit der Unternehmen steigen.
- ☐ Der Staat senkt die Höchstsätze für die geometrisch-degressive Abschreibung.

Lösung s. Seite 229

Aufgabe 16: Konjunkturphasen – Konjunkturindikatoren

Die bestimmte Entwicklung einzelner Konjunkturindikatoren wird mit den verschiedenen Konjunkturphasen verbunden.

Ordnen Sie die Entwicklung der Konjunkturindikatoren den einzelnen Konjunkturphasen zu.

Konjunkturphasen

[1] Aufschwung (Expansion) [2] Boom (Hochphase)

[3] Abschwung (Rezession) [4] Depression (Tiefstand)

Konjunkturindikatoren	Konjunkturphasen
a) Die Gewinnerwartung der Unternehmen sinkt aufgrund hoher Arbeitnehmerentgelte und Zinsen, die Arbeitslosenquote und die Zahl der Insolvenzen steigen an.	
b) In der Wirtschaft ist ein leichter Rückgang der Arbeitslosenquote festzustellen; zudem stellt sich die Kostensituation für die Unternehmen z. B. aufgrund niedriger Finanzierungskosten günstig dar.	
c) Eine rückläufige Investitionsgüternachfrage führt zu Produktionseinschränkungen und zunehmender Arbeitslosigkeit.	
d) Die Produktionskapazitäten der Unternehmen sind voll ausgelastet; eine gleichzeitig hohe Konsumgüternachfrage sowohl aus dem Inland als auch aus dem Ausland führt zu relativ hohen Preissteigerungen.	
e) Es besteht hohe Arbeitslosigkeit aufgrund der Auftragsflaute und der dadurch nicht ausgelasteten Kapazitäten.	
f) Eine zunehmende Kapazitätsauslastung und eine dadurch steigende Produktion führen zu sinkenden Stückkosten bei den Unternehmen.	

Lösungen s. Seite 229

Aufgabe 17: Konjunkturphasen – Konjunkturzyklus

Stellen Sie fest, welche Beschreibung auf die Phase 2 in der Abbildung klassischerweise zutrifft.

- ☐ Die Preise steigen bei sinkender Nachfrage.
- ☐ Die Arbeitslosenzahl geht zurück.
- ☐ Bei sinkender Nachfrage steigt die Arbeitslosenzahl.
- ☐ Die Zahl der offenen Stellen ist sehr hoch.
- ☐ Bei steigender Nachfrage ist die Inflation sehr hoch.

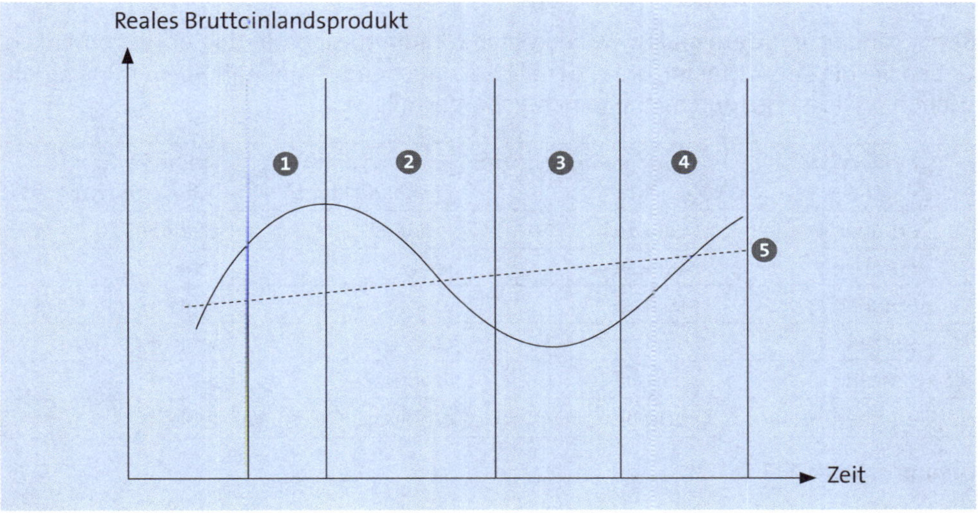

Lösung s. Seite 230

Aufgabe 18: Konjunkturphasen – Auswirkungen auf Staatshaushalt

Erläutern Sie die Auswirkung einer Rezession auf die Einnahmen und Ausgaben des Staates.

Lösung s. Seite 230

Aufgabe 19: Antizyklische Fiskalpolitik

Erklären Sie, was man unter antizyklischer Fiskalpolitik versteht und nennen Sie je zwei Maßnahmen, mit denen der Staat in der Hochkonjunktur bzw. in der Rezession die Konjunktur beeinflussen kann.

Lösungen s. Seite 230

Aufgabe 20: Konjunkturpolitik zur Konjunkturdämpfung

Welche der folgenden Maßnahmen einer antizyklischen Fiskalpolitik tragen zu einer Konjunkturdämpfung bei?

☐ Die Möglichkeiten zur Abschreibung von Industriegebäuden werden verbessert.

☐ Der Staat vergibt vermehrt Bauaufträge.

☐ Die Zahlung von staatlichen Sparprämien wird eingeschränkt.

☐ Die Bundesregierung bildet eine Konjunkturausgleichsrücklage.

☐ Staatliche Subventionen an Industriebetriebe werden abgebaut.

☐ Der Staat senkt die Körperschaftsteuer befristet.

Lösungen s. Seite 230

Aufgabe 21: Konjunkturpolitische Instrumente

Bund, Länder und Gemeinden wollen einer Konjunkturüberhitzung entgegenwirken. Geben Sie die Kennziffer an, unter der die entsprechende Handhabung der finanzpolitischen Instrumente durchgehend richtig dargestellt ist.

	Steuersätze	Abschreibungssätze	Konjunkturausgleichsrücklage	Volumen öffentlicher Investitionen
1.	erhöhen	senken	erhöhen	erhöhen
2.	erhöhen	senken	senken	senken
3.	erhöhen	senken	erhöhen	senken
4.	senken	senken	erhöhen	senken
5.	senken	erhöhen	erhöhen	senken
6.	erhöhen	erhöhen	erhöhen	senken

Lösung s. Seite 231

Aufgabe 22: Konjunkturpolitik I

Die Bundesregierung will die Aufschwungphase durch Steuervergünstigungen verstärken. Bestimmen Sie den Sachverhalt, der dieser Maßnahme entgegenwirkt.

☐ Die Haushalte konsumieren mehr Güter.

☐ Die Unternehmen erhöhen ihre Investitionen.

☐ Der Staat nimmt zusätzliche Investitionen im Bereich des Straßenbaus vor.

☐ Die Zinssätze für Konsum- und Investitionskredite sinken.

☐ Die Haushalte sparen das zusätzliche Einkommen.

Lösung s. Seite 231

Aufgabe 23: Konjunkturpolitische Maßnahmen

Entscheiden Sie, welche der folgenden konjunkturpolitischen Maßnahmen der Staat in der Abschwungphase einsetzen kann, um die gesamtwirtschaftliche Nachfrage zu beleben.

- ☐ Aussetzung der geometrisch-degressiven Abschreibung
- ☐ Gewährung von Investitionsprämien
- ☐ Erhöhung der Einkommensteuervorauszahlungen
- ☐ Bildung einer Konjunkturausgleichsrücklage
- ☐ Schuldentilgung des Staates bei der Bundesrepublik Deutschland Finanzagentur GmbH
- ☐ zeitlich befristete Herabsetzung der Einkommensteuer um 5 %
- ☐ langfristige Erhöhung der Subventionen in der Stahlindustrie
- ☐ Beschleunigung der Planung öffentlicher Investitionsvorhaben

Lösungen s. Seite 231

Aufgabe 24: Konjunkturpolitik II

Erklären Sie den Begriff „Deficit Spending".

Lösung s. Seite 232

Aufgabe 25: Angebotsorientierte Konjunkturpolitik

INFO

Bei der nachfrageorientierten Konjunkturpolitik soll der Staat aktiv in die Wirtschaft eingreifen, um die Nachfrage als zentrale Steuerungsgröße zu stärken, ggf. auch durch eine Erhöhung der Staatsausgaben. Dagegen ist die zentrale Steuerungsgröße der angebotsorientierten Konjunkturpolitik die Geldmenge. Deshalb soll der Staat hier weitestgehend auf Eingriffe in die Wirtschaft verzichten und möglichst optimale Rahmenbedingungen für Unternehmen schaffen.

Aufgrund der inländischen und ausländischen Nachfragerückgänge ist die konjunkturelle Arbeitslosigkeit angestiegen. Der Staat will nun mithilfe von angebotsorientierten Maßnahmen diesen Anstieg in der Arbeitslosigkeit bekämpfen.

Geben Sie an, welche Maßnahme dazu geeignet ist.

- ☐ Der Staat erhöht die Staatsverschuldung, um öffentliche Investitionen zu finanzieren.
- ☐ Der Staat senkt die Umsatzsteuer, um die private Nachfrage nachhaltig zu erhöhen.
- ☐ Der Staat erhöht die Umsatzsteuer, um bei der öffentlichen Hand verstärkt Kaufkraft anzusammeln.
- ☐ Der Staat verringert die Abgabenlast für die Unternehmen, indem er die Beiträge zur Rentenversicherung senkt.
- ☐ Der Staat tritt auf den Märkten verstärkt als Nachfrager auf.

Lösung s. Seite 232

9. Preisniveaustabilität und Geldpolitik

Die Preisniveaustabilität ist ein wichtiges wirtschaftspolitisches Ziel, und ist als solches im Stabilitätsgesetz verankert. Veränderungen des Preisniveaus können sich durch Inflation oder Deflation ergeben. Gemessen wird die Preisniveaustabilität am Verbraucherpreisindex. Veränderungen des Preisniveaus gehen einher mit einer Veränderung der Geldwertstabilität. Die Europäische Zentralbank ist die gemeinsame „Währungshüterin" der Mitgliedsstaaten der Europäischen Währungsunion. Ihr oberstes Ziel besteht darin, die Preisniveaustabilität zu gewährleisten. Hierfür stehen der EZB eine Reihe unterschiedlicher geldpolitischer Instrumente zur Verfügung.

Aufgabe 1: Verbraucherpreisindex

Welche Aussage zum Verbraucherpreisindex ist richtig?

- ☐ Er dient als Maßstab für die Beurteilung eines stabilen Wechselkurses.
- ☐ Der Verbraucherpreisindex ist ein gewichteter Mittelwert aus der Preisentwicklung der im Warenkorb enthaltenen Güter- und Dienstleistungsarten.
- ☐ Das Wägungsschema gibt vor, dass bei der Ermittlung des Verbraucherpreisindex alle Güterarten gleich gewichtet werden.
- ☐ Der Verbraucherpreisindex ist ein Maß für das Wirtschaftswachstum einer Volkswirtschaft.
- ☐ In die Ermittlung des Verbraucherpreisindex gehen nur Güter und keine Dienstleistungen ein.

Lösung s. Seite 233

Aufgabe 2: Verbraucherpreisindex – Berechnungen

Ihnen liegt folgende Statistik des Statistischen Bundesamtes vor:

Jahr	Verbraucherpreisindex insgesamt
09	107,0
08	106,6
07	103,9
06	101,6
05	100,0
04	98,5
03	96,9

a) Um wie viel Prozent haben sich die Verbraucherpreise vom Jahr 05 bis zum Jahr 09 erhöht?

b) Um wie viel Prozent haben sich die Verbraucherpreise vom Jahr 07 bis zum Jahr 09 erhöht?

c) Um wie viel Prozent ist die Kaufkraft im gleichen Zeitraum (07 bis 09) gesunken?

INFO

$$\text{Kaufkraft (Geldwert)} = \frac{\text{Preisniveau alt}}{\text{Preisniveau neu}}$$

Steigt das Preisniveau, so sinkt die Kaufkraft. Sinkt das Preisniveau so steigt die Kaufkraft.

Lösungen s. Seite 233

Aufgabe 3: Geldwert und Kaufkraft – Berechnungen

Die Geldmenge im Euroraum ist um 10 % gestiegen.

a) Berechnen Sie, um wie viel Prozent in diesem Zeitraum die Preise gestiegen wären, wenn alle anderen Einflussgrößen gleich geblieben wären.

b) Berechnen Sie, um wie viel Prozent in diesem Zeitraum die Kaufkraft gesunken wäre, wenn alle anderen Einflussgrößen gleich geblieben wären.

Lösungen s. Seite 234

Aufgabe 4: Inflation – Formen

In einer Volkswirtschaft beträgt die jährliche Preissteigerung, gemessen am Verbraucherpreisindex, 3 %. Welche Inflationsformen liegen im Hinblick auf die Erkennbarkeit und das Ausmaß der Inflation vor?

- ☐ offene Inflation, trabende Inflation
- ☐ verdeckte Inflation, schleichende Inflation
- ☐ offene Inflation, schleichende Inflation
- ☐ offene Inflation, galoppierende Inflation
- ☐ offene Inflation, Nachfrageinflation

Lösung s. Seite 235

Aufgabe 5: Inflation – Ausmaß

Ordnen Sie folgende Inflationsformen nach ihrem Ausmaß in aufsteigender Reihenfolge, indem Sie die Nummern 1 bis 4 in die leeren Kästchen eintragen.

Reihenfolge	Inflationsform
	Galoppierende Inflation
	Schleichende Inflation
	Hyperinflation
	Trabende Inflation

Lösung s. Seite 236

Aufgabe 6: Inflation – Ursachen

Welche Entwicklung kann keine Ursache für eine Inflation sein?

- ☐ Die Tariflöhne steigen um 5 %, die Produktivität nimmt um 2 % zu.
- ☐ Die tarifliche Lohnerhöhung beträgt 3 %, die Produktivität nimmt ab.
- ☐ Die Konsumausgaben des Staates nehmen stark zu.
- ☐ Die tariflichen Lohnerhöhungen entsprechen dem Produktivitätszuwachs.
- ☐ Die Sparneigung der Haushalte nimmt extrem ab.

TIPP

Von entscheidender Bedeutung für das Einsetzen einer Inflation ist das Verhältnis von Geldmenge zu Gütermenge in einer Volkswirtschaft.

$$\frac{\text{Geldmenge}}{\text{Gütermenge}}$$

Wenn die Geldmenge stärker steigt als die Gütermenge, verliert das Geld an Wert und es kommt zur Inflation.

Lösung s. Seite 236

Aufgabe 7: Nachfragebedingte Inflation

Welche Entwicklungen können eine Nachfrageinflation hervorrufen?

- ☐ Die Arbeitnehmer in der verarbeitenden Industrie und im Dienstleistungssektor erhalten eine Tariferhöhung von 5 %. Die Sparneigung bleibt gering.
- ☐ Aufgrund knapper werdender Ressourcen steigt der Weltmarktpreis für Kupfer.
- ☐ Die Exportnachfrage aus dem Ausland lässt nach.
- ☐ Bei konstanten Einkommen verringert sich die Sparquote der privaten Haushalte um ein Drittel.
- ☐ Im Verlauf einer Wirtschaftskrise kommt es zu massenhaften Entlassungen von Mitarbeitern.
- ☐ Um die Staatsverschuldung zu bremsen, stellt der Staat weniger Geld für Infrastrukturprojekte bereit.
- ☐ In Anbetracht positiver Konjunkturaussichten erweitern die Unternehmen ihre Produktionskapazitäten.
- ☐ Ein Anstieg der Kreditzinsen führt dazu, dass Unternehmen und Privathaushalte weniger Kredite aufnehmen.

Lösungen s. Seite 236

Aufgabe 8: Angebotsbedingte Inflation

Welche Ursache kann zu einer angebotsbedingten Inflation geführt haben?

- ☐ Lohnerhöhungen haben zu verstärkten Konsumausgaben geführt.
- ☐ Der US-Dollar hat an den Devisenmärkten gegenüber dem Euro an Wert verloren.
- ☐ Da die OPEC die Fördermenge deutlich zurückgeschraubt hat, steigt der Preis für Erdöl enorm an.
- ☐ Das Angebot an Konsumgütern auf dem Binnenmarkt ist gestiegen.
- ☐ Das Stellenangebot auf dem Arbeitsmarkt ist deutlich niedriger als die Nachfrage nach Stellen.

Lösung s. Seite 237

Aufgabe 9: Stagflation

Welche Erklärung beschreibt eine „Stagflation" zutreffend?

- ☐ Das Preisniveau stagniert auf niedrigem Niveau.
- ☐ Das Wirtschaftswachstum und die Preissteigerungsrate stagnieren dauerhaft auf niedrigem Niveau.
- ☐ Das Wirtschaftswachstum stagniert auf niedrigem Niveau bei gleichzeitiger Inflation.
- ☐ Die Inflationsraten liegen konstant auf hohem Niveau.
- ☐ Die Preissteigerungsrate stagniert, während das Wirtschaftswachstum weiter zunimmt.

INFO

Von einer „**Stagflation**" spricht man, wenn Stagnation (stagnierendes Wirtschaftswachstum) und Inflation (Preissteigerung) gleichzeitig auftreten.

Lösung s. Seite 238

Aufgabe 10: Inflation – Auswirkungen I

Bereits zwei Jahre in Folge betrug die Preissteigerungsrate knapp über 5 % und auch für das laufende Jahr wird ein ähnlicher Wert erwartet. Die Löhne sind im gleichen Zeitraum um 2 % pro Jahr gestiegen. Welche Auswirkung kann sich aus dieser Entwicklung für die Sport Equipment AG ergeben?

- ☐ Der Preisdruck auf dem Absatzmarkt wird sich erhöhen.
- ☐ Die Beschaffungskosten werden steigen, da sich die Preise für die zu beschaffenden Güter erhöhen.
- ☐ Die Nachfrage auf dem Absatzmarkt wird steigen.

☐ Die Bankguthaben der Sport Equipment AG werden an Wert gewinnen.

☐ Die Gewinne werden steigen, da die Absatzpreise ebenfalls steigen.

Lösung s. Seite 238

Aufgabe 11: Inflation – Auswirkungen II

Welche Auswirkungen ergeben sich aus dieser Entwicklung (Aufgabe 10) für die Arbeitnehmer der Sport Equipment AG?

☐ Der Nominallohn sinkt, da die Preissteigerung höher ist als der nominale Lohnzuwachs.

☐ Der Reallohn sinkt, da der Lohnzuwachs niedriger ist als die Preissteigerungsrate.

☐ Sowohl der Nominallohn als auch der Reallohn sinken.

☐ Die Sparguthaben der Arbeitnehmer gewinnen an Wert.

☐ Die Gewinne werden steigen, da die Absatzpreise ebenfalls steigen.

☐ Die Immobilien der Arbeitnehmer verlieren an Wert.

☐ Das Geldvermögen der Arbeitnehmer verliert an Wert.

Lösungen s. Seite 238

Aufgabe 12: Deflation

Welche der folgenden Aussagen zur Deflation ist richtig?

☐ Wenn die Inflationsrate sinkt, dann ist bereits eine Deflation gegeben.

☐ Eine Deflation ist durch einen anhaltenden Rückgang des allgemeinen Preisniveaus gekennzeichnet.

☐ Aufgrund der niedrigen Verbraucherpreise wird in der Deflation langfristig ein nachhaltiger Nachfrageschub ausgelöst.

☐ Eine Deflation ist im Regelfall mit einer Geldentwertung verbunden.

☐ Eine Deflation bedeutet, dass die Kaufkraft des Geldes sinkt.

INFO

Als **Deflation** bezeichnet man einen allgemeinen und anhaltenden Rückgang des Preisniveaus für Waren und Dienstleistungen in einer Volkswirtschaft. Dies ist mit einer Zunahme des Geldwertes verbunden. Sinkt das Preisniveau, so steigt die Kaufkraft des Geldes.

Lösung s. Seite 239

Aufgabe 13: Deflation – Ursachen

Zeigen Sie, welche Ursachen in einer Marktwirtschaft mit einer sehr geringen Inflationsrate zu einer Deflation führen können.

- ☐ erhebliche Kürzung der Staatsausgaben
- ☐ starke Erhöhung der Staatsausgaben
- ☐ pessimistische Zukunftserwartungen mit starker Kaufzurückhaltung
- ☐ vermehrte Investitionstätigkeiten in der Wirtschaft
- ☐ zu expansive Geldpolitik der Notenbank
- ☐ steigende Kreditnachfrage

Lösungen s. Seite 239

Aufgabe 14: Deflation – Folgen

Für die Sport Equipment AG kann eine Deflation negative Konsequenzen haben. Welche Folge lässt sich nicht aus einer Deflation ableiten?

- ☐ abnehmende Konsumneigung
- ☐ abnehmende Investitionsbereitschaft
- ☐ abnehmende Arbeitslosigkeit
- ☐ rückläufige Nachfrage
- ☐ rückläufiges Wirtschaftswachstum

Lösung s. Seite 239

Aufgabe 15: ESZB und EZB

Welche Aussage zum Europäischen System der Zentralbanken (ESZB) und der Europäischen Zentralbank (EZB) ist richtig?

- ☐ Das ESZB besteht aus den nationalen Zentralbanken der EU-Staaten, die den Euro eingeführt haben.
- ☐ Vorrangiges Ziel des ESZB ist es, die Wirtschaftspolitik der EU-Staaten zu unterstützen.
- ☐ Der EZB-Rat hat die Aufgabe, die Geldpolitik des Euro-Währungsgebiets festzulegen.
- ☐ Die EZB hat das ausschließliche Recht, die Ausgabe von Banknoten innerhalb der gesamten EU zu genehmigen.
- ☐ Ziel des ESZB ist es, die Geldpolitik der Euro-Staaten zu unterstützen.

Lösung s. Seite 240

Aufgabe 16: Konvergenzkriterien

Ein osteuropäischer EU-Staat möchte den Euro einführen. Hierzu müssen die sogenannten „Konvergenzkriterien“ erfüllt werden. In welchem Fall ist eines der Kriterien eindeutig nicht erfüllt?

- ☐ Das Zinsniveau für langfristige Staatsanleihen liegt unterhalb der Zinssätze für Staatsanleihen der drei preisstabilsten Länder.
- ☐ Die Staatsschulden sind auf 50 % des BIP angewachsen.
- ☐ Die Netto-Neuverschuldung des Staates beträgt 6 % des BIP.
- ☐ Die Preissteigerungsrate überschreitet den Durchschnitt der drei preisstabilsten Mitgliedsstaaten um 1 Prozentpunkt.
- ☐ Das reale BIP-Wachstum ist von 2 % auf unter 1 % gesunken.

INFO

Die „Konvergenzkriterien“ legen die wirtschaftlichen und rechtlichen Voraussetzungen für die erfolgreiche Teilnahme an der Wirtschafts- und Währungsunion fest. Die EU-Mitgliedstaaten müssen diese Kriterien erfüllen, ehe sie den Euro einführen können.

- **Preisstabilität**
  Die Preissteigerungsrate darf 1,5 Prozentpunkte des Durchschnitts der drei preisstabilsten Mitgliedsstaaten nicht überschreiten.
- **Zinsniveau**
  Die Zinsen für langfristige Staatspapiere dürfen ein Jahr lang bis zur Feststellung 2 Prozentpunkte der Zinssätze der Staatsanleihen der drei preisstabilsten Länder nicht übersteigen.
- **Wechselkursstabilität**
  An der Währungsunion dürfen nur jene Mitgliedsstaaten teilnehmen, die mindestens zwei Jahre lang vor der Konvergenzprüfung am Europäischen Wechselkurssystem (EWS) mit normaler Bandbreite ohne starke Spannungen teilgenommen haben.
- **Haushaltsdisziplin**
  Damit wurde mit Rücksicht auf die Haushaltskonsolidierung bestimmt, dass die Neuverschuldung des öffentlichen Haushalts eines Landes 3 % des Bruttoinlandsprodukts und der gesamte öffentliche Schuldenstand 60 % des BIPs nicht übersteigen darf.

Lösung s. Seite 240

Aufgabe 17: Geldpolitik – Instrumente

Für die Gewährleistung der Preisniveaustabilität stehen der EZB diverse geldpolitische Instrumente zur Verfügung. Welche Maßnahme zählt nicht zum geldpolitischen Instrumentarium der EZB?

☐ Erhöhung des Leitzinssatzes

☐ Erhöhung der Einlagefazilität

☐ Erhöhung der Spitzenrefinanzierungsfazilität

☐ Erhöhung des Mindestreservesatzes

☐ Erhöhung des Basiszinssatzes

Lösung s. Seite 241

Aufgabe 18: Geldpolitik – Offenmarktgeschäfte

In welchen Fällen handelt es sich um Offenmarktgeschäfte der EZB?

☐ Verkauf von Wertpapieren

☐ Senkung des Mindestreservesatzes

☐ Ausgabe von Schuldverschreibungen

☐ Aufnahme von Fremdwährungskrediten

☐ Erhöhung der Einlagefazilität

☐ Drucken von Euro-Banknoten

☐ Devisentermingeschäfte

Lösungen s. Seite 241

Aufgabe 19: Geldpolitik – Hauptrefinanzierungsgeschäfte

Welche Aussage zu den Hauptrefinanzierungsgeschäften der EZB ist richtig?

☐ Über Hauptrefinanzierungsgeschäfte wird den Geschäftsbanken Liquidität entzogen.

☐ Hauptrefinanzierungsgeschäfte dienen zur zeitlich begrenzten Liquiditätsbeschaffung der Zentralbanken.

☐ Der Hauptrefinanzierungssatz hat zusammen mit dem Mindestreservesatz Leitzinsfunktion.

☐ Der Hauptrefinanzierungssatz legt fest, welchen Prozentsatz ihrer Einlagen die Geschäftsbanken bei der EZB hinterlegen müssen.

☐ Über Hauptrefinanzierungsgeschäfte stellt die Zentralbank den Geschäftsbanken gegen die Hinterlegung notenbankfähiger Sicherheiten zeitlich befristet Geld zur Verfügung.

Lösung s. Seite 242

Aufgabe 20: Geldpolitik – Ständige Fazilitäten

Welche Aussage zu den ständigen Fazilitäten der EZB ist richtig?

- ☐ Über ständige Fazilitäten können sich die Geschäftsbanken langfristig Liquidität bei der Zentralbank beschaffen.
- ☐ Die Spitzenrefinanzierungsfazilität dient dazu, kurzfristige Liquiditätsengpässe der Geschäftsbanken durch „Übernachtkredite" auszugleichen.
- ☐ Die Einlagefaziltät bildet den höchsten Zinssatz im Zinskorridor der geldpolitischen Zinssätze der EZB.
- ☐ Als Einlagefazilität bezeichnet man die Möglichkeit, dass sich Geschäftsbanken „über Nacht" Liquidität bei der Zentralbank beschaffen können.
- ☐ Ständige Fazilitäten haben ein Laufzeit von mindestens einer Woche.

Lösung s. Seite 243

Aufgabe 21: Geldpolitik – Mindestreserve

Der Mindestreservesatz wird von 2 % auf 3 % erhöht. Welche Aussage beschreibt den Zusammenhang richtig?

- ☐ Die Geschäftsbanken müssen mindestens 3 % ihrer Liquidität über die Zentralbank beschaffen.
- ☐ Das Guthaben, das die Geschäftsbanken bei der Zentralbank halten, wird mit einem Jahreszinssatz von 3 % verzinst.
- ☐ Die umlaufende Geldmenge verringert sich durch diese Maßnahme um 1 %.
- ☐ Der Volkswirtschaft wird durch diese Maßnahme Liquidität zugeführt.
- ☐ Der Volkswirtschaft wird durch diese Maßnahme Liquidität entzogen.

Lösung s. Seite 243

Aufgabe 22: Geldpolitik – Maßnahmen und Wirkung I

Die EZB verfolgt mit dem Einsatz ihres geldpolitischen Instrumentariums bestimmte Ziele. Geben Sie an, welches Ziel sie mit welcher Maßnahme erreichen kann.

Ziele:

1. Konjunkturdämpfung
2. Bekämpfung einer inflationären Entwicklung
3. Belebung der Wirtschaftstätigkeit

Maßnahmen:

1. Senkung des Hauptrefinanzierungssatzes
2. Verkauf von Wertpapieren am Markt
3. Senkung der Mindestreservesätze

- ☐ Ziel 1 durch Maßnahme 1
- ☐ Ziel 1 durch Maßnahme 2
- ☐ Ziel 2 durch Maßnahme 1
- ☐ Ziel 2 durch Maßnahme 3
- ☐ Ziel 3 durch Maßnahme 2

Lösung s. Seite 244

Aufgabe 23: Geldpolitik – Maßnahmen und Wirkung II

Wirtschaftsexperten rechnen nach Presseangaben damit, dass der Rat der EZB auf seiner nächsten Sitzung den Hauptrefinanzierungssatz anheben wird. Geben Sie einen möglichen Grund dafür an.

- ☐ Das Preisniveau im Euroraum ist instabil; es bewegt sich in einer Bandbreite von + 2 % bis zuletzt - 1 %.
- ☐ Der Rat der EZB hat eine starke Nachfrage der Geschäftsbanken und der Unternehmen nach Krediten und eine relativ hohe Umlaufgeschwindigkeit der vorhandenen Geldmenge festgestellt.
- ☐ Dem Rat der EZB sind das Sparverhalten und die Konsumzurückhaltung der privaten Haushalte zu stark.
- ☐ Die Tarifparteien in den Ländern des Euroraums haben durchweg gemäßigte Lohnabschlüsse getätigt.
- ☐ Der Rat der EZB rechnet mit zurückgehenden Weltmarktpreisen für wichtige Rohstoffe, insbesondere für Energierohstoffe wie Mineralöl und Biokraftstoffe.

Lösung s. Seite 245

Aufgabe 24: Geldpolitik – Maßnahmen und Wirkung III

Die EZB will im Rahmen ihrer geldpolitischen Instrumente die Konjunktur ankurbeln. Sie verändert den Leitzins, ihren Wertpapierbestand und den Mindestreservesatz.

Prüfen Sie, in welcher Zeile alle Maßnahmen dieser Zielsetzung entsprechen.

	Leitzins	Mindestreservesatz	Wertpapiere
a)	erhöhen	senken	verkaufen
b)	erhöhen	senken	kaufen
c)	senken	erhöhen	kaufen
d)	senken	senken	verkaufen
e)	senken	erhöhen	verkaufen
f)	senken	senken	kaufen

Lösung s. Seite 245

Aufgabe 25: Geldpolitik – Maßnahmen und Wirkung IV

Sie lesen in der Zeitung, dass die EZB eine deutliche Anhebung der Leitzinsen beschlossen hat, um die Inflation zu bekämpfen. Welche Konsequenzen sind aus dieser Entscheidung für das Geschäft der Sport Equipment AG zu erwarten.

- ☐ Die Sport Equipment AG muss für ihre bevorstehenden Investitionsvorhaben mit höheren Kreditzinssätzen rechnen.
- ☐ Die Konkurrenzunternehmen werden ihre Preise anheben.
- ☐ Die Kunden der Sport Equipment AG haben wieder mehr Geld für den Konsum zur Verfügung.
- ☐ Die Banken werden die Zinssätze für die Tagesgeldkonten der Sport Equipment AG senken.
- ☐ Die Kredite, die die Sport Equipment AG bei der Bundesbank aufnimmt, werden teurer.

Lösung s. Seite 246

10. Außenwirtschaft

Außenwirtschaftliches Gleichgewicht ist als wirtschaftspolitisches Ziel im Stabilitätsgesetz verankert. Die Zahlungsbilanz mit ihren Teilbilanzen bildet die wirtschaftlichen Transaktionen mit dem Ausland ab. Der Außenwert des Geldes und die mit ihm verbundenen Wechselkursschwankungen können den Außenhandel beeinflussen.

Aufgabe 1: Außenwirtschaftliches Gleichgewicht

Unter welchen Umständen kann ein dauerhafter Exportüberschuss die Binnenwirtschaft negativ beeinflussen?

- [ ] Wenn dadurch Devisen ins Inland fließen.
- [ ] Wenn die Exporterlöse stärker zunehmen als das BIP.
- [ ] Wenn die Exporterlöse hauptsächlich durch Dienstleistungen erzielt werden.
- [x] Wenn der Export zu einer Verknappung wichtiger Güter im Inland führt.
- [ ] Wenn die Zahl der Erwerbstätigen dadurch nicht steigt.

INFO

Ein **außenwirtschaftliches Gleichgewicht** liegt dann vor, wenn von den volkswirtschaftlichen Beziehungen eines Landes mit dem Ausland keine negativen Wirkungen auf die binnenwirtschaftliche Entwicklung des Landes ausgehen.

Lösung s. Seite 247

Aufgabe 2: Importierte Inflation

Auf welchen Fall trifft der Begriff einer „importierten“ Inflation zu?

- [ ] Wenn der Kurs einer Fremdwährung gegenüber der Inlandswährung am Devisenmarkt steigt
- [ ] Wenn die Preise für Importgüter stark abnehmen.
- [x] Die Weltmarktpreise wichtiger Industrierohstoffe steigen stark an. Die inländischen Unternehmen kalkulieren die höheren Rohstoffpreise in ihre Produktpreise ein.
- [ ] Wenn die Importe höher sind als die Exporte.
- [ ] Wenn eine Abwertung der Auslandswährung gegenüber der Inlandswährung stattfindet.

Lösung s. Seite 247

Aufgabe 3: Zahlungsbilanz I

Welche Zeile enthält ausschließlich Positionen der Aktivseite der Zahlungsbilanz?

- [x] Vermögensübertragungen, Handelsbilanz, Dienstleistungsbilanz
- [ ] Handelsbilanz, Kapitalbilanz, Dienstleistungsbilanz
- [ ] Primäreinkommen, Handelsbilanz, Veränderung der Währungsreserven
- [ ] Dienstleistungsbilanz, Sekundäreinkommen, Kapitalbilanz
- [ ] Handelsbilanz, Dienstleistungsbilanz, Veränderung der Währungsreserven

Lösung s. Seite 247

Aufgabe 4: Zahlungsbilanz II

Ordnen Sie die nachstehenden Transaktionen den betreffenden Teilbilanzen des Euro-Währungsgebiets zu.

Teilbilanzen:

1. Warenhandel
2. Dienstleistungen
3. Erwerbs- und Vermögenseinkommen (Primäreinkommen)
4. Laufende Übertragungen (Sekundäreinkommen)
5. Vermögensübertragungen
6. Restposten
7. Die Transaktion wird in keiner der Teilbilanzen des Euro-Währungsgebiets erfasst.

Transaktionen	Teilbilanzen
a) Die deutsche Lufthansa AG überweist die Flughafengebühren für August für die Nutzung des Wiener Flughafens.	2
b) Die Bundesregierung zahlt jährlich an Chile Entwicklungshilfe in Höhe von 1,5 Mio. US-$.	4
c) Die Adidas AG importiert für 560.000 € Textilien aus China.	1
d) Die deutsche Spedition Herbst Transporte GmbH zahlt Frachtgebühren an eine dänische Reederei.	2
e) Familie Braun aus Nürnberg macht Urlaub in Ägypten und zahlt vor Ort für einen Tauchkurs 300 € in bar.	6
f) Ein amerikanischer Konzern überweist an die Deutsche Messe Hannover Standmiete in Höhe von 40.000 €.	2
g) Ein deutscher Anleger erhält für seine US-Dollar-Anleihe eine Zinszahlung aus den USA über 300 US-$.	3
h) Herr Bögner, wohnhaft in Berlin, schenkt seiner Nichte, die in der Schweiz lebt, einmalig Wertpapiere im Wert von 10.000 €.	5
i) Polnische Erntehelfer überweisen Geldbeträge an ihre Familien in Polen.	4

Lösungen s. Seite 248

Aufgabe 5: Zahlungsbilanz III

Geben Sie an, welche Aussage das abgebildete Schaubild der deutschen Zahlungsbilanz richtig beurteilt.

- [x] Die Ausgaben deutscher Urlauber im Ausland haben sich in der Position Dienstleistungen negativ ausgewirkt.
- [ ] Die Kapitalbilanz ist eine Teilbilanz der Leistungsbilanz.
- [ ] Die Überweisungen ausländischer Arbeitnehmer in ihre Heimat werden in der Position Dienstleistungen erfasst.
- [ ] Im Jahr 20.. waren die Importe genauso hoch wie die Exporte.
- [ ] Die Zugänge von Gold werden in der Kapitalbilanz erfasst.

Die Deutsche Zahlungsbilanz Jahr 20..		
Saldo in Mrd. €	**Aktiva**	**Passiva**
Außenhandel	+ 16,3	
+ Dienstleistungen		- 1,3
+ Primäreinkommen	+ 3,5	
+ Sekundäreinkommen		- 3,5
= Leistungsbilanz	+ 15,0	
Vermögensänderungsbilanz	+ 0,5	
Kapitalbilanz	+ 5,7	
Veränderung der Währungsreserven		- 0,3
Restposten		- 21,1

Lösung s. Seite 249

Aufgabe 6: Zahlungsbilanz IV

Ihnen liegen folgende Daten für die Teilbilanzen der Zahlungsbilanz einer Volkswirtschaft vor:

Exporte	Betrag in Mrd. €
Warenexporte	125,4
Warenimporte	118,3
Dienstleistungssaldo	2,6
Saldo der Primäreinkommen	- 4,2
Saldo der Sekundäreinkommen	3,4
Vermögensänderungsbilanz	- 1,9

Ermitteln Sie 125,4 - 118,3 =

a) den Außenhandelssaldo 7,1 Mrd.

b) den Außenbeitrag 7,1 + 2,6 = 9,7 Mrd.

c) den Leistungsbilanzüberschuss/das Leistungsbilanzdefizit

d) den Zahlungsbilanzüberschuss/das Zahlungsbilanzdefizit.

Lösungen s. Seite 249

Aufgabe 7: Leistungsbilanz

Welche Transaktion der Sport Equipment AG hat keinen Einfluss auf die Leistungsbilanz.

☐ Die Sport Equipment AG exportiert Schneeschuhe nach Frankreich.

☐ Die Sport Equipment AG bezieht Textilstoffe von einem türkischen Hersteller.

☐ Die Sport Equipment AG überweist einem Mitarbeiter aus Belgien das Arbeitsentgelt nach Belgien.

☐ Eine Spedition aus Tschechien führt einen Warentransport für die Sport Equipment AG durch.

☐ Die Sport Equipment AG überweist für den Erwerb der Aktienmehrheit an einer österreichischen Tochterfirma 10 Mio. € nach Österreich.

Lösung s. Seite 250

Aufgabe 8: Außenhandel

Welche der folgenden Transaktionen beeinflusst den Außenhandelssaldo positiv?

☐ Die Sport Equipment AG erhält finanzielle Fördermittel der EU für ein Projekt in der beruflichen Weiterbildung.

☐ Italienische Mitarbeiter der Sport Equipment AG überweisen monatlich einen Teil ihres Arbeitsentgelts nach Italien.

☐ Ein polnischer Lieferant stellt der Sport Equipment AG eine Warenlieferung in Rechnung.

☐ Ein Kunde aus Schweden überweist eine Rechnung der Sport Equipment AG über den Bezug von Outdoor-Artikeln in Höhe von 15.200 €.

☐ Die Sport Equipment AG stellt einem Händler 500 € in Rechnung, die für dessen Registrierung zur Teilnahme am Online-Shop-Portal der Sport Equipment AG berechnet werden.

INFO

In der **Außenhandelsbilanz (Handelsbilanz)** werden die Warenexporte und die Warenimporte gegenübergestellt. Die Differenz bildet den Außenhandelssaldo.

Lösung s. Seite 250

Aufgabe 9: Außenbeitrag

Welche Transaktionen führen zu einer Erhöhung des Außenbeitrags?

- [x] Die Sport Equipment AG exportiert Outdoor-Artikel nach Großbritannien.
- [ ] Die Sport Equipment AG bezahlt einen Rechtsanwalt in den USA für einen Prozess gegen ein US-amerikanisches Konkurrenzunternehmen wegen einer Markenschutzverletzung.
- [ ] Die Sport Equipment AG kauft bei einem japanischen Hersteller drei Industrieroboter für die Montageabteilung.
- [x] Ein Servicetechniker der Sport Equipment AG repariert nach Ablauf der Garantie die Kletteranlage eines italienischen Kunden, und stellt ihm die Reparatur in Rechnung.
- [ ] Die Sport Equipment AG zahlt die Frachtrechnung einer chinesischen Reederei, die per Containerschiff Waren der Sport Equipment AG für einen chinesischen Kunden nach Shanghai verschifft hat.
- [ ] Die Sport Equipment AG verkauft Outdoor-Artikel zum Rechnungsbetrag von 10.800 € brutto an einen Outdoor-Händler in Berlin.

INFO

Die Summe aus dem Außenhandelssaldo und dem Dienstleistungssaldo ergibt den **Außenbeitrag**.

Lösungen s. Seite 250

Aufgabe 10: Kapitalbilanz

Welche Transaktionen beeinflussen den Saldo der inländischen Kapitalbilanz negativ?

- [ ] Die Sport Equipment AG kauft Büromöbel bei einem Händler in Nürnberg.
- [x] Ein türkischer Arbeitnehmer der Sport Equipment AG überweist monatlich 300 € seines Arbeitsentgelts an Familienangehörige in der Türkei.
- [ ] Der Sport Equipment AG werden von ihrer deutschen Hausbank Kontoführungsgebühren berechnet.
- [ ] Ein Mitarbeiter der Sport Equipment AG erbt ein Geldvermögen in Höhe von 100.000 Schweizer Franken von seinem Großvater in Zürich.
- [ ] Der Vertriebsleiter der Sport Equipment AG reist zu einer Outdoor-Messe nach Kanada. Die Hotelkosten bezahlt er vor Ort mit Kreditkarte.
- [ ] Für geschäftliche Telefonate nach China berechnet die deutsche Telekommunikationsgesellschaft der Sport Equipment AG Gebühren in Höhe von 240 €.
- [ ] Die Sport Equipment AG zahlt Dividende an ausländische Aktionäre.

INFO

Die **Kapitalbilanz** stellt Einnahmen und Ausgaben einer Volkswirtschaft gegenüber. Einnahmen erhöhen den Saldo der Kapitalbilanz, Ausgaben mindern den Saldo der Kapitalbilanz.

Lösungen s. Seite 251

Aufgabe 11: Außenwert des Geldes

Die USA erhöhen ihre Exporte nach Deutschland stark. Dieser erhöhte Warenexport aus den USA nach Deutschland hat Auswirkungen auf den Wechselkurs des US-Dollar gegenüber dem Euro. Bestimmen Sie die richtige Aussage.

Der erhöhte Export von Waren aus den USA nach Deutschland führt zu einem ...

- ☐ Anstieg des Außenwerts des Euro.
- ☐ Anstieg des Wechselkurses und einer Aufwertung des Euro gegenüber dem US-Dollar.
- ☐ Anstieg des Wechselkurses und einer Abwertung des Euro gegenüber dem US-Dollar.
- ☐ Sinken des Wechselkurses und einer Aufwertung des Euro gegenüber dem US-Dollar.
- ☐ Sinken des Wechselkurses und einer Abwertung des Euro gegenüber dem US-Dollar.

INFO

Unter dem **Außenwert** des Geldes versteht man das Austauschverhältnis zwischen zwei Währungen, das sich im Wechselkurs niederschlägt.

Lösung s. Seite 252

Aufgabe 12: Wechselkursschwankungen

Seit ca. einem Jahr hat sich der Wert des Euro gegenüber dem US-Dollar kontinuierlich erhöht. Prüfen Sie, welche der folgenden Aussagen über die Auswirkungen dieser Entwicklung zutreffend sind.

- ☐ Reisen amerikanischer Touristen nach Deutschland werden für die Amerikaner billiger.
- ☐ Auslandsreisen in die USA werden für deutsche Touristen billiger.
- ☐ Deutsche Unternehmen werden weniger aus den USA importieren.
- ☐ Für amerikanische Unternehmen werden die Importe billiger.
- ☐ Für deutsche Unternehmen erschweren sich die Exportchancen, da ihre Produkte in den USA teurer werden.

Lösung s. Seite 252

1. Mitbestimmung der Arbeitnehmer

Lösung zu Aufgabe 1: Betriebsrat

In welchem Gesetz sind die Beziehungen zwischen Arbeitgeber, Arbeitnehmer und Betriebsrat geregelt?

☐ Bürgerliches Gesetzbuch

☐ Handelsgesetzbuch

☒ Betriebsverfassungsgesetz

☐ Tarifvertragsgesetz

☐ Arbeitsschutzgesetz

Lösungen zu Aufgabe 2: Wahl des Betriebsrats

a) 9.210 (8.750 + 580 - 120)

INFO

Wahlberechtigt (= aktives Wahlrecht) sind alle Arbeitnehmer des Betriebs, die das 18. Lebensjahr vollendet haben. Leiharbeiter haben das aktive Wahlrecht, wenn sie länger als drei Monate im Betrieb eingesetzt werden (§ 7 BetrVG).

b) 37 Mitglieder (35 + 2, da mehr als 9.000 wahlberechtigte Arbeitnehmer im Betrieb)

INFO

Zahl der Mitglieder ist abhängig von der Anzahl der wahlberechtigten Arbeitnehmer (§ 9 BetrVG).

ACHTUNG

Auch wenn Betriebe die Voraussetzung erfüllen, einen Betriebsrat zu bilden, besteht keine Verpflichtung diesen zu installieren.

Lösungen zu Aufgabe 3: Wahl des Betriebsrats und Wahl der Jugend- und Auszubildendenvertretung

a) 26 Personen (2 + 3 + 3 + 3 + 2 + 1 + 5 + 7)

INFO

Wahlberechtigt sind alle jugendlichen Arbeitnehmer (unter 18 Jahren) und alle Auszubildenden, die das 25. Lebensjahr noch nicht vollendet haben (§ 61 Abs. 1 BetrVG).

b) 343 Personen (350 - 5 - 7 - 5 + 3 + 3 + 2 + 1 + 1)

INFO

Wählbar (= passives Wahlrecht) sind alle Wahlberechtigten, die mindestens sechs Monate dem Betrieb angehören (§ 8 BetrVG).

c) neun Mitglieder

d) ein Betriebsratsmitglied

Lösungen zu Aufgabe 4: Betriebsversammlung

Der Betriebsrat hat regelmäßig Betriebsversammlungen abzuhalten. Prüfen Sie, welche der folgenden Aussagen den Vorschriften des Betriebsverfassungsgesetzes entsprechen.

- ☐ Da Betriebsversammlungen öffentlich sind, können die Vertreter der örtlichen Presse eingeladen werden, wenn der Unternehmensvorstand in der Betriebsversammlung über ein sehr erfolgreiches Geschäftsjahr berichten möchte.
- ☐ Der Arbeitgeber kann alle Mitarbeiter zur Teilnahme an der Betriebsversammlung verpflichten, wenn er wesentliche organisatorische Veränderungen bekannt geben will.
- ☒ An der Betriebsversammlung kann ein Vertreter der Gewerkschaft, in der die Mitarbeiter des Betriebs organisiert sind, beratend teilnehmen.
- ☐ Die Zeit der Teilnahme an Betriebsversammlungen einschließlich der zusätzlichen Wegezeiten wird nicht als Arbeitszeit berechnet und ist den Arbeitnehmern daher nicht zu vergüten.
- ☒ Der Arbeitgeber ist zu den Betriebsversammlungen einzuladen und ist auch berechtigt, in den Versammlungen zu sprechen.
- ☐ Bei einer Aktiengesellschaft wird die Betriebsversammlung vom Vorstandsvorsitzenden des Unternehmens geleitet.
- ☒ Der Arbeitgeber kann vom Betriebsrat die Einberufung einer Betriebsversammlung verlangen, um die Arbeitnehmer über die schlechte wirtschaftliche Lage des Unternehmens zu informieren.

ACHTUNG

Die Betriebsversammlung ist nicht öffentlich. Die Zeit der Teilnahme und die zusätzlichen Wegezeiten sind Arbeitszeit und daher zu vergüten. Fahrtkosten, die den Arbeitnehmern durch die Teilnahme an der Betriebsversammlung entstehen, sind vom Arbeitgeber zu erstatten (§ 44 BetrVG).

Lösungen zu Aufgabe 5: Rechte des Betriebsrats I

Rechte des Betriebsrats			
Mitbestimmungsrecht	**Mitwirkungsrecht**	**Beratungsrecht**	**Informationsrecht**
Die Zustimmung des Betriebsrats (BR) ist zwingend erforderlich. Der Arbeitgeber kann bestimmte Maßnahmen, die vor allem soziale Angelegenheiten des Betriebs berühren, nur mit Zustimmung des BR durchführen. Wenn der BR nicht zustimmt, entscheidet die Einigungsstelle. Ein Mitbestimmungsrecht besteht in sozialen Angelegenheiten wie z. B. Aufstellung allgemeiner Urlaubsgrundsätze und des Urlaubsplans, Regelungen zum Beginn und Ende der täglichen Arbeitszeit, Anordnung von Überstunden, Zeit, Ort und Art der Auszahlung der Arbeitsentgelte, Regelung des betrieblichen Vorschlagswesens, Pausenregelung, Einrichtung technischer Überwachungsanlagen, Ausgestaltung und Verwaltung der sozialen Einrichtungen (wie z. B. Kantine, Aufenthaltsräume), Regelung der Unfallverhütung.	Der Betriebsrat (BR) hat ein Widerspruchsrecht in personellen Angelegenheiten. Wird der BR nicht angehört, ist die Maßnahme unwirksam. Wenn der BR die Zustimmung unter Angabe von Gründen innerhalb einer Woche nach Unterrichtung schriftlich verweigert, entscheidet das Arbeitsgericht. Die Mitwirkung erstreckt sich auf personelle Einzelmaßnahmen (§ 99 BetrVG) wie Versetzung, Ein- und Umgruppierung, Kurzarbeit, Einstellungen (bei Betrieben mit mehr als 20 Mitarbeitern) und Kündigungen (§ 102 BetrVG).	Beim Beratungsrecht hat der Betriebsrat (BR) das Recht, aufgrund der ihm gegebenen Informationen bezüglich wirtschaftlicher Angelegenheiten, seine Auffassung gegenüber dem Arbeitgeber darzulegen und Gegenvorschläge zu unterbreiten. Die Maßnahmen sind aber auch ohne Zustimmung des Betriebsrats wirksam. Eine Einigung ist nicht erzwingbar. Beispiele: Arbeitsplatzgestaltung (Baumaßnahmen, technische Anlagen, Arbeitsabläufe, Arbeitsplätze), Personalplanung (gegenwärtiger und zukünftiger Personalbedarf), Förderung betrieblicher Bildung oder Betriebsänderungen (Einschränkung oder Stilllegung von Betriebsteilen, Rationalisierungsvorhaben).	Der Betriebsrat (BR) hat das Recht auf rechtzeitige und umfassende Unterrichtung über eine von der Unternehmensleitung geplante Maßnahme bzw. Angelegenheit. Wenn der Betriebsrat nicht zustimmt, ist die Maßnahme trotzdem wirksam. Das Informationsrecht besteht in wirtschaftlichen Angelegenheiten über z. B. Produktions- und Absatzplanung, geplante Neu-, Um- und Erweiterungsinvestitionen, aber auch Einstellung leitender Angestellter.

Lösungen zu Aufgabe 6: Mitbestimmungsrecht des Betriebsrats

Prüfen Sie, in welcher der folgenden Fälle dem Betriebsrat der Sport Equipment AG nach dem Betriebsverfassungsgesetz ein Mitbestimmungsrecht zusteht.

☒ Veränderung der Pausenregelung durch die Einführung längerer Produktionszeiten

☐ Änderung der Verfahrensweise für die Bestellung von Maschinen für die Produktion bis 500.000 €

☐ Einstellung eines leitenden Angestellten

☐ Berufung des Aufsichtsratsvorsitzenden

☐ ordentliche Kündigung eines Mitarbeiters

☒ Anordnung von Mehrarbeit für die Mitarbeiter der Personalabteilung

Lösungen zu Aufgabe 7: Beratungs- und Informationsrecht des Betriebsrats

Der Betriebsrat der Sport Equipment AG wurde bei den nachstehenden Maßnahmen in den Entscheidungsprozess eingebunden. Geben Sie die Maßnahmen an, die die Sport Equipment AG ohne Zustimmung des Betriebsrats umsetzen kann.

Die Sport Equipment AG will ...

☐ zwecks genauer Erfassung der Arbeitszeiten erstmals ein elektronisches Zeiterfassungssystem einführen.

☒ einen leitenden Angestellten einstellen.

☐ ein leistungs- und erfolgsabhängiges Vergütungssystem einführen.

☒ zur Verbesserung der Arbeitsgeschwindigkeit der betriebseigenen PCs einen zusätzlichen Server anschaffen.

☐ eine Betriebsordnung erlassen.

☐ in der Kantine einen Getränkeautomaten aufstellen.

☒ die Programmierarbeiten künftig von einer Fremdfirma ausführen lassen.

Lösung zu Aufgabe 8: Rechte des Betriebsrats, Einigungsstelle

Wenn Meinungsverschiedenheiten nicht im Betrieb gelöst werden können, entscheidet entweder das Arbeitsgericht oder die Einigungsstelle. Prüfen Sie, in welchen der folgenden Fälle die Einigungsstelle entscheidet.

☐ bei Meinungsverschiedenheiten zwischen Arbeitgeber und Betriebsrat in Angelegenheiten, in denen der Betriebsrat ein Beratungsrecht hat

☐ bei drohenden Arbeitskampfmaßnahmen zwischen Arbeitgeber und Betriebsrat

☐ bei Meinungsverschiedenheiten zwischen Arbeitgeber und Arbeitnehmern

☒ bei Meinungsverschiedenheiten zwischen Arbeitgeber und Betriebsrat in Angelegenheiten, in denen der Betriebsrat ein Mitbestimmungsrecht hat

☐ bei Meinungsverschiedenheiten zwischen Arbeitgeber und Betriebsrat in Angelegenheiten, in denen der Betriebsrat ein Mitwirkungsrecht hat

ACHTUNG

Bei Meinungsverschiedenheiten, in denen ein Mitwirkungsrecht besteht, entscheidet das Arbeitsgericht. In den anderen Fällen kann der Betriebsrat seine Meinung zwar äußern, der Arbeitgeber muss diese aber nicht berücksichtigen.

Lösungen zu Aufgabe 9: Rechte des Betriebsrats II

Ordnen Sie zu, ob der Betriebsrat in den folgenden Fällen ein

1. Mitbestimmungsrecht
2. Mitwirkungsrecht
3. Informationsrecht
4. Beratungsrecht

hat.

Situationen	Recht des Betriebsrats
a) Es sollen Überwachungskameras an allen Arbeitsplätzen installiert werden.	**1** = soziale Angelegenheit, Arbeitsüberwachungsgeräte
b) Aufgrund der schlechten Auftragslage sollen die Planzahlen für den Personalbedarf reduziert werden.	**4** = wirtschaftliche Angelegenheit
c) Der Betriebsrat nimmt Stellung zu einer vom Arbeitgeber ausgesprochenen Kündigung eines Arbeitnehmers, die er für sozial ungerechtfertigt hält.	**2** = personelle Angelegenheit
d) Ein betriebliches Vorschlagswesen wird eingeführt.	**1** = soziale Angelegenheit
e) Der Vorstand will für die Mitarbeiter in der Verwaltung die variable Arbeitszeit einführen.	**1** = soziale Angelegenheit, Arbeitszeitregelung
f) Aufgrund eines dringenden Großauftrages wird für die Mitarbeiter in der Produktion Mehrarbeit angeordnet.	**1** = soziale Angelegenheit, Überstunden, Arbeitszeitregelung
g) Ein Mitarbeiter der Produktion soll in eine andere Abteilung versetzt werden.	**2** = personelle Angelegenheit
h) Der Betriebsrat vereinbart mit dem Arbeitgeber, dass im Betrieb zu besetzende Stellen intern auszuschreiben sind.	**4** = Betriebsrat kann es verlangen (§ 93 BetrVG), aber es ist keine Zustimmung nötig.
i) Eine Mitarbeiterin der Personalabteilung soll in die nächst höhere Entgeltgruppe eingestuft werden.	**2** = personelle Angelegenheit, Umgruppierung
j) Das Unternehmen befindet sich in einer wirtschaftlichen Krise. Um Entlassungen zu vermeiden, wird Kurzarbeit vereinbart.	**2** = personelle Angelegenheit

Situationen	Recht des Betriebsrats
k) Das Unternehmen plant aufgrund der wirtschaftlichen Situation eine Produktionsstätte zu schließen.	**4** = wirtschaftliche Angelegenheit, Änderung der Betriebsorganisation
l) Die Mitarbeiter wünschen, dass neue Getränkeautomaten in der Kantine aufgestellt werden sollen.	**1** = soziale Angelegenheit, Ausgestaltung der Sozialeinrichtung

Lösung zu Aufgabe 10: Wahl des Betriebsrats, Wahlberechtigung

Nein, da Vorstände als Organe der AG nicht als Arbeitnehmer im Sinne des Betriebsverfassungsgesetzes gelten und das Gesetz nicht bei leitenden Angestellten Anwendung findet (§ 5 BetrVG).

Lösung zu Aufgabe 11: Betriebsvereinbarungen

In welchem Fall liegt eine Betriebsvereinbarung vor?

- ☐ Die Sport Equipment AG einigt sich mit der IG Metall auf eine Entgelterhöhung von 3 % und eine Einmalzahlung in Höhe von 500 €.
- ☐ Die Sport Equipment AG einigt sich mit der IG Metall auf eine Erhöhung der wöchentlichen Arbeitszeit um zwei Stunden.
- ☐ Die Sport Equipment AG und die Salewa Sportgeräte GmbH vereinbaren die gemeinsame Produktion eines Schneeschuhs.
- ☒ Die Sport Equipment AG einigt sich mit dem Betriebsrat über die Einführung der Vertrauensarbeitszeit. Der Sachverhalt wird schriftlich festgehalten.
- ☐ Die Sport Equipment AG erhöht ihr Grundkapital durch die Ausgabe junger Aktien und lässt sich dies auf der Hauptversammlung genehmigen.
- ☐ Die Sport Equipment AG vereinbart mit der Bikewelt OHG die Lieferung von Helmen und Einrädern.

INFO

Eine Betriebsvereinbarung ist ein Vertrag zwischen dem Arbeitgeber und der Belegschaft, vertreten durch den Betriebsrat.

Lösung zu Aufgabe 12: Betriebsvereinbarungen – Bestandteile

Die Sport Equipment AG in Erlangen schließt mit dem Betriebsrat eine Betriebsvereinbarung, die eine Vielzahl von Regelungen enthält.

Welche der folgenden Vereinbarungen darf nicht Bestandteil dieser Vereinbarung sein?

- ☒ Lockerung des gesetzlichen Kündigungsschutzes für langjährige Mitarbeiter
- ☐ Einführung der Vertrauensarbeitszeit für alle Arbeitnehmer
- ☐ Höhe des Arbeitgeberzuschusses pro Mittagessen in der Kantine
- ☐ Nutzung der Sportstätten auf dem Betriebsgelände
- ☐ Regelungen über Betriebsurlaub
- ☐ Die Sport Equipment AG einigt sich mit dem Betriebsrat auf eine befristete Erhöhung der Wochenarbeitszeit um eine Stunde ohne Entgeltausgleich.

ACHTUNG

Abweichende Regelungen (Verkürzung oder Verlängerung) zu den gesetzlichen Kündigungsfristen laut § 622 BGB können nicht durch Betriebsvereinbarung, sondern nur in Tarifverträgen vereinbart werden (§ 622 Abs. 4 BGB).

Lösungen zu Aufgabe 13: Wahl der Jugend- und Auszubildendenvertretung

a) 12 Mitarbeiter/innen. (5 Azubis unter 18 Jahren + 3 Arbeitnehmer unter 18 Jahren + 4 Azubis unter 25 Jahren)

ACHTUNG

Aktives Wahlrecht = Wahlberechtigung

---

b) 33 Mitarbeiter/innen. (5 Azubis unter 18 Jahren + 3 Arbeitnehmer unter 18 Jahren + 4 Azubis unter 25 Jahren + 21 Arbeitnehmer unter 25 Jahren)

ACHTUNG

Wählbar (= passives Wahlrecht) sind alle Arbeitnehmer, die das 25. Lebensjahr noch nicht vollendet haben, sofern sie nicht Mitglied des Betriebsrats sind (§ 61 Abs. 2 BetrVG).

---

c) eine Person (§ 62 BetrVG)

INFO

Eine JAV kann nur eingerichtet werden, wenn im Unternehmen auch ein Betriebsrat existiert. Zudem müssen mindestens fünf Arbeitnehmer beschäftigt sein, die das 18. Lebensjahr noch nicht vollendet haben oder die zur ihrer Berufsausbildung beschäftigt sind und das 25. Lebensjahr noch nicht vollendet haben.

Lösungen zu Aufgabe 14: Rechte und Pflichten der Jugend- und Auszubildendenvertretung

Von der Ausbildungsleitung der Sport Equipment AG erhalten Sie den Auftrag, die Auszubildenden des ersten Ausbildungsjahres über die Rechte und Pflichten sowie die gesetzlichen Grundlagen der JAV zu informieren. Kreuzen Sie die für die JAV zutreffenden Aussagen an.

- ☐ Die Rechte und Pflichten der JAV ergeben sich aus dem Jugendarbeitsschutzgesetz.
- ☒ Aufgabe der JAV ist es, über die Einhaltung der gesetzlichen Vorschriften des Berufsbildungsgesetzes zu wachen.
- ☐ Die JAV beantragt Maßnahmen, die ausschließlich Jugendlichen und Auszubildenden zugutekommen, direkt beim Arbeitgeber.
- ☐ Die Zahl der zu wählenden Jugend- und Auszubildendenvertreter ergibt sich aus der Anzahl aller Arbeitnehmer der Sport Equipment AG.
- ☒ Die regelmäßige Amtszeit der JAV beträgt zwei Jahre.
- ☐ Die JAV hat das Recht, jederzeit eine betriebliche Jugend- und Auszubildendenversammlung einzuberufen.

ACHTUNG

Die Rechte und Pflichten der JAV ergeben sich aus dem Betriebsverfassungsgesetz. Ihre Maßnahmen beantragt sie ausschließlich beim Betriebsrat.

Die Einberufung von JAV-Versammlungen erfolgt nur im Einvernehmen mit dem Betriebsrat vor oder nach jeder Betriebsversammlung. Die Einberufung zu einem anderen Zeitpunkt erfolgt im Einvernehmen mit dem Betriebsrat und dem Arbeitgeber.

Lösungen zu Aufgabe 15: Wahl der Jugend- und Auszubildendenvertretung

Prüfen Sie, welche der folgenden Aussagen im Zusammenhang mit der Wahl der Jugend- und Auszubildendenvertretung zutreffend sind.

- [ ] Entsprechend der Anzahl der Mitarbeiter sind zwischen einem und fünf Jugend- und Auszubildendenvertreter zu wählen.
- [ ] Arbeitnehmer können nicht gewählt werden, sofern sie das 18. Lebensjahr bereits vollendet haben.
- [x] Arbeitnehmer können gewählt werden, sofern sie das 25. Lebensjahr noch nicht vollendet haben.
- [x] Wahlberechtigt sind nur die jugendlichen Arbeitnehmer und die Auszubildenden unter 25 Jahren.
- [ ] Arbeitnehmer können nicht gewählt werden, sofern sie nicht dem Betriebsrat angehören.
- [ ] Die Jugend- und Auszubildendenvertretung kann in offener Wahl gewählt werden.

INFO

Mitglieder der JAV, die während der Amtszeit das 25. Lebensjahr vollenden, bleiben bis zum Ende der Amtszeit Mitglied der JAV (§ 64 Abs. 3 BetrVG).

ACHTUNG

Die Jugend- und Auszubildendenvertretung besteht aus eins bis 15 Mitgliedern. Mitglieder des Betriebsrats können nicht gleichzeitig auch zu Jugend- und Auszubildendenvertretern gewählt werden.

2. Arbeits- und Tarifrecht

Lösung zu Aufgabe 1: Individualarbeitsrecht

Welche der nachfolgenden Aussagen ist dem Bereich des Individualarbeitsrechts zuzuordnen?

- ☐ Abschluss einer Betriebsvereinbarung zwischen einem Arbeitgeber und dem Betriebsrat
- ☐ Abschluss eines Haustarifvertrags zwischen dem einzelnen Unternehmen und der zuständigen Gewerkschaft
- ☐ Vereinbarung zwischen dem Arbeitgeberverband „Metall- und Elektroindustrie" und der IG Metall
- ☐ das zwischen den einzelnen Tarifparteien geltende Recht
- ☒ Verlängerung eines befr steten Arbeitsvertrags um zwei Jahre durch die Sport Equipment AG

Lösungen zu Aufgabe 2: Arbeitsvertrag

Sie arbeiten in der Personalabteilung der Sport Equipment AG in Erlangen. Sie schreiben eine neu zu besetzende Stelle für Industriemechaniker intern und extern aus.

a) Nach Beendigung des Bewerbungsverfahrens planen Sie, den externen Bewerber Fritz Walter einzustellen. Dieser Einstellung widerspricht der Betriebsrat, da er die Stelle intern besetzen möchte. Es soll gerichtlich geklärt werden, ob Herr Walter dennoch eingestellt wird.

   Welches Gericht ist dafür zuständig?

   - ☐ das Amtsgericht Erlangen
   - ☐ das Bundesarbeitsgericht in Erfurt
   - ☐ das Sozialgericht in Erlangen
   - ☐ das Landesarbeitsgericht in Nürnberg
   - ☒ das Arbeitsgericht in Erlangen
   - ☐ das Verwaltungsgericht Ansbach

b) Es wurde gerichtlich entschieden, dass Herr Fritz Walter eingestellt werden kann. Die Sport Equipment AC schließt mit Herrn Fritz Walter einen Arbeitsvertrag ab. Welche Aussage zu diesem Arbeitsvertrag ist falsch?

   - ☐ Der Vertrag ist Teil des Individualarbeitsrechts.
   - ☐ Mit der Unterzeichnung des Arbeitsvertrags verpflichtet sich Fritz Walter über Betriebsgeheimnisse zu schweigen.
   - ☐ Herr Fritz Walter ist zukünftig an Weisungen seiner Vorgesetzten gebunden.

- ☐ Durch den Vertragsabschluss besitzt die Sport Equipment AG eine Entgeltpflicht gegenüber dem Arbeitnehmer.
- ☒ Der Vertrag ist Teil des Kollektivarbeitsrechts.

c) Welche Klausel dürfen Sie aufgrund gesetzlicher Bestimmungen nicht in den Arbeitsvertrag aufnehmen?

- ☐ Herr Fritz Walter wird auf die geltende Gleitzeitregelung hingewiesen.
- ☐ Es werden entsprechend dem Tarifvertrag 30 Tage Urlaub vereinbart.
- ☐ Es wird eine Probezeit von sechs Monaten vereinbart.
- ☒ Für Herrn Fritz Walter wird eine Kündigungsfrist von drei Monaten und für die Sport Equipment AG von einem Monat vereinbart.
- ☐ Herr Fritz Walter verpflichtet sich auf Wunsch des Arbeitgebers, an notwendigen Weiterbildungsmaßnahmen (auch am Wochenende) teilzunehmen.

d) Nach dem Bundesurlaubsgesetz hat jeder Arbeitnehmer Anspruch auf einen bezahlten Mindesturlaub von 24 Werktagen pro Jahr. „Werktage" sind die sechs Tage von Montag bis Samstag. Jeder Arbeitnehmer hat daher unabhängig von der Anzahl seiner individuellen wöchentlichen Arbeitstage einen gesetzlichen Mindesturlaub von vier Wochen pro Jahr. Legt man die heutzutage übliche 5-Tage-Woche zugrunde, ergibt sich ein Mindesturlaubsanspruch von 20 Arbeitstagen.

Fazit: Das Unternehmen kann bei einer 5-Tage-Woche also 22 Urlaubstage im Arbeitsvertrag vereinbaren, da der Mindesturlaubsanspruch nur 20 Arbeitstage beträgt (Günstigerprinzip).

Lösung zu Aufgabe 3: Kündigungsfristen – letzter Arbeitstag

Die 21-jährige Carmen Kohler erhält nach einjähriger Beschäftigungsdauer am 10. Juni die Kündigung. Geben Sie an, wann Carmen ihren letzten Arbeitstag hat.

- ☐ 24. Juni
- ☐ 30. Juni
- ☐ 10. Juli
- ☒ 15. Juli
- ☐ 31. Juli

ACHTUNG

Es gilt die Grundkündigungsfrist von vier Wochen (= 28 Tage) zum Fünfzehnten oder zum Monatsende.

Lösung zu Aufgabe 4: Kündigungsfristen – Zugang der Kündigung

Der Arbeitgeber will der Sachbearbeiterin Tina Schramm zum 31. Juli 2020 kündigen. Frau Schramm ist 32 Jahre alt und seit 01. Januar 2017 im Unternehmen beschäftigt. Stellen Sie fest, an welchem Tag das Unternehmen Frau Schramm die Kündigung spätestens aushändigen muss.

- ☐ 15. Juni 2020
- ☒ 30. Juni 2020
- ☐ 03. Juli 2020
- ☐ 15. Juli 2020
- ☐ 17. Juli 2020

ACHTUNG

Bei verlängerten Kündigungsfristen ist die Kündigung durch den Arbeitgeber nur zum Monatsende möglich!

Lösung zu Aufgabe 5: Kündigung durch den Arbeitnehmer

Eine Mitarbeiterin hat mit 18 Jahren als Auszubildende bei der Sport Equipment AG begonnen und ist mittlerweile seit 13 Jahren im Unternehmen. Da sie aus privaten Gründen nach Hamburg zieht, fragt sie am 07. Dezember, zu welchem Termin sie ihren Arbeitsvertrag durch fristgerechte Kündigung frühestens beenden kann. Laut Arbeitsvertrag gelten die gesetzlichen Kündigungsfristen. Geben Sie das Datum des letzten Arbeitstages an.

- ☐ 31. Dezember dieses Jahres
- ☐ 4. Januar des nächsten Jahres
- ☒ 15. Januar des nächsten Jahres
- ☐ 31. Januar des nächsten Jahres
- ☐ 28. Februar des nächsten Jahres
- ☐ 31. März des nächsten Jahres
- ☐ 31. Mai des nächsten Jahres

ACHTUNG

Die verlängerten Kündigungsfristen gelten nur für den Arbeitgeber.

Lösung zu Aufgabe 6: Kündigungsfristen während der Probezeit

Nach bestandener Abschlussprüfung schließt Knut Hildebrand einen unbefristeten Arbeitsvertrag mit sechsmonatiger Probezeit für eine Tätigkeit in seiner Lieblingsabteilung seines Ausbildungsbetriebs ab. Es wurde vereinbart, dass die gesetzlichen Regelungen gelten sollen. Stellen Sie fest, welche rechtliche Konsequenz die Vereinbarung der Probezeit für Herrn Hildebrand hat.

☐ Während der Probezeit gilt die gesetzliche Kündigungsfrist von vier Wochen zum Fünfzehnten oder zum Ende des Kalendermonats.

☐ Während der Probezeit kann der Arbeitgeber sofort, der Arbeitnehmer innerhalb von zwei Wochen kündigen.

☒ Während der Probezeit gilt eine gesetzliche Kündigungsfrist von zwei Wochen.

☐ Während der Probezeit kann ihm der Arbeitgeber nur kündigen, wenn er vorsätzlich gegen seine Vertragspflichten verstößt.

☐ Sein Arbeitsverhältnis ist nach sechs Monaten automatisch beendet.

Lösungen zu Aufgabe 7: Kündigungsschutzklage, Einreichungsfrist

Die Sport Equipment AG hat Volker Endres, 40 Jahre, wegen mehrerer Verstöße gegen die Arbeitszeitbestimmungen form- und fristgerecht ordentlich gekündigt, nachdem sie ihn vorher erfolglos abgemahnt hatte. Herr Endres erwägt, gegen die Kündigung vor dem zuständigen Arbeitsgericht zu klagen. Bestimmen Sie die nach dem Kündigungsschutzgesetz zutreffenden Aussagen.

☐ Herr Endres kann innerhalb von drei Wochen nach Zugang der Kündigung Einspruch beim Betriebsrat einlegen.

☐ Herr Endres kann nur dann eine Kündigungsschutzklage einreichen, wenn er vorab innerhalb einer Woche Einspruch gegen die Kündigung beim Betriebsrat eingelegt hat.

☐ Herr Endres hat binnen einer Woche Einspruch beim Betriebsrat eingelegt. Hält dieser den Einspruch gegen die Kündigung für begründet, so muss Herr Endres binnen drei Wochen vor dem zuständigen Arbeitsgericht Klage erheben.

☒ Herr Endres kann innerhalb von drei Wochen nach Zugang der Kündigung vor dem zuständigen Arbeitsgericht Klage erheben und beantragen, dass das Arbeitsgericht feststellen soll, dass das Arbeitsverhältnis durch die Kündigung nicht aufgelöst ist.

☐ Die Ausschlussfrist für die Klage vor dem Arbeitsgericht beträgt nach Zugang der Kündigung eine Woche.

☒ Herr Endres hat trotzdem die Möglichkeit, vor dem Arbeitsgericht Klage auf Feststellung zu erheben, auch wenn der Betriebsrat den Einspruch gegen die Kündigung für unbegründet hält.

Lösungen zu Aufgabe 8: Mitwirkung des Betriebsrats bei Kündigung

Tobias Neundörfer, 31 Jahre, Vater von zwei Kindern, erhält aus betriebsbedingten Gründen die Kündigung. Da er diese für sozial ungerechtfertigt hält, wendet er sich an den Betriebsrat. Prüfen Sie, welche der folgenden Aussagen zu den Kündigungsmodalitäten richtig sind.

- ☒ Der Betriebsrat muss in Kündigungsfragen angehört werden. Der Arbeitnehmer kann innerhalb von drei Wochen nach Zugang der schriftlichen Kündigung Klage beim zuständigen Arbeitsgericht einreichen.
- ☐ Der Betriebsrat muss in Kündigungsfragen angehört werden. Hält er die Kündigung für ungerechtfertigt, dann darf der Arbeitgeber nicht kündigen.
- ☐ Der Betriebsrat muss in Kündigungsfragen angehört werden. Sofern er die Kündigung für sozial ungerechtfertigt hält, muss er innerhalb von drei Wochen Kündigungsschutzklage beim zuständigen Arbeitsgericht einreichen.
- ☒ Der Betriebsrat kann der Kündigung mit dem Ziel widersprechen, eine Verständigung mit dem Arbeitgeber über eine Weiterbeschäftigung herbeizuführen.
- ☐ Der Betriebsrat kann in Kündigungsfragen angehört werden. Auch ohne seine Zustimmung wird die Kündigung wirksam.
- ☐ Der Betriebsrat muss in Kündigungsfragen nicht angehört werden. Auch ohne die Anhörung des Betriebsrats wird die Kündigung wirksam.

ACHTUNG

Die Kündigung ist unwirksam, wenn der Betriebsrat nicht angehört wurde. Die Kündigung ist auch dann wirksam, wenn der Betriebsrat sie für sozial ungerechtfertigt hält.

Lösungen zu Aufgabe 9: Besonderer Kündigungsschutz

Aufgrund von Rationalisierungsmaßnahmen ist die Jung AG (300 Mitarbeiter) gezwungen Arbeitsplätze, abzubauen. Prüfen Sie, welche Arbeitsverhältnisse am frühesten durch Kündigung beendet werden können.

- ☐ Simone Braun, 24 Jahre alt, seit fünf Jahren im Unternehmen, wurde vor einem Jahr in die Jugend- und Auszubildendenvertretung gewählt.
- ☒ Simon Roth, 22 Jahre, wurde vor einem Jahr nach der Ausbildung in ein unbefristetes Arbeitsverhältnis übernommen.
- ☐ Werner Helmschrott, 50 Jahre alt, Industriekaufmann, seit 25 Jahren im Unternehmen.
- ☐ Andrea König, 38 Jahre alt, Industriekauffrau, alleinerziehende Mutter einer vierjährigen Tochter, seit zwei Jahren im Unternehmen.
- ☒ Norbert Krön, 30 Jahre, Industriekaufmann, seit vier Monaten im Unternehmen.

INFO

Besonderen Kündigungsschutz genießen unter anderem Auszubildende nach Ablauf der Probezeit (§ 22 BBiG), Mitglieder des Betriebsrats und der Jugend- und Auszubildendenvertretung (§ 15 KSchG), Schwerbehinderte (§ 85 SGB IX), Frauen während einer Schwangerschaft und bis zum Ablauf von vier Monaten nach der Entbindung sowie Eltern während der Elternzeit (§ 9 MuSchG, § 18 BEEG) oder Beschäftigte, die wegen häuslicher Pflege eines nahen Angehörigen kurzzeitig an der Arbeitsleistung verhindert sind oder Pflegezeit in Anspruch nehmen (§ 5 Pflegezeitgesetz).

ACHTUNG

Bei der betriebsbedingten Kündigung muss der Arbeitgeber bei der Auswahl des Arbeitnehmers (Sozialauswahl) die Dauer der Betriebszugehörigkeit, das Lebensalter, die Unterhaltspflichten und die Schwerbehinderung des Arbeitnehmers berücksichtigen.

Lösung zu Aufgabe 10: Allgemeiner Kündigungsschutz

Stellen Sie fest, welche der folgenden Aussagen zum Kündigungsschutz richtig sind.

- ☐ Wenn der Betriebsrat Kündigungen für sozial ungerechtfertigt hält, kann der Arbeitgeber innerhalb einer Frist von drei Wochen Klage vor dem zuständigen Arbeitsgericht einreichen.
- ☐ Durch Tarifverträge können die gesetzlichen Kündigungsfristen nur zugunsten der Arbeitnehmer verlängert werden.
- ☐ Kündigungen von Mitgliedern des Betriebsrats sind nach dem Betriebsverfassungsgesetz ausgeschlossen.
- ☐ Der Betrag der Abfindung darf nach dem Kündigungsschutzgesetz zwölf Monatsverdienste nicht übersteigen.
- ☒ Eine Kündigung aus betrieblichen Gründen ist sozial ungerechtfertigt, wenn der zu kündigende Arbeitnehmer an einem anderen Arbeitsplatz weiterbeschäftigt werden könnte, der Arbeitgeber ihm dieses aber nicht angeboten hat.

Lösungen zu Aufgabe 11: Kündigung

a)
- ordentliche Kündigung: Kündigung unter Einhaltung von Kündigungsfristen, fristgemäße Kündigung
- außerordentliche Kündigung: Kündigung aus einem wichtigen Grund ohne Einhaltung von Kündigungsfristen, fristlose Kündigung.

b) 1. Sozial gerechtfertigt ist die ordentliche Kündigung durch den Arbeitgeber nur, wenn sie durch Gründe, die in der Person (personenbedingt) oder im Verhalten des Arbeitnehmers (verhaltensbedingt) liegen, oder durch dringende betriebliche Erfordernisse (betriebsbedingt) bedingt ist, die einer Weiterbeschäftigung des Arbeitnehmers in diesem Betrieb entgegenstehen (§ 1 KSchG).

2. Eine Weiterbeschäftigung von Frau Spörlein darf nach zumutbaren Umschulungs- oder Fortbildungsmaßnahmen oder unter geänderten Arbeitsbedingungen nicht möglich sein.

3. Eine Auswahl nach sozialen Gesichtspunkten muss durch den Arbeitgeber vorgenommen werden.

c) Frau Spörlein kann innerhalb einer Woche nach Zugang der Kündigung Einspruch beim Betriebsrat einlegen und innerhalb von drei Wochen nach Zugang der Kündigung Kündigungsschutzklage beim zuständigen Arbeitsgericht erheben.

d) Laut § 9 MuSchG ist eine Kündigung von Schwangeren nicht möglich. Frau Spörlein hat die Möglichkeit, innerhalb von zwei Wochen nach Zugang der Kündigung den Arbeitgeber über die Schwangerschaft zu informieren. Daher kann eine Kündigung von Frau Spörlein nicht durchgesetzt werden.

Lösung zu Aufgabe 12: Kündigungsschutzklage, Gericht

Herr Klaus Augenthaler, Arbeitnehmer der Sport Equipment AG, steht wegen einer Kündigung mit seinem Arbeitgeber im Rechtsstreit. Der Rechtsstreit konnte vorab in einem Güterverfahren nicht durch Vergleich beigelegt werden. Nun möchte Herr Augenthaler Klage erheben. Welches Gericht ist zuständig?

☐ Sozialgericht Erlangen

☐ Landesarbeitsgericht Nürnberg

☒ Arbeitsgericht Erlangen

☐ Bundesarbeitsgericht in Erfurt

☐ Amtsgericht Erlangen

Lösung zu Aufgabe 13: Kündigung eines Ausbildungsvertrags I

Kilian Goppert ist Auszubildender zum Industriekaufmann. Trotz anfänglicher Begeisterung ist er sich nach Ablauf der Probezeit nicht mehr sicher, ob er wirklich den richtigen Ausbildungsberuf gewählt hat. Er überlegt, ob er nicht eine Ausbildung zum Schreiner beginnen kann. Prüfen Sie, ob er nach dem Berufsbildungsgesetz seinen Ausbildungsvertrag kündigen kann.

Nach Ablauf der Probezeit ...

☐ kann der Vertrag ausschließlich in beiderseitigem Einvernehmen aufgelöst werden.

☒ kann Herr Goppert den Vertrag schriftlich mit einer Frist von vier Wochen kündigen, wenn er sich für einen anderen Beruf ausbilden lassen will.

- ☐ kann Herr Goppert nur während der ersten Hälfte seiner Ausbildung den Vertrag schriftlich unter Einhaltung einer Frist von vier Wochen kündigen.
- ☐ kann der Vertrag stets von beiden Seiten gekündigt werden, wenn eine Kündigungsfrist von vier Wochen eingehalten wird.
- ☐ kann der Vertrag durch Herrn Goppert nur gegen Zahlung einer Vertragsstrafe aufgelöst werden.

Lösungen zu Aufgabe 14: Beendigung eines Ausbildungsvertrags

Welche Aussagen zum Berufsausbildungsverhältnis von Jessica Benedikt (17-jährige Auszubildende der Sport Equipment AG) sind richtig?

- ☒ Während der Probezeit kann sowohl Frau Benedikt als auch die Sport Equipment AG das Ausbildungsverhältnis ohne Angaben von Gründen fristlos kündigen.
- ☐ Die Dauer der Probezeit beträgt bei Ausbildungsverhältnissen in der Industrie mindestens sechs Monate.
- ☐ Das Berufsausbildungsverhältnis endet stets erst mit Ablauf der im Ausbildungsvertrag vorgesehenen Ausbildungszeit.
- ☒ Besteht Frau Benedikt vor Ablauf der Ausbildungszeit die Abschlussprüfung, so endet das Berufsausbildungsverhältnis mit Bestehen der Abschlussprüfung.
- ☐ Wird Frau Benedikt im Anschluss an das Berufsausbildungsverhältnis von der Sport Equipment AG beschäftigt, ohne dass hierüber ausdrücklich etwas vereinbart worden ist, so wird hierdurch ein auf ein Jahr befristetes Arbeitsverhältnis begründet.
- ☐ Das Berufsausbildungsverhältnis kann nach der Probezeit von Frau Benedikt ohne Einhaltung einer Kündigungsfrist gekündigt werden, wenn sie sich für eine andere Berufstätigkeit ausbilden lassen will.

Lösung zu Aufgabe 15: Kündigung eines Ausbildungsvertrags II

02.04. Jahr 01

ACHTUNG

Kündigungsfrist von vier Wochen! Die Grundkündigungsfrist von vier Wochen zum 15. oder zum Kalendermonatsende nach § 622 BGB gilt nur für die Kündigung von Arbeitsverhältnissen!

Lösung zu Aufgabe 16: Kündigung eines Ausbildungsvertrags III

Die Probezeit ist für beide bereits abgelaufen (maximal vier Monate nach Berufsbildungsgesetz). Eine Kündigung des Ausbildungsverhältnisses ist daher nach dem Gesetz nur aus wichtigem Grund oder bei Aufgabe der Berufsausbildung bzw. bei Wechsel der Berufstätigkeit möglich.

Tina kann ihren Ausbildungsvertrag nach dem Berufsbildungsgesetz nicht kündigen. Jenny kann unter Einhaltung einer Kündigungsfrist von vier Wochen das Ausbildungsverhältnis kündigen.

ACHTUNG

Einigen sich Ausbildender und Auszubildender darauf, dass das Ausbildungsverhältnis durch Auflösungsvertrag vorzeitig beendet werden soll, dann ist dies möglich, da es nicht zum Nachteil der Auszubildenden ist. Das BBiG will die Auszubildenden schützen.

Lösungen zu Aufgabe 17: Tarifvertragsparteien

Welche Vertragspartner können Tarifverträge rechtsgültig abschließen?

- ☐ ein einzelner Arbeitgeber und ein einzelner Arbeitnehmer
- ☐ ein einzelner Arbeitgeber und der Betriebsrat
- ☒ ein einzelner Arbeitgeber und die für den Betrieb zuständige Gewerkschaft
- ☐ das Bundesministerium für Arbeit und Soziales und der Deutsche Gewerkschaftsbund
- ☐ der Präsident des FC Bayern München e. V. und ein Spielerberater
- ☐ der Arbeitgeberverband und der Betriebsrat
- ☒ der Arbeitgeberverband und die Gewerkschaften

Lösung zu Aufgabe 18: Tarifautonomie I

Aus welchem Gesetz ist die Tarifautonomie abzuleiten?

- ☐ Handelsgesetzbuch
- ☐ Kündigungsschutzgesetz
- ☐ Betriebsverfassungsgesetz
- ☒ Grundgesetz
- ☐ Bürgerliches Gesetzbuch
- ☐ Mitbestimmungsgesetz

Lösung zu Aufgabe 19: Tarifautonomie II

Die Sport Equipment AG und die IG Metall befinden sich aktuell in schwierigen Tarifverhandlungen. Welcher Sachverhalt stellt in diesem Zusammenhang einen Verstoß gegen das Prinzip der Tarifautonomie dar?

- ☐ Die IG Metall ruft nach dem Scheitern der Tarifverhandlungen mit der Sport Equipment AG zur ersten Urabstimmung auf.

- ☐ Die Sport Equipment AG stimmt dem Schlichtungsverfahren zu.
- ☐ Die Sport Equipment AG sperrt nach den gescheiterten Tarifverhandlungen die gewerkschaftlich organisierten Arbeitnehmer aus.
- ☐ Nach Wiederaufnahme der Verhandlungen bietet die Sport Equipment AG der IG Metall an, das Entgelt aller Arbeitnehmer um 2,3 % zu erhöhen.
- ☒ Der Bundesarbeitsminister setzt nach wochenlangen Arbeitskämpfen fest, dass die Arbeitgeber bundesweit das Entgelt für alle Arbeitnehmer der Metall- und Elektroindustrie um 2,5 % anheben müssen.

Lösung zu Aufgabe 20: Allgemeinverbindlichkeit

Wer kann einen Tarifvertrag für allgemeinverbindlich erklären?

- ☒ der Bundesminister für Arbeit und Soziales
- ☐ der Bundesminister für Wirtschaft und Technologie
- ☐ die Bundeskanzlerin
- ☐ Arbeitgeberverbände und Gewerkschaften mit einer gemeinsamen Erklärung
- ☐ die Tarifpartner auf Antrag des Bundesarbeitsministeriums

INFO

Auf Antrag einer Tarifpartei kann der Bundesarbeitsminister im Einvernehmen mit einem Tarifausschuss den regionalen Tarifabschluss für allgemeinverbindlich erklären, sodass die tariflichen Rahmenbedingungen dann auch für die nicht tarifgebundene Arbeitgeber und Arbeitnehmer innerhalb des sachlichen (z. B. Branche) und räumlichen (z. B. Deutschland) Geltungsbereichs des Tarifvertrags verbindlich werden.

Lösung zu Aufgabe 21: Arbeitskampf

Welche Aussage trifft auf die Arbeitskampfmaßnahme Aussperrung zu?

- ☐ Unter Aussperrung versteht man die planmäßig organisierte Arbeitsniederlegung aller Arbeitnehmer eines Betriebs.
- ☐ Unter Aussperrung versteht man die planmäßig organisierte Arbeitsniederlegung aller gewerkschaftlich organisierten Arbeitnehmer eines Betriebs.
- ☒ Aussperrung bedeutet die Nichtzulassung der Arbeitnehmer zur Arbeit bei gleichzeitiger Verweigerung der Lohn- und Gehaltszahlung.
- ☐ Aussperrung bedeutet die ordentliche Kündigung des Arbeitsverhältnisses in den betroffenen Betrieben.
- ☐ Im Rahmen eines Insolvenzverfahrens sperrt der Insolvenzverwalter den Betrieb zu, da das Verfahren mangels Masse eingestellt wurde.

☐ Die gewerkschaftlich organisierten Arbeiternehmer legen für einen befristeten Zeitraum die Arbeit nieder, um ihren Forderungen gegenüber den Arbeitgebern Nachdruck zu verleihen.

ACHTUNG

Die Aussperrung ist die Arbeitskampfmaßnahme der Arbeitgeber als Reaktion auf einen Streik der Arbeitnehmer. Die Arbeits- und Lohnzahlungspflicht entfällt für die Zeit der Aussperrung. Auch die Arbeitnehmer, die nicht streiken, werden vorübergehend von ihrer Arbeitspflicht freigestellt und dürfen während der Aussperrung nicht arbeiten.

Lösung zu Aufgabe 22: Ablauf von Tarifverhandlungen

b) fristgemäße Kündigung des alten Entgelttarifvertrags

d) Aufnahme der Verhandlungen zwischen den beiden Tarifparteien

e) Die Gewerkschaft erklärt die Tarifverhandlungen für gescheitert.

g) Der Arbeitgeberverband lehnt den Schlichtungsvorschlag ab.

a) Erste Urabstimmung: 90 % der gewerkschaftlich organisierten Arbeitnehmer stimmen einem befristeten Streik zu.

i) Schwerpunktstreiks und Aussperrung

c) neue Verhandlungen während des Streiks

f) Zweite Urabstimmung: 50 % der gewerkschaftlich organisierten Arbeitnehmer nehmen den ausgehandelten Kompromissvorschlag an.

h) Der neue Entgelttarifvertrag tritt in Kraft.

ACHTUNG

Mindestens 75 % der gewerkschaftlich organisierten Arbeitnehmer im Tarifbezirk müssen in der ersten Urabstimmung für die Durchführung des befristeten Streiks stimmen. In der zweiten Urabstimmung müssen 25 % der gewerkschaftlich organisierten Arbeitnehmer im Tarifbezirk dem Kompromiss zustimmen.

Lösung zu Aufgabe 23: Tarifvertragsarten

Nach erfolgreichen Verhandlungen zwischen den Tarifpartnern liegt der neue Entgelttarifvertrag vor. Stellen Sie fest, welche Regelung in diesem Tarifvertrag festgelegt wurde.

- ☐ die Höhe der Zuschläge für Überstunden
- ☐ die Anzahl der Urlaubstage
- ☒ die Vergütung in den einzelnen Entgeltgruppen
- ☐ die Entgeltfortzahlung im Krankheitsfall
- ☐ die Höhe der Vermögenswirksamen Leistungen des Arbeitgebers
- ☐ die Dauer der wöchentlichen Arbeitszeit
- ☐ die Regelungen zur Gleit- und Kernarbeitszeit

ACHTUNG

Mantel- bzw. Rahmentarifverträge enthalten z. B. Bestimmungen zur wöchentlichen Arbeitszeit, zur Höhe von Überstundenzuschlägen, zu Urlaub sowie Kündigungsbedingungen.

3. Rechtliche Rahmenbedingungen und Rechtsgeschäfte

Lösung zu Aufgabe 1: Öffentliches Recht

Welche Aussage zum öffentlichen Recht ist richtig?

- ☐ Es regelt alle Vertragsverhältnisse zwischen dem Staat und Privatpersonen.
- ☐ Bereiche des öffentlichen Rechts sind Handelsrecht und Strafrecht.
- ☐ Es enthält arbeitsrechtliche Regelungen für alle Angestellten des öffentlichen Dienstes.
- ☐ Es regelt Rechtsverhältnisse zwischen Privatpersonen und dem Staat nach dem Prinzip der Gleichordnung.
- ☒ Es regelt Rechtsverhältnisse zwischen Staat und Privatpersonen nach dem Prinzip der Über- und Unterordnung.

ACHTUNG

Handelsrecht ist Privatrecht.

Lösungen zu Aufgabe 2: Privatrecht

Welche Aussagen zum Privatrecht sind richtig?

- ☐ Das Steuerrecht ist Teil des Privatrechts.
- ☒ Das Privatrecht regelt Rechtsverhältnisse zwischen Privatpersonen und Staat nach dem Prinzip der Gleichordnung.
- ☐ Das Privatrecht regelt Rechtsverhältnisse zwischen Privatpersonen untereinander nach dem Prinzip der Über- und Unterordnung.
- ☒ Das Privatrecht regelt Rechtsverhältnisse zwischen Privatpersonen untereinander nach dem Prinzip der Gleichordnung.
- ☒ Das Privatrecht regelt Rechtsverhältnisse zwischen Privatpersonen und Unternehmen nach dem Prinzip der Gleichordnung.
- ☐ Das Privatrecht regelt ausschließlich Rechtsbeziehungen zwischen Privatpersonen.

Lösung zu Aufgabe 3: Rechtsbereiche I

Welche der folgenden Aussagen ist richtig?

- ☐ Privatrechtliche Gesetzesregelungen sind zwingendes Recht, von dem nicht abgewichen werden darf.
- ☐ Das BGB gehört zum Bereich des öffentlichen Rechts, da es für jeden gilt.
- ☐ Von den Regelungen des BGB kann nicht abgewichen werden, da damit vom Grundsatz der Gleichordnung abgewichen würde.

- ☐ Die Verfassung regelt ausschließlich Rechtsverhältnisse zwischen staatlichen Einrichtungen.
- ☐ Das BGB regelt Rechtsbeziehungen zwischen Bürger und Staat.
- ☒ Das BGB ist als Bereich des privaten Rechts kein zwingendes Recht.

Lösung zu Aufgabe 4: Rechtsbereiche II

Die Stadt Nürnberg kauft für einen städtischen Sportverein von der Sport Equipment AG eine Kletterwand. Nach drei Wochen sind einige der Klettergriffe locker, da sie offensichtlich nur unzureichend verschraubt waren. Die Stadt Nürnberg fordert die Sport Equipment AG zur kostenlosen Reparatur der Kletterwand auf.

Auf welchen Bereich des Rechts bezieht sich dieser Anspruch?

- ☐ Öffentliches Recht
- ☒ Privates Recht
- ☐ Strafrecht
- ☐ Verwaltungsrecht
- ☐ Gemeinderecht

ACHTUNG

Die Stadt ist zwar ein Träger staatlicher Gewalt, jedoch handelt es sich hier um Ansprüche aus einem Kaufvertrag zwischen gleichrangigen Geschäftspartnern.

Lösung zu Aufgabe 5: Rechtsverordnungen

Welche Aussage zu Rechtsverordnungen ist richtig?

- ☐ Sie stellen die Gesamtheit aller Rechtsnormen eines Landes dar.
- ☐ Sie können von allen juristischen Personen erlassen werden.
- ☒ Sie werden aufgrund eines Gesetzes erlassen.
- ☐ Sie werden vom Bundesverfassungsgericht erlassen.
- ☐ Sie stehen in der Rangordnung über den Gesetzen und behalten deshalb ihre Gültigkeit auch, wenn die zugrunde gelegten Gesetze aufgehoben werden.

Lösungen zu Aufgabe 6: Rechtsquellen

Ordnen Sie die folgenden Fälle jeweils der Institution zu, die für den Erlass der betreffenden Rechtsquelle infrage kommt.

a) Die für Nürnberg gültige Hundesteuer wird erhöht.

b) Der Spitzensteuersatz der Einkommensteuer wird gesenkt.

c) Für die Erhebung der Einkommensteuer wird eine neue Durchführungsverordnung erlassen.

d) Für die Bundesrepublik Deutschland wird ein neues Einwanderungsgesetz beschlossen.

e) Die Satzung der Sport Equipment AG wird geändert.

f) Das Grundgesetz der Bundesrepublik Deutschland soll geändert werden.

g) Das Bayerische Gesetz über das Erziehungs- und Unterrichtswesen wird geändert.

Für den Erlass zuständige Institution	**Fall (Buchstaben)**
Deutscher Bundestag	**b, d, f**
Stadt Nürnberg	**a**
Bundesregierung	**c**
Bayerischer Landtag	**g**
Keine der zuvor genannten Institutionen	**e**

Lösungen zu Aufgabe 7: Rechtsobjekte – vertretbare Sachen

In welchen Fällen handelt es sich um vertretbare Sachen?

☐ ein Ölgemälde

☒ ein 50-€-Schein

☐ ein Patent

☐ eine Lizenz

☒ eine Packung Nägel

☐ eine Geldforderung gegenüber einem Kunden

☐ ein Gebrauchtwagen

Lösungen zu Aufgabe 8: Rechtsobjekte – unbewegliche Sachen

In welchen Fällen handelt es sich um unbewegliche Sachen?

☒ Kiesgrube

☐ Wohnwagen

☐ CNC-Maschine

☐ Mülleimer

☐ Zelt

☐ Laserdrucker

☒ Fabrikschornstein

Lösung zu Aufgabe 9: Rechtsobjekte

Ordnen Sie die folgenden Fälle jeweils der passenden Art von Rechtsobjekten zu.

a) Herr Meyer erwirbt Aktien der Sport Equipment AG.

b) Die Sport Equipment AG erwirbt die Lizenz, ein Fertigungsverfahren anzuwenden, das durch ein Patent geschützt ist .

c) Frau Weber kauft beim Fahrradhändler ein gebrauchtes Fahrrad.

d) Ein Sportgeschäft bestellt aus dem Katalog der Sport Equipment AG fünf Bikerhelme eines bestimmten Types.

e) Herr Weller lässt sich beim Schneider einen Maßanzug anfertigen.

f) Der Multimillionär Abrahamovic lässt bei einer Werft eine Luxusyacht mit zahlreichen Sonderwünschen bauen.

g) Die Sport Equipment AG fordert von einem Kunden die Bezahlung einer noch offenen Rechnung.

Arten von Rechtsobjekten	Fall
Vertretbare Sachen	**a, d**
Nicht vertretbare Sachen	**c, e, f**
Rechte	**b, g**

Lösung zu Aufgabe 10: Eigentum

Welche Aussage zum Eigentum ist richtig?

- ☐ Der Eigentümer eines Rindermastbetriebs kann nach Belieben mit den Tieren verfahren.
- ☒ Der Besitzer einer Wohnung muss nicht zwangsläufig auch deren Eigentümer sein.
- ☐ Bei Immobilien ist der Eigentümer immer gleichbedeutend mit dem Besitzer.
- ☐ Eigentum ist die tatsächliche Herrschaft über eine Sache.
- ☐ Nur bewegliche Sachen können den Eigentümer wechseln.

Lösung zu Aufgabe 11: Eigentumsübergang I

Welche Aussage zum Eigentumsübergang ist richtig?

- ☐ Der Käufer einer beweglichen Sache wird mit Abschluss des Kaufvertrags Eigentümer der Sache.
- ☐ Das Eigentum an einer unbeweglichen Sache geht mit der Einigung über die Eigentumsübertragung auf den Käufer über.
- ☒ Das Eigentum an einer beweglichen Sache geht mit Einigung und Übergabe auf den Käufer über.

- ☐ Einigung und Übergabe einer beweglichen Sache müssen zur gleichen Zeit erfolgen, damit das Eigentum übergeht.
- ☐ Zwischen beweglichen und unbeweglichen Sachen gibt es hinsichtlich der Eigentumsübertragung keine Unterschiede.

ACHTUNG

Für Grundstücke gelten hinsichtlich der Eigentumsübertragung besondere Vorschriften: Es werden eine notariell beurkundete Einigungserklärung (z. B. Kaufvertrag) und die Eintragung in das Grundbuch benötigt.

Lösungen zu Aufgabe 12: Eigentumsübergang II

In welchen Fällen ist eine Eigentumsübertragung erfolgt?

- ☐ Ein Sport-Center gibt bei der Sport Equipment AG eine künstliche Kletterwand in Auftrag. Über den Kaufpreis ist man sich einig. Der Sport-Center bezahlt bereits im Voraus.
- ☐ Die Sport Equipment AG verkauft ein Betriebsgrundstück an die Star-Rad GmbH. Der Kaufvertrag und die Einigungserklärung wurden bereits von einem Notar beurkundet.
- ☒ Herr Kunz bestellt beim Blumenhändler telefonisch einen Blumenstrauß. Der Blumenhändler nimmt die Bestellung an und liefert den Strauß zur Wohnung von Herrn Kunz, der den Strauß entgegennimmt. Herr Kunz hat noch nicht bezahlt.
- ☐ Herr Wittke kauft ein Fahrrad bei einem Fahrradhändler. Das Fahrrad steht unter Eigentumsvorbehalt des Händlers. Der Händler übergibt Herrn Wittke das Fahrrad. Herr Wittke hat noch nicht bezahlt.
- ☐ Frau Blum findet auf der Straße eine verloren gegangene Uhr. Da sie nicht weiß, wem sie gehört, behält sie die Uhr.
- ☒ Herr Walz kauft bei einem Sporthändler ein Fahrrad. Was Herr Walz nicht weiß: das Fahrrad steht noch unter Eigentumsvorbehalt des Herstellers. Herr Walz nimmt das Fahrrad mit nach Hause.
- ☐ Herr Ilgner kauft bei einem Schmuckhändler eine Goldkette und schenkt sie seiner Freundin. Was sowohl Herr Ilgner als auch seine Freundin nicht wissen: die Kette wurde von Dieben gestohlen und an den Schmuckhändler verkauft.

Lösung zu Aufgabe 13: Eigentum und Besitz

Herr Lorenz mietet für zwei Tage einen Lkw bei der Autorent GmbH. Er fährt mit dem Lkw zu seiner alten Wohnung, die er ausräumen möchte. Welche Aussage beschreibt den Sachverhalt zutreffend?

- ☐ Die Autorent GmbH ist Eigentümer und Besitzer des Lkw.
- ☐ Herr Lorenz darf nach Belieben mit dem Lkw verfahren.

☐ Sowohl Herr Lorenz als auch die Autorent GmbH sind Besitzer des Lkw.

☐ Die Autorent GmbH hat für zwei Tage das Eigentum am Lkw an Herrn Lorenz übertragen.

☒ Die Autorent GmbH ist Eigentümer, Herr Lorenz Besitzer des Lkw.

Lösungen zu Aufgabe 14: Rechtssubjekte I

Geben Sie an, ob die folgenden Aussagen richtig oder falsch sind:

Aussagen	Richtig oder falsch?
Sachen gehören zu den Rechtssubjekten.	**Falsch** (Rechtsobjekten)
Immobilien sind vertretbare Sachen.	**Falsch** (nicht vertretbar)
Ein neunjähriges Kind ist beschränkt rechtsfähig.	**Falsch** (beschränkt geschäftsfähig)
Willenserklärungen von Minderjährigen sind immer nichtig.	**Falsch** (Ausnahmen: Taschengeld, lediglich rechtlicher Vorteil)
Personen zwischen 7 und 18 Jahren sind beschränkt geschäftsfähig.	**Richtig**
Eine juristische Person kann nicht beschränkt geschäftsfähig sein.	**Richtig**
Als Gesellschafter einer GmbH ist Herr Müller eine juristische Person.	**Falsch** (Die GmbH ist eine juristische, der Gesellschafter eine natürliche Person.)

Lösungen zu Aufgabe 15: Rechtssubjekte II

Ordnen Sie zu:

[1] juristische Person des öffentlichen Rechts

[2] juristische Person des privaten Rechts

[3] keine juristische Person

Industrie- und Handelskammer	[**1**]	Körperschaft des öffentlichen Rechts
Berufsgenossenschaften	[**1**]	Körperschaften des öffentlichen Rechts
Eingetragene Vereine	[**2**]	Körperschaften des privaten Rechts
Aktiengesellschaften	[**2**]	Körperschaften des privaten Rechts
Genossenschaften	[**2**]	Körperschaften des privaten Rechts
Sparkassen	[**1**]	Anstalten des öffentlichen Rechts
Kommanditgesellschaften	[**3**]	Personengesellschaften
Universitäten	[**1**]	Körperschaften des öffentlichen Rechts
nicht eingetragene Vereine	[**3**]	Eintragung ins Vereinsregister fehlt
Rundfunkanstalten der ARD	[**1**]	Anstalten des öffentlichen Rechts

Lösungen zu Aufgabe 16: Juristische Personen

Bei welchen der folgenden Personen handelt es sich um juristische Personen?

- ☐ Amtsrichter Faller
- ☐ Müller & Söhne OHG
- ☒ Drechsler Baumaschinen GmbH
- ☐ Notar Lüder
- ☒ Sport Equipment AG
- ☐ Vorstandsvorsitzender einer Aktiengesellschaft
- ☒ Freistaat Bayern
- ☐ Schreinerei Lang e. K.
- ☒ Robert Bosch Stiftung

Lösung zu Aufgabe 17: Rechtsfähigkeit

Wann beginnt die Rechtsfähigkeit einer GmbH?

- ☐ mit der Aufnahme ihrer Geschäftstätigkeit
- ☐ mit der Eintragung ins Grundbuch
- ☒ mit der Eintragung ins Handelsregister
- ☐ mit der notariellen Beurkundung der Satzung
- ☐ mit Abschluss des Gesellschaftervertrags

Lösung zu Aufgabe 18: Geschäftsfähigkeit

Welche Aussage zur Geschäftsfähigkeit ist richtig?

- ☐ Die Geschäftsfähigkeit einer natürlichen Person beginnt mit Vollendung der Geburt.
- ☐ Dauerhaft geisteskranke Menschen sind beschränkt geschäftsfähig.
- ☐ Die Geschäfte eines 19-Jährigen sind schwebend unwirksam.
- ☒ Beschränkt Geschäftsfähige benötigen für eine rechtswirksame Willenserklärung die Zustimmung des gesetzlichen Vertreters.
- ☐ Die Willenserklärungen eines 17-Jährigen sind bis zur Verweigerung der Zustimmung durch die gesetzlichen Vertreter grundsätzlich rechtswirksam.

Lösungen zu Aufgabe 19: Willenserklärungen und deren Rechtsfolgen

Geben Sie an, ob in den folgenden Situationen durch die Abgabe der Willenserklärungen ein rechtswirksamer Vertrag zu Stande gekommen ist.

Situation	Ist ein rechtswirksamer Vertrag zu Stande gekommen?
Der 5-jährige Alexander kauft im Auftrag seiner Mutter beim Bäcker Brot.	Es ist ein rechtswirksamer Kaufvertrag zwischen der Mutter und dem Bäcker zu Stande gekommen. Alexander war nur Bote und hat keine eigene Willenserklärung abgegeben.
Der 9-jährige Udo kauft von seinem Taschengeld eine CD. Nach dem Kauf sagt seine Mutter, dass ihr dies nicht recht sei und er die CD zurückgeben soll.	Der Kauf wurde mit dem Taschengeld getätigt. Dies steht Udo zur freien Verfügung. Der Kauf ist also rechtswirksam.
Der 15-jährige Harald kauft sich für 999 € ein Notebook.	Der Kauf ist schwebend unwirksam. (Es kann ohne Hinweis in der Aufgabe nicht davon ausgegangen werden, dass es sich um Taschengeld handelt.)
Die 8-jährige Evi bekommt von ihrer Tante 50 € geschenkt. Evis Mutter ist dagegen, da sie mit der Tante zerstritten ist.	Evi hat von der Schenkung lediglich einen rechtlichen Vorteil, da sie damit keinerlei Verpflichtungen eingeht. Der Schenkungsvertrag zwischen Evi und ihrer Tante ist damit rechtswirksam.
Der 16-jährige Klaus kauft ein Fahrrad, das einen Wert von über 500 € hat, für 100 €. Seine Eltern wissen bis jetzt noch nichts davon.	Die Rechtswirksamkeit des Kaufs ist von der Genehmigung der Erziehungsberechtigten abhängig, da Klaus nicht nur rechtliche Vorteile hat (Zahlung des Kaufpreises).
Die 17-jährige Nicole verkauft an der Kasse eines Supermarktes Waren an die Kunden. Für den Nebenjob im Supermarkt hat sie die Zustimmung ihrer Eltern.	Die Verträge sind rechtswirksam, da Nicole nicht im eigenen Namen handelt. Verkäufer der Ware ist der Supermarkt, nicht Nicole.
Für den Nebenjob im Supermarkt kauft sich die 17-jährige Nicole die einheitliche Firmenkleidung des Supermarktes für 120 €.	Da Nicole die Zustimmung zu der Arbeit im Supermarkt hat, kann sie auch Rechtsgeschäfte tätigen, die damit in unmittelbarem Zusammenhang stehen.
Der 16-jährige Paul kauft einen neuen Computer, den er in mehreren Monatsraten von seinem Taschengeld bezahlen will.	Ratenkäufe Minderjähriger sind nicht rechtswirksam, auch dann nicht, wenn sie vom Taschengeld finanziert werden.

Lösung zu Aufgabe 20: Empfangsbedürftige Willenserklärungen

Welche Willenserklärung führt zu einem gültigen Rechtsgeschäft, ohne empfangsbedürftig zu sein?

☐ Angebot

☐ Anfechtung

☒ Testament

☐ Schenkung

☐ Bestellung

INFO

Ein Testament wird vom Erblasser einseitig erlassen. Es gilt unabhängig vom Einverständnis der als Erben eingesetzten Personen.

Lösungen zu Aufgabe 21: Einseitige und mehrseitige Rechtsgeschäfte I

Geben Sie an, ob die folgenden Aussagen richtig oder falsch sind.

Aussagen	Richtig oder falsch?
Mehrseitige Rechtsgeschäfte sind immer auch mehrseitig verpflichtend.	**Falsch** (Sie können auch einseitig verpflichtend sein.)
Der Schenkungsvertrag ist ein einseitiges Rechtsgeschäft.	**Falsch** (Eine Schenkung bedarf der Annahme.)
Bei einseitigen Rechtsgeschäften kann die Willenserklärung empfangsbedürftig oder nicht empfangsbedürftig sein.	**Richtig**
Bei zweiseitigen Rechtsgeschäften sind Willenserklärungen grundsätzlich empfangsbedürftig.	**Richtig**
Bei einer Kündigung handelt es sich um eine einseitige nicht empfangsbedürftige Willenserklärung.	**Falsch** (Die Kündigung ist empfangsbedürftig.)
Eine Schenkung ist erst wirksam, wenn der Beschenkte zustimmt.	**Richtig**

Lösungen zu Aufgabe 22: Einseitige und mehrseitige Rechtsgeschäfte II

[1] einseitiges Rechtsgeschäft

[2] einseitig verpflichtender Vertrag

[3] mehrseitig verpflichtendes Rechtsgeschäft

Schenkungsvertrag	[2]	Nur der Schenkende hat eine Leistungspflicht.
Arbeitsvertrag	[3]	
Kaufvertrag	[3]	
Testament	[1]	Nur eine Willenserklärung ist erforderlich.
Bürgschaft	[2]	Nur der Bürge hat eine Leistungspflicht.
Kündigung	[1]	Nur eine Willenserklärung ist erforderlich.

Lösung zu Aufgabe 23: Vertragsarten I

Die Sport Equipment AG beauftragt einen freiberuflichen Informatiker, eine neue Software zur Lagerverwaltung zu entwickeln. Um welche Vertragsart handelt es sich?

- ☐ Kaufvertrag
- ☐ Dienstvertrag
- ☐ Leasingvertrag
- ☒ Werkvertrag
- ☐ Arbeitsvertrag

INFO

Es ist ein Werk (Software) zu erstellen. Die Leistung gilt erst als erbracht, wenn die Software funktioniert (deshalb kein Dienstvertrag).

Lösungen zu Aufgabe 24: Vertragsarten II

Fall	Vertragsart
Frau Müller holt sich bei ihrer Nachbarin einen Liter Milch, mit der Zusage, am nächsten Tag einen Liter zurückzugeben.	**Darlehensvertrag**
Da das Fahrrad von Frau Müller einen platten Reifen hat, benutzt sie für zwei Tage das Fahrrad ihrer Nachbarin (natürlich mit deren Zustimmung).	**Leihvertrag**
Frau Müller übernimmt an zwei Nachmittagen in der Woche für eine Rechtsanwaltskanzlei Ablagetätigkeiten.	**Dienstvertrag (Arbeitsvertrag)**
Herr Wolf beschließt umzuziehen. Für 160 € am Tag besorgt er sich ein geeignetes Transportfahrzeug von der Autoverleih GmbH.	**Mietvertrag**
Herr Wolf beauftragt ein Bauunternehmen mit dem Bau eines schlüsselfertigen Einfamilienhauses.	**Werkvertrag**

Fall	Vertragsart
Herr Wolf hat in seinem Wald fünf große Fichten gefällt. Er beauftragt ein Sägewerk damit, aus den Bäumen Bauholz für ein Gartenhaus zu machen.	**Werkvertrag**
Die Baustoff AG darf gegen Entgelt ein Grundstück nutzen, um dort in einer Kiesgrube Kies zu fördern.	**Pachtvertrag (Der „Fruchtgenuss" besteht im Kiesabbau.)**

Lösung zu Aufgabe 25: Dienstvertrag

Welche Aussage zum Dienstvertrag ist richtig?

- ☐ Dienstverträge müssen immer zum gewünschten Arbeitserfolg führen.
- ☒ Ein Ausbildungsvertrag ist eine besondere Form des Dienstvertrags.
- ☐ Reparaturaufträge stellen Dienstverträge dar.
- ☐ Der Dienstvertrag ist eine besondere Form des Werkvertrags.
- ☐ Ein Arbeitsvertrag ist nur dann ein Dienstvertrag, wenn es sich um einen Dienstleistungsberuf handelt.

Lösung zu Aufgabe 26: Anfechtbarkeit und Nichtigkeit von Rechtsgeschäften

Welche Aussage über die Wirksamkeit von Rechtsgeschäften ist richtig?

- ☐ Alle Rechtsgeschäfte sind bis zur erfolgreichen Anfechtung rechtswirksam.
- ☐ Nichtige Rechtsgeschäfte sind anfechtbar.
- ☐ Im Falle eines Motivirrtums ist eine erfolgreiche Anfechtung nur möglich, wenn unverzüglich nach Entdeckung des Irrtums eine Anfechtungserklärung erfolgt.
- ☒ Im Falle einer arglistigen Täuschung beträgt die Anfechtungsfrist ein Jahr nach Entdeckung der Täuschung.
- ☐ Rechtsgeschäfte von Geschäftsunfähigen sind anfechtbar.

Lösung zu Aufgabe 27: Rechtsfolge bei Irrtum

Durch einen „Zahlendreher" auf dem Bestellschein werden der Sport Equipment AG anstelle von 18 Schlafsäcken 81 Schlafsäcke vom Hersteller geliefert. Welche Aussage ist richtig?

- ☐ Der Kaufvertrag ist nichtig, da die Willenserklärungen nicht übereinstimmen.
- ☐ Die Sport Equipment AG muss die Schlafsäcke annehmen, da sie den Fehler selbst verschuldet hat.
- ☒ Die Sport Equipment AG kann den Vertrag anfechten, muss aber eventuell entstandene Mehrkosten bezahlen.

☐ Es ist kein Kaufvertrag zu Stande gekommen, da der Hersteller keine Auftragsbestätigung geschickt hat.

☐ Der Kaufvertrag ist wirksam, die Sport Equipment AG kann jedoch innerhalb von vier Wochen von ihrem gesetzlichen Rückgaberecht Gebrauch machen.

Lösungen zu Aufgabe 28: Nichtige Rechtsgeschäfte

Unter welchen Umständen ist eine Willenserklärung bereits zum Zeitpunkt ihrer Abgabe nichtig?

☐ arglistige Täuschung

☐ widerrechtliche Drohung

☒ dauerhafte krankhafte Störung der Geistestätigkeit

☐ Willenserklärung eines 7-jährigen Mädchens mit Einwilligung der Eltern

☐ Irrtum in der Übermittlung

☒ Scherzgeschäft

Lösungen zu Aufgabe 29: Rechtswirksamkeit von Verträgen

Beurteilen Sie die Rechtswirksamkeit und geben Sie an, ob die folgenden Rechtsgeschäfte nichtig, anfechtbar oder uneingeschränkt rechtswirksam sind:

Rechtsgeschäfte	Rechtswirksamkeit
Der 5-jährige Alexander kauft sich für 9,99 € ein Spielzeugauto.	**Nichtig**
Zwei Kaufleute beschließen einen Grundstückskauf über 240.000 €. Um Grunderwerbsteuer zu sparen, beschließen sie, im notariellen Vertrag nur einen Kaufpreis von 160.000 € anzugeben. Der Differenzbetrag soll bar gezahlt werden.	**Nichtig** (Es handelt sich bei dem Kauf für 160.000 € um ein Scheingeschäft; der eigentliche Vertrag über 240.000 € ist ebenfalls nichtig, da er nicht beurkundet wurde.)
Die Sport Equipment AG stellt einen Mitarbeiter an, um Erzeugnisse an Großkunden auszuliefern. Erst später stellt sich heraus, dass der neue Mitarbeiter keinen Lkw-Führerschein besitzt.	**Anfechtbar** (Irrtum in einer wesentlichen Eigenschaft der Person)
Ein sichtlich stark betrunkener Mann bietet einem Passanten an, dessen Fahrrad für 500 € abzukaufen. Der Passant willigt ein.	**Nichtig**
Herr Müller kauft ein Ölgemälde in der Annahme, dass dieses im Wert steigt. Dies erweist sich jedoch als Irrtum, der Wert des Gemäldes sinkt innerhalb kurzer Zeit um 20 %.	**Rechtswirksam**, nicht anfechtbar (Ein Irrtum im Kaufmotiv führt nicht zur Anfechtbarkeit des Rechtsgeschäfts.)

Rechtsgeschäfte	Rechtswirksamkeit
Harald Weber kauft in einem Elektrofachmarkt eine Hifi-Anlage in der Annahme, dass diese auch MP3-Formate abspielen kann. Zuhause stellt er fest, dass dies nicht möglich ist.	**Anfechtbar** (Irrtum in der Eigenschaft der Ware)
Herr Eckert will von seinem Nachbarn eine kleine Rasenfläche kaufen, um einen zusätzlichen Stellplatz für ein Auto zu haben. Zum Abschluss des Geschäfts setzt er mit seinem Nachbarn einen schriftlichen Vertrag auf.	**Nichtig** (wegen Formmangel)
Herr Friedrichs will seine Dreizimmerwohnung vermieten. Als eine Familie mit fünf Kindern, die dringend eine Wohnung sucht, anfragt, verlangt er das Vierfache der üblichen Miete. Aufgrund der Wohnungsnot ist die Familie gezwungen einzuwilligen.	**Nichtig** (Es handelt sich um ein sittenwidriges Geschäft, bei dem die Notlage einer Vertragspartei ausgenutzt wird.)
Durch einen Schreibfehler werden 200 statt 20 Packungen Kopierpapier bestellt.	**Anfechtbar** (Irrtum in der Erklärung)
Durch die Vorlage eines gefälschten Zeugnisses erlangt Alexander S. einen Arbeitsvertrag.	**Anfechtbar** (wegen arglistiger Täuschung)

Lösungen zu Aufgabe 30: Formvorschriften

Welche Formvorschriften gelten für die folgenden Rechtsgeschäfte?

Rechtsgeschäfte	Formvorschrift
Herr und Frau Müller schließen einen Ehevertrag.	**Notarielle Beurkundung**
Die Sport Equipment AG kauft ein Betriebsgrundstück.	**Notarielle Beurkundung**
Frau Müller kündigt ihren Arbeitsvertrag bei der Sport Equipment AG.	**Schriftform**
Die Sport Equipment AG lässt eine Grundschuld ins Grundbuch eintragen.	**Notarielle Beurkundung**
Die Mutter von Frau Müller bürgt für ein Darlehen ihrer Tochter.	**Schriftform** (bei Privatpersonen)
Für die Mutter von Frau Müller wird ein Wohnrecht ins Grundbuch eingetragen.	**Öffentliche Beglaubigung**
Familie Müller will einen Verein zur Nachbarschaftshilfe zum Eintrag ins Vereinsregister anmelden.	**Öffentliche Beglaubigung**
Die Tochter von Frau Müller schließt einen Ausbildungsvertrag ab.	**Schriftform**
Die Sport Equipment AG stellt sich für einen Geschäftspartner als Bürge bei der Bank zur Verfügung.	**Formfreiheit** (bei Kaufleuten)

Lösungen zu Aufgabe 31: Kaufvertragsinhalte

Aussagen	Richtig oder falsch?
Eine Bestellung stellt immer einen Antrag dar.	**Falsch**, eine Bestellung kann auch eine Annahme darstellen.
Eine konkrete Anfrage ist kein Antrag.	**Richtig**, im rechtlichen Sinne ist ein Antrag bindend, eine Anfrage nicht.
Der Antrag geht stets vom Käufer aus.	**Falsch**, ein Antrag kann auch vom Verkäufer ausgehen (z.B. bindendes Angebot).
Die Bindungsfrist an einen schriftlich abgegebenen Antrag beträgt eine Woche.	**Falsch**, es gibt keine konkrete Dauer, die Frist muss „angemessen" sein.
Ein telefonisches Angebot ist nur für die Dauer des Gespräches bindend.	**Richtig**, die Annahme muss sofort im Rahmen des Gesprächs erfolgen.
Der gesetzliche Erfüllungsort für die Geldschuld befindet sich am Wohn-/Geschäftssitz des Käufers.	**Richtig**, Erfüllungsort ist der Ort des Schuldners. Er hat jedoch die Pflicht, das Geld zu übermitteln (Schickschuld).
Der Verkäufer trägt die Gefahr des Warentransportes, wenn im Vertrag nichts festgelegt wurde.	**Falsch**, der Erfüllungsort ist beim Verkäufer. (Beachten Sie jedoch die abweichenden Regelungen des Verbrauchsgüterkaufs.)
Der Käufer trägt die Kosten für den Geldtransfer.	**Richtig**
Beim Kauf von Lebensmitteln handelt es sich immer um einen Verbrauchsgüterkauf.	**Falsch**, der Verbrauchsgüterkauf ist nicht durch die Art der Ware, sondern durch die Rechtsstellung von Käufer und Verkäufer definiert.
Beim Kauf von Lebensmittel kann es sich nie um einen Verbrauchsgüterkauf handeln.	**Falsch**, wenn der Verkäufer Unternehmer und der Käufer Verbraucher ist kann es sich um einen Verbrauchsgüterkauf handeln.
Beim Kauf nach Probe kann das gekaufte Gut bei Nicht-Gefallen zurückgegeben werden.	**Falsch**, beim Kauf nach Probe muss die Ware einem bestimmten Warenmuster entsprechen.
Beim zweiseitigen Handelskauf kann der Gerichtsstand vertraglich frei vereinbart werden.	**Richtig**

Lösungen zu Aufgabe 32: Erfüllungsort und Gefahrenübergang

Die Sport Equipment AG verkauft zehn Einräder an die Star-Rad GmbH. Welche Aussagen zum Gefahrenübergang und zum Erfüllungsort sind richtig?

- ☐ Der Gefahrenübergang ist am Geschäftssitz der Star-Rad GmbH, da es sich hier um eine Bringschuld handelt.
- ☐ Erfüllungsort ist der Geschäftssitz der Star-Rad GmbH, da sie Schuldnerin ist.
- ☒ Die Gefahr geht mit Übergabe der Einräder am Geschäftssitz der Sport Equipment AG auf die Star-Rad GmbH über.
- ☐ Die Einräder müssen laut gesetzlicher Regelung auf die Gefahr der Sport Equipment AG geliefert werden.
- ☒ Wird eine Lieferung vereinbart, geht die Gefahr mit Übergabe an den Spediteur von der Sport Equipment AG auf die Star-Rad GmbH über.
- ☐ Der Erfüllungsort kann vertraglich nicht frei festgelegt werden, da er gesetzlich vorgeschrieben ist.

ACHTUNG

Ist vertraglich nichts anderes vereinbart, ist der gesetzliche Erfüllungsort für den Gefahrenübergang maßgebend. Dieser liegt für die Warenschuld am Geschäftssitz des Lieferanten. Beim Versendungskauf erfolgt der Gefahrenübergang mit der Übergabe der Ware an den Frachtführer.

Lösung zu Aufgabe 33: Eigentumsvorbehalt

Welche der folgenden Aussagen ist richtig?

- ☐ Wenn im Vertrag keine Vereinbarung getroffen wird, gilt automatisch der einfache Eigentumsvorbehalt.
- ☐ Ware, die unter Eigentumsvorbehalt geliefert wurde, darf erst nach deren Bezahlung weiterverkauft werden.
- ☒ Werden Güter weiterverarbeitet, die unter einfachem Eigentumsvorbehalt geliefert wurden, erlischt der Eigentumsvorbehalt.
- ☐ Die Vereinbarung eines Eigentumsvorbehaltes kommt in der Praxis kaum vor, da sie nur schwer umsetzbar ist.
- ☐ Wenn ein Schuldner Insolvenz anmeldet, gehen auch die mit Eigentumsvorbehalt gelieferten Waren in die Insolvenzmasse ein.

Lösung zu Aufgabe 34: Transportkosten

Welche der folgenden Aussagen ist richtig?

- ☐ Im BGB ist geregelt, wer die Transportkosten zu tragen hat; von dieser gesetzlichen Regelung darf man nicht abweichen.
- ☒ Transportkosten trägt laut gesetzlicher Regelung grundsätzlich der Käufer.
- ☐ Transportkosten werden in der Praxis zwischen Käufer und Verkäufer aufgeteilt.
- ☐ Transportkosten müssen in den Warenpreisen bereits enthalten sein, die Lieferung ist deshalb für den Käufer kostenlos.
- ☐ Verpackungskosten sind in den Transportkosten grundsätzlich bereits enthalten.

Lösung zu Aufgabe 35: Kaufvertragsarten I

Welche der folgenden Aussagen ist richtig?

- ☐ Beim zweiseitigen Handelskauf ist das BGB nicht relevant, es gelten lediglich die Regelungen des HGB.
- ☐ Beim Verbrauchsgüterkauf gelten für den Käufer strengere gesetzliche Regelungen, um den Verkäufer vor einer eventuellen Benachteiligung zu schützen.
- ☐ Die Regelungen des Verbrauchsgüterkaufs finden beim Handel mit Gebrauchsgütern keine Anwendung.
- ☒ Der Verbrauchsgüterkauf ist eine Form des einseitigen Handelskaufs.
- ☐ Für den Verbrauchsgüterkauf gilt die Vertragsfreiheit im gleichen Maße wie für den bürgerlichen Kauf.

Lösungen zu Aufgabe 36: Kaufvertragsarten II

Ordnen Sie die folgenden Begriffe den jeweiligen Sachverhalten richtig zu:

[1] Verbrauchsgüterkauf

[2] bürgerlicher Kauf

[3] einseitiger Handelskauf

[4] zweiseitiger Handelskauf

Sachverhalte	Kaufvertragsart
Richard Müller kauft einen Schlafsack bei der Sport Equipment AG.	**1, 3**
Ein Sporthändler kauft den gebrauchten Schlafsack von Richard Müller.	**3**
Die Sport Equipment AG liefert einem Sportgroßhandel 85 Rucksäcke.	**4**
Richard Müller kauft von seinem Schwager eine gebrauchte Satteltasche.	**2**

Lösungen zu Aufgabe 37: Kaufvertragsarten III

Ordnen Sie die folgenden Kaufvertragsarten den jeweiligen Sachverhalten zu: Kaufvertragsarten:

[1] Kauf auf Probe
[2] Kauf zur Probe
[3] Kauf nach Probe
[4] Kauf auf Abruf
[5] Terminkauf
[6] Fixhandelskauf
[7] Kauf gegen Andienung
[8] Spezifikationskauf

Sachverhalte	Kaufvertragsarten
Die Sport Equipment AG bestellt bei der Büroartikel GmbH zunächst einen Laserdrucker. Der Kauf weiterer Drucker wird in Aussicht gestellt, wenn der Drucker den Erwartungen entspricht.	**2**
Die Konrad Gebäudetechnik GmbH bestellt 250 Bewegungsmelder. Mit dem Hersteller wird vereinbart, dass die Lieferungen erst erfolgen sollen, wenn die Bewegungsmelder tatsächlich montiert werden.	**4**
Auf einer Messe hat Herr Friedrich den Kaufvertrag über eine neue Kücheneinrichtung unterschrieben. Für eine Küchenfarbe konnte er sich jedoch so schnell nicht entscheiden. Es wird vereinbart, dass er die Farbe der Küche noch bis zu zehn Wochen vor Lieferung festlegen kann.	**8**
Herr Müller kauft für sein Wohnzimmerregal eine dekorative Holzfigur. Da Herr Müller nicht ganz sicher ist, ob die Figur in das Regal passt, wird vereinbart, dass er sie zurückbringen kann, wenn die Figur zu groß ist.	**1**
Für das Weihnachtsgeschäft bestellt ein Händler Schokoladenfiguren mit der Vereinbarung „Lieferung bis spätestens 10. November".	**6**
Im Rahmen eines Großauftrags soll ein Hersteller von Kunststoffbehältern einen Industriebetrieb mit 12.000 Kunststoffbehältern beliefern. Da der Kunststoffhersteller nur eingeschränkte Lagerkapazitäten besitzt, wird vereinbart, dass er liefern kann, sobald eine Verpackungseinheit von 100 Behältern hergestellt ist.	**7**
Die Schneiderei Schmidt bestellt bei einem Vertreter der Textilindustrie entsprechend eines Musterkatalogs 35 Meter eines Stoffes unter Angabe der Musternummer.	**3**
Die Lieferung der neuen Küche von Herrn Friedrich soll am 22. August erfolgen.	**5**

Lösung zu Aufgabe 38: Zahlungspflicht

Richard Müller kauft ein Kite-Surfboard von der Sport Equipment AG. Welche Aussage zur Zahlung ist richtig?

☐ Richard Müller hat seine Zahlungspflicht erfüllt, wenn das Geld auf dem Konto der Sport Equipment AG eingeht, da dort der Erfüllungsort ist.

☐ Herr Müller muss nur die Überweisung veranlassen, das Risiko des Geldeingangs trägt die Sport Equipment AG.

☐ Herr Müller trägt das Risiko des Zahlungseingangs bei der Sport Equipment AG, die Sport Equipment AG muss jedoch die Kosten des Zahlungsvorgangs tragen.

☒ Herr Müller muss die Überweisung erst am vereinbarten Zahlungstermin bei seiner Bank veranlassen, da sein Wohnsitz der Erfüllungsort für die Geldschuld ist.

☐ Herr Müller trägt das Risiko des Geldeingangs bei der Sport Equipment AG, da es sich hier um eine Bringschuld handelt.

ACHTUNG

Der Erfüllungsort ist immer am Ort des Schuldners. Beim Kaufvertrag gibt es zwei Schuldner, den Warenschuldner und den Geldschuldner. Für die Zahlung liegt der Erfüllungsort also beim Käufer.

Aber: Geldschulden sind Schickschulden. Der Käufer ist verpflichtet, Geld auf seine Gefahr und Kosten dem Verkäufer zu übermitteln.

Lösungen zu Aufgabe 39: Gerichtsstand

Die Sport Equipment AG hat der Star-Rad GmbH zehn Einräder im Gesamtwert von 5.400,00 € verkauft. Welches Gericht ist in folgenden Situationen zuständig, wenn bezüglich des Gerichtsstands keine Vereinbarung getroffen wurde.

[1] Amtsgericht am Geschäftssitz der Sport Equipment AG

[2] Amtsgericht am Geschäftssitz der Star-Rad GmbH

[3] Landgericht am Geschäftssitz der Sport Equipment AG

[4] Landgericht am Geschäftssitz der Star-Rad GmbH

Situation	Gericht
Die Lieferung der Einräder ist ausgeblieben, die Star-Rad GmbH klagt auf Erfüllung der Leistung.	**3**
Die Sport Equipment AG beantragt ein gerichtliches Mahnverfahren, nachdem die Zahlung nicht erfolgt ist.	**1**
Die Star-Rad GmbH klagt wegen mangelhafter Lieferung auf Schadenersatz in Höhe von 1.800,00 €.	**1**
Die Sport Equipment AG klagt nach Fälligkeit auf Zahlung des Kaufpreises.	**4**

ACHTUNG

Entgegen der sonstigen Regelung des Gerichtsstandes wird das gerichtliche Mahnverfahren unabhängig von der Höhe des Betrages beim Amtsgericht am Geschäftssitz des Gläubigers beantragt.

Lösung zu Aufgabe 40: Allgemeine Geschäftsbedingungen

Welche Aussage zur Gültigkeit Allgemeiner Geschäftsbedingungen ist richtig?

- ☐ AGB werden nur dann Vertragsbestandteil, wenn sie von beiden Vertragsparteien unterschrieben werden.
- ☐ AGB sind grundsätzlich nur rechtswirksam, wenn sie der anderen Vertragspartei schriftlich ausgehändigt wurden.
- ☒ Die andere Vertragspartei muss auf zumutbare Weise vom Inhalt der AGB Kenntnis nehmen können.
- ☐ Der Verwender darf keine vom Gesetz abweichenden Regelungen in den AGB treffen.
- ☐ Die andere Vertragspartei muss nach Vertragsabschluss auf die Verwendung der AGB ausdrücklich hingewiesen werden.

Lösungen zu Aufgabe 41: Mangelhafte Lieferung

Aussagen	Richtig oder falsch?
Die Mängelhaftung nach BGB bezieht sich nur auf Mängel, die bereits bei Gefahrenübergang bestehen.	**Richtig**
Gekaufte Ware muss immer umgehend auf Mängel geprüft werden.	**Falsch**, gilt nur für Kaufleute
Mängel müssen immer umgehend beim Verkäufer gerügt werden.	**Falsch**, gilt nur für Kaufleute. Privatpersonen müssen innerhalb der Verjährungsfrist rügen.
Laut HGB muss gelieferte Ware von Kaufleuten innerhalb von 14 Tagen geprüft werden.	**Falsch**, die Ware muss unverzüglich geprüft werden.
Verbraucher müssen mangelhafte Ware innerhalb von sechs Monaten zum Verkäufer zurückbringen.	**Falsch**, die Verjährungsfrist beträgt zwei Jahre (nach sechs Monaten muss jedoch der Verbraucher seinen Anspruch beweisen).
Die Beweislastumkehr gilt nur beim Verbrauchsgüterkauf.	**Richtig**
Kaufleute müssen prinzipiell die gesamte Warenlieferung prüfen, um ihre Ansprüche bei eventuellen Mängeln nicht zu verlieren.	**Falsch**, je nach Art der Ware kann auch eine Stichprobenprüfung ausreichen.

Lösung zu Aufgabe 42: Mängelrüge

Ein Kaufmann bemerkt erst sieben Monate nach Lieferung, dass die Ware einen versteckten Mangel aufweist. Die Mängelrüge erfolgt daraufhin unverzüglich. Welche Aussage ist richtig?

☐ Die Rüge erfolgte rechtzeitig, da die gesetzliche Gewährleistungspflicht für Kaufleute ein Jahr beträgt.

☐ Der Kaufmann hätte innerhalb von sechs Monaten rügen müssen.

☐ Er hätte den Mangel bereits bei der Lieferung rügen müssen.

☒ Die Rüge erfolgte rechtzeitig, da sie unmittelbar nach der Entdeckung des Mangels erfolgte.

☐ Der Verkäufer muss beweisen, dass der Mangel nicht bereits bei Lieferung bestand.

Lösung zu Aufgabe 43: Prüf- und Rügepflicht

Beim Entladen einer Warenlieferung werden erhebliche Schäden an der Verpackung festgestellt. Welche Aussage ist richtig?

☐ Die Ware muss zurückgeschickt werden, da ein Mangel sonst als akzeptiert gilt.

☐ Die mangelhafte Ware muss innerhalb von zwei Jahren an den Verkäufer zurückgesandt werden.

☐ Mängel an der Verpackung sind nicht relevant, es muss nichts unternommen werden.

☒ Der Fahrer der Spedition muss die Schäden quittieren.

☐ Das Unternehmen hat vier Wochen Zeit um die Ware zu prüfen, dann muss unverzüglich gerügt werden.

Lösung zu Aufgabe 44: Versteckte Mängel

Die Sport Equipment AG erhält eine Lieferung Einräder. In welchem Fall liegt ein versteckter Mangel vor?

☐ Die Einräder sind nicht wie bestellt blau, sondern grün.

☐ Der Lack auf mehreren Rädern hat Luftblasen geworfen.

☒ Bei der Produktion wurden falsche Schläuche in die Reifen eingesetzt.

☐ Auf den Einrädern sind die falschen Sättel montiert.

☐ Bei den gelieferten Einrädern fehlt die Sattelverschraubung.

Lösungen zu Aufgabe 45: Mängelarten

Geben Sie an, ob in den folgenden Fällen Mängel vorliegen. Bestimmen Sie auch die Art der Mängel:

Fall	Kein Mangel	Rechtsmangel	Sachmangel	
			Offener Mangel	Versteckter Mangel
Herr Meier kauft einen Schrank zur Selbstmontage. Aufgrund einer ungenauen Angabe in der Montageanleitung bohrt er ein Loch an die falsche Stelle in die Schranktür.				X Mangelhafte Anleitung
Herr Müller kauft den gleichen Schrank. Trotz der mangelhaften Montageanleitung gelingt ihm der Aufbau des Schrankes.	X			
Herr Müller kauft Fassadenfarbe, um sein Haus neu zu streichen. Nach dem Anstrich muss er feststellen, dass die Farbe nicht wasserbeständig ist.				X
Herr Meier will ebenfalls seine Hausfassade streichen. Um Geld zu sparen, kauft er dafür eine Farbe, die laut Etikett nur für den Innenbereich geeignet ist. Der Verkäufer versichert jedoch, dass sich die Farbe auch zur Verwendung im Außenbereich eignen würde. Nach dem Anstreichen muss Herr Meier feststellen, dass die Farbe nicht wasserbeständig ist.				X Der Verkäufer hat die Eigenschaft zugesichert.
Herr Müller kauft über eine Zeitungsanzeige ein gebrauchtes Fahrrad. Später stellt sich heraus, dass das Fahrrad gestohlen war.		X		
Ein Automobilhersteller wirbt für einen Fahrzeugtyp damit, dass nur 5,5 Liter Benzin auf 100 km verbraucht werden. Später stellt sich heraus, dass der Verbrauch bei normaler Fahrweise wesentlich höher ist.				X
Die Sport Equipment AG hat bei einem Hersteller zwölf Einräder bestellt. Es werden jedoch zwölf Mountainbikes geliefert.			X	
Die Sport Equipment AG hat weiterhin 24 Paar Tourenski bestellt. Es werden jedoch nur 22 Paar geliefert.			X	

Lösungen zu Aufgabe 46: Rechte des Käufers bei mangelhafter Lieferung

	Vorrangiges Recht	Nachrangiges Recht	Kein anwendbares Recht
Rücktritt vom Kaufvertrag		X	
Preisminderung		X	
Reparatur der mangelhaften Ware	X		
Selbsthilfeverkauf der mangelhaften Ware			X
Nacherfüllung	X		
Schadenersatz statt der Leistung		X	
Verzugszins			X
Neulieferung	X		
Ersatz vergeblicher Aufwendungen		X	

Die Nacherfüllung kann in der Reparatur der Ware oder der Neulieferung bestehen.

Lösungen zu Aufgabe 47: Nicht-Rechtzeitig-Lieferung

Liefervereinbarung	Mahnung erforderlich	Mahnung nicht erforderlich
Lieferung am 18. Februar diesen Jahres		X
Lieferung sofort	X	
Lieferung im Mai diesen Jahres		X
Lieferung Anfang August		X
Lieferung ab Anfang August	X	
Lieferung schnellstmöglich	X	

INFO

Ausschlaggebend ist, ob der Liefertermin kalendermäßig genau bestimmbar ist. Wenn ja, dann ist keine Mahnung erforderlich.

ACHTUNG

„Anfang", „Mitte" und „Ende" des Monats sind gesetzlich genau definiert. Es handelt sich um den 1., den 15. und den letzten (28., 29., 30. oder 31.) des Monats. In diesen Fällen ist also keine Mahnung erforderlich.

Lösungen zu Aufgabe 48: Rechte des Käufers bei Nicht-Rechtzeitig-Lieferung nach Ablauf einer angemessenen Nachfrist

Recht	Anwendbar	Nicht anwendbar
Rücktritt vom Vertrag	X	
Nachbesserung		X
Verzugszins		X
Schadenersatz statt der Leistung	X	
Deckungskauf durchführen	X	
Preisminderung		X
Lieferung verlangen und Ersatz des Verzögerungsschadens fordern		X

Lösungen zu Aufgabe 49: Verjährungsfristen

Geben Sie an, ob die folgenden Aussagen richtig oder falsch sind:

Aussage	Richtig oder falsch?
In Kaufverträgen können Kaufleute untereinander Gewährleistungsfristen frei vereinbaren.	**Richtig**
Durch die Erhebung einer Klage beginnt die Verjährungsfrist erneut zu laufen.	**Falsch** (Hemmung)
Die regelmäßige Verjährungsfrist beginnt immer am Anfang des Jahres, in dem der Anspruch entsteht.	**Falsch** (Ende des Jahres)
Schadenersatzansprüche aufgrund der Verletzung der Person verjähren in 30 Jahren nach dem Schaden verursachenden Ereignis.	**Richtig**
Nach dem Ablauf der Verjährungsfrist gilt eine Forderung als erfüllt.	**Falsch** (Die Forderung besteht weiter, kann nur nicht mehr eingeklagt werden.)
Rechtskräftig festgestellte Ansprüche aus Gerichtsurteilen verjähren in zehn Jahren.	**Falsch** (30 Jahre)
Vertraglich festgelegte Verjährungsfristen können 30 Jahre nicht übersteigen.	**Richtig**

Lösung zu Aufgabe 50: Verjährung der Zahlungspflicht

Die Sport Equipment AG wartet auf eine ausstehende Zahlung der Star-Rad GmbH. Welche der folgenden Aussagen zur Verjährung ist richtig?

- ☐ Um den Ablauf der Verjährung zu hemmen, muss die Sport Equipment AG eine Zwangsvollstreckung bei der Star-Rad GmbH beantragen.
- ☐ Wird der Star-Rad GmbH ein Mahnbescheid zugestellt, so beginnt die Verjährung erneut zu laufen.
- ☐ Da der Anspruch aus einem Kaufvertrag resultiert, verjährt er in zwei Jahren.
- ☐ Die Verjährungsfrist beginnt mit der Fälligkeit der Zahlung.
- ☒ Wenn die Sport Equipment AG Klage einreicht, wird der Ablauf der Verjährung gehemmt.

4. Kaufmannsrecht

Lösung zu Aufgabe 1: Kaufmannseigenschaft

Welche Aussage zur Kaufmannseigenschaft gemäß HGB ist richtig?

☐ Alle Gewerbebetriebe sind Kaufleute.

☐ Land- und forstwirtschaftliche Betriebe können unter keinen Umständen Kaufmannseigenschaft erlangen.

☐ Bei Istkaufleuten hat die Handelsregistereintragung im Hinblick auf die Kaufmannseigenschaft konstitutive Wirkung.

☐ Für Kaufleute gelten vorrangig die Sondervorschriften des BGB. Sagt das BGB zu einem Sachverhalt nichts aus, gilt in diesem Punkt das HGB.

☒ Alle Kaufleute sind gemäß HGB zur Buchführung verpflichtet.

Lösung zu Aufgabe 2: Kaufmannseigenschaft – Kannkaufmann

Welche der folgenden Aussagen trifft auf Kannkaufleute zu?

☐ Zu den Kannkaufleuten zählen ausschließlich Kleingewerbetreibende.

☐ Bei Kleingewerbetreibenden hat die Handelsregistereintragung konstitutive Wirkung, d. h. sie sind zu einer Eintragung im Handelsregister verpflichtet.

☐ Land- und forstwirtschaftliche Betriebe, die keinen in kaufmännischer Weise eingerichteten Geschäftsbetrieb erfordern, können durch Eintragung im Handelsregister zum Kaufmann werden.

☒ Kleingewerbetreibende werden erst durch die Eintragung im Handelsregister zum Kaufmann.

☐ Freiberuflich Tätige können zum Kaufmann werden, indem sie sich z. B. als eingetragener Kaufmann im Handelsregister registrieren lassen.

ACHTUNG

Freie Berufe sind kein Gewerbe; eine Eintragung als e. K. im Handelsregister ist nicht möglich.

Lösungen zu Aufgabe 3: Kaufmannseigenschaft – Formkaufmann

Bei welchen der folgenden Rechtsformen handelt es sich um Formkaufkleute?

☒ Gesellschaft mit beschränkter Haftung (GmbH)

☐ Einzelunternehmen (e. K.)

☐ Gesellschaft bürgerlichen Rechts (GbR)

☒ Aktiengesellschaft (AG)

☐ Versicherungsverein auf Gegenseitigkeit (VVaG)

- ☐ Partnerschaftsgesellschaft (PartG)
- ☒ eingetragene Genossenschaft (eG)
- ☐ Industrie- und Handelskammer
- ☐ Die Stadtsparkasse Erlangen
- ☐ eingetragener Verein (e. V.)
- ☒ Kommanditgesellschaft auf Aktien (KGaA)

Lösungen zu Aufgabe 4: Pflichten eines Kaufmanns

Welche der folgenden kaufmännischen Pflichten gelten nicht gemäß HGB für die Sport Equipment AG?

- ☒ Pflicht zur Ernennung eines Prokuristen
- ☐ Pflicht zur Erstellung eines Jahresabschlusses
- ☒ Pflicht zur Erstellung eines Geschäftsberichtes
- ☐ Pflicht zur Eintragung ins Handelsregister
- ☐ Pflicht zur Erstellung eines Inventars
- ☐ Beachtung von Pflichtangaben in Geschäftsbriefen

TIPP

Kaufleute haben das Recht, Prokuristen zu ernennen. Sie müssen zwar einen Jahresabschluss, nicht jedoch einen Geschäftsbericht erstellen.

Lösung zu Aufgabe 5: Firma

Welche Aussage zur Firmierung gemäß HGB ist richtig?

- ☐ Die Firma eines Einzelkaufmanns muss zur ausreichenden Kennzeichnung den Namen des Inhabers enthalten.
- ☐ Bei allen Kaufleuten entsteht die Kaufmannseigenschaft erst mit Eintragung der Firma im Handelsregister.
- ☐ Alle Kaufleute sind zur Eintragung ihrer Firma im Handelsgesetzbuch verpflichtet.
- ☒ Ein Kaufmann kann unter seiner Firma klagen und verklagt werden.
- ☐ Die Firma ist der im Personalausweis eingetragene Name eines Kaufmanns.

Lösungen zu Aufgabe 6: Firma – Firmierungsgrundsätze

In welchen Fällen handelt es sich nicht um Firmierungsgrundsätze gemäß HGB?

- ☐ Firmenöffentlichkeit
- ☒ Firmenordentlichkeit

- ☐ Firmenwahrheit
- ☐ Firmenklarheit
- ☐ Firmenbeständigkeit
- ☐ Firmenausschließlichkeit
- ☒ Firmenaufzeichnungspflicht

INFO

Firmenklarheit (§ 18 Abs. 1 HGB)	Die Firma muss zur Kennzeichnung eines Kaufmanns geeignet sein und Unterscheidungskraft besitzen.
Firmenwahrheit (§ 18 Abs. 2 HGB)	Die Firma darf keine Angaben enthalten, die zur Irreführung über wesentliche geschäftliche Verhältnisse geeignet sind.
Firmenzusatz (§ 19 HGB)	Die Firma muss einen Zusatz enthalten, der die Rechtsform des Unternehmens angibt.
Firmenbeständigkeit (§§ 21,22 HGB)	Die Firma kann auch bei einem Inhaber- bzw. Gesellschafterwechsel sowie bei Namensänderungen (z. B. durch Heirat) fortgeführt werden.
Firmenöffentlichkeit (§ 29 HGB)	Jeder Kaufmann ist verpflichtet, die Firma zur Eintragung ins Handelsregister anzumelden.
Firmenausschließlichkeit (§ 30 HGB)	Jede neue Firma muss sich von allen an demselben Ort oder in derselben Gemeinde bereits bestehenden und in das Handelsregister oder in das Genossenschaftsregister eingetragenen Firmen deutlich unterscheiden.

Lösung zu Aufgabe 7: Firma – Rechtsformzusatz

Welche der folgenden Aussagen zum Rechtsformzusatz ist richtig?

- ☐ Alle Firmen enthalten als Zusatz „eingetragener Kaufmann“.
- ☐ Nur bei Formkaufleuten muss die Firma einen Rechtsformzusatz enthalten.
- ☒ Bei allen Kaufleuten muss die Firma einen Zusatz enthalten, der die Rechtsform des Unternehmens angibt.
- ☐ Die Rechtsform muss nur bei Kapitalgesellschaften in der Firma enthalten sein.
- ☐ Bei Fantasiefirmen kann auf eine Angabe der Rechtsform verzichtet werden.

Lösung zu Aufgabe 8: Firma – Name

Der Vorstand der Sport Equipment AG denkt über eine Umfirmierung nach, wobei die Rechtsform jedoch beibehalten werden soll. Welche Firma ist gemäß HGB prinzipiell zulässig?

- ☐ Outdoor Sport KGaA

- ☐ Sport Equipment e. K.
- ☒ Outdoor Fabrik AG
- ☐ Outdoor Fachhandels AG
- ☐ Outdoor Equipment Gesellschaft

ACHTUNG

Im Falle von Outdoor Fachhandels AG liegt eine Irreführung vor, da das Unternehmen ein Hersteller und kein Fachhändler ist.

Lösung zu Aufgabe 9: Firma – Firmenausschließlichkeit

Welche der folgenden Aussagen zur Firmenausschließlichkeit ist zutreffend?

- ☐ Eine neue Firma darf nicht den Vor- und Nachnamen eines bereits am gleichen Ort firmierenden Kaufmanns enthalten.
- ☐ Es darf in Deutschland keine zwei gleich lautenden Firmen geben.
- ☐ Eine neue Firma muss sich von den bereits bestehenden Firmen im gleichen Regierungsbezirk deutlich unterscheiden.
- ☐ Eine neue Firma muss sich gemäß HGB von allen als Marke eingetragenen Bezeichnungen deutlich unterscheiden.
- ☒ Eine neue Firma muss sich von allen bereits am gleichen Ort bestehenden und im Handelsregister eingetragenen Firmen deutlich unterscheiden.

Lösung zu Aufgabe 10: Handelsregister

Welche Aussage zum Handelsregister ist richtig?

- ☐ Das Handelsregister ist ein öffentliches Verzeichnis aller juristischen Personen eines Amtsgerichtsbezirks.
- ☐ Im Handelsregister sind nur Istkaufleute eingetragen.
- ☐ Landwirtschaftliche Betriebe können nicht im Handelsregister eingetragen werden.
- ☒ Das Handelsregister ist ein öffentliches Verzeichnis, in dem ausschließlich Kaufleute eingetragen sind.
- ☐ Das Handelsregister wird vom örtlich zuständigen Landgericht geführt.

Lösungen zu Aufgabe 11: Handelsregister – Abteilungen

Welche der folgenden Rechtsformen sind in Abteilung B des Handelsregisters einzutragen?

- ☒ GmbH
- ☐ AG & Co. OHG

- ☐ GmbH & Co. KG
- ☒ AG
- ☐ OHG
- ☐ KG
- ☐ eG
- ☒ KGaA

ACHTUNG

Die AG & Co. OHG und die GmbH & Co. KG enthalten zwar eine Kapitalgesellschaft als vollhaftenden Gesellschafter, sind aber dennoch den Personengesellschaften zuzuordnen. Deshalb Eintrag in Abteilung A

Genossenschaften (eG) sind zwar juristische Personen, werden aber in einem eigenen Genossenschaftsregister eingetragen.

Lösung zu Aufgabe 12: Handelsregister – Anmeldung

Die Sport Equipment AG hat einen neuen Vorstand. Was ist bei der Anmeldung zur Eintragung des neuen Vorstands im Handelsregister zu beachten?

- ☐ Die Anmeldung erfolgt formlos beim zuständigen Registergericht.
- ☐ Die Anmeldung zur Eintragung erfordert eine notarielle Beurkundung.
- ☒ Die Anmeldung muss elektronisch in öffentlich beglaubigter Form eingereicht werden.
- ☐ Die Anmeldung erfolgt handschriftlich und muss vom Vorstand unterzeichnet sein.
- ☐ Die Anmeldung zur Eintragung erfolgt durch einen Rechtsanwalt in elektronischer Form.

RECHTSGRUNDLAGEN

Anmeldungen zur Eintragung in das Handelsregister sind elektronisch in öffentlich beglaubigter Form einzureichen (§ 12 Abs. 1 HGB).

ACHTUNG

Zwar ist für viele Dokumente (z. B. Satzung) eine notarielle Beurkundung erforderlich, für die Anmeldung zur Eintragung ins Handelsregister genügt jedoch eine öffentlich beglaubigte Form.

TIPP

Informieren Sie sich über den Unterschied zwischen öffentlicher Beglaubigung und öffentlicher Beurkundung.

Lösung zu Aufgabe 13: Handelsregister – Schutz öffentlichen Glaubens

Welche Aussage zum Handelsregister ist im Hinblick auf den Schutz öffentlichen Glaubens zutreffend?

- ☐ Eingetragene Tatsachen können nicht wieder gelöscht werden.
- ☐ Eingetragene Tatsachen muss nur der gegen sich gelten lassen, der sie auch ohne Einsicht im Handelsregister hätte wissen müssen.
- ☐ Durch die Eintragung einer Tatsache im Handelsregister erfolgt eine notarielle Beurkundung.
- ☐ Auf falsch eingetragene Tatsachen kann sich niemand berufen.
- ☒ Nicht eingetragene Tatsachen können gutgläubigen Dritten nicht entgegengehalten werden.

Lösungen zu Aufgabe 14: Handelsregister – rechtliche Wirkung

Für welche Sachverhalte ist die Wirkung der Handelsregistereintragung konstitutiv?

- ☐ Kaufmannseigenschaft der Istkaufleute
- ☒ Rechtsform einer Aktiengesellschaft
- ☐ Höhe des Stammkapitals einer GmbH
- ☐ Prokura
- ☒ Kaufmannseigenschaft der Kannkaufleute
- ☐ Gegenstand des Unternehmens

INFO

Diese Sachverhalte werden erst durch die Handelsregistereintragung rechtswirksam.

Lösung zu Aufgabe 15: Prokura

Der Vorstand der Sport Equipment AG möchte zwei Prokuristen ernennen, die den Vorstand bei der Unternehmensleitung entlasten sollen. Welche Aussage zur Prokura ist richtig?

- ☐ Ein Prokurist ist nur zu den Rechtshandlungen ermächtigt, die ihm vom Vorstand ausdrücklich gestattet worden sind.

- ☒ Ein Prokurist ist zu allen Arten von gerichtlichen und außergerichtlichen Rechtshandlungen ermächtigt, die der Betrieb eines Handelsgewerbes mit sich bringt.
- ☐ Ein Prokurist hat zwar die Befugnis, Geschäfte zu tätigen, besitzt aber keine Vertretungsbefugnis.
- ☐ Die Prokura bezieht sich nur auf Rechtshandlungen, die ihm in der Satzung der Aktiengesellschaft ausdrücklich zugebilligt werden.
- ☐ Die Prokura erstreckt sich auf alle Geschäfte und Rechtshandlungen, die der Betrieb eines derartigen Handelsgewerbes oder die Vornahme derartiger Geschäfte gewöhnlich mit sich bringt.

ACHTUNG

Verwechseln Sie Prokura nicht mit Handlungsvollmacht! Die Prokura verleiht umfassendere Befugnisse als die Handlungsvollmacht.

Lösungen zu Aufgabe 16: Prokura – Befugnisse

Zu welchen Rechtshandlungen ist ein Prokurist nur mit besonderer Ermächtigung befugt?

- ☐ Kauf eines Betriebsgrundstücks
- ☐ Aufnahme eines Darlehens
- ☒ Belastung von Grundstücken
- ☐ Einstellen von Mitarbeitern
- ☐ Kündigung von Arbeitsverträgen
- ☒ Veräußerung von Grundstücken
- ☐ Prozessführung

ACHTUNG

Die Aufnahme eines Darlehens ist dem Prokuristen grundsätzlich erlaubt. Die mit der Darlehensaufnahme verbundene Belastung von Grundstücken (z. B. Grundschuld) hingegen nicht.

Lösung zu Aufgabe 17: Prokura – Beschränkung

Der Vorstand der Sport Equipment AG möchte den Umfang der Prokura einschränken. Welche Aussage ist richtig?

- ☐ Eine Beschränkung der Prokura auf bestimmte Arten von Rechtsgeschäften ist grundsätzlich möglich.
- ☐ Eine Beschränkung der Prokura auf bestimmte Arten von Rechtsgeschäften ist rechtswirksam, wenn sie im Arbeitsvertrag schriftlich fixiert ist.

- ☐ Eine Beschränkung der Prokura auf bestimmte Arten von Rechtsgeschäften ist rechtswirksam, wenn der Prokurist damit ausdrücklich einverstanden ist.
- ☐ Dritten gegenüber ist die Beschränkung des Umfangs der Prokura nur wirksam, wenn die Beschränkung im Handelsregister eingetragen ist.
- ☒ Eine Beschränkung des Umfangs der Prokura ist Dritten gegenüber unwirksam.

Lösung zu Aufgabe 18: Handlungsvollmacht

Welche Aussage zur Handlungsvollmacht ist richtig?

- ☐ Eine Handlungsvollmacht erlangt erst durch Eintragung ins Handelsregister Rechtswirksamkeit.
- ☐ Ein Handlungsbevollmächtigter ist zu allen Arten von gerichtlichen und außergerichtlichen Rechtshandlungen ermächtigt, die der Betrieb eines Handelsgewerbes mit sich bringt.
- ☒ Die Handlungsvollmacht erstreckt sich auf alle Geschäfte und Rechtshandlungen, die der Betrieb eines derartigen Handelsgewerbes oder die Vornahme derartiger Geschäfte gewöhnlich mit sich bringt.
- ☐ Die Handlungsvollmacht kann nur vom Vorstand persönlich erteilt werden.
- ☐ Die Handlungsvollmacht muss vom Aufsichtsrat der AG genehmigt werden..

ACHTUNG

Der Unterschied in der Definition von Prokura und Handlungsvollmacht ist spitzfindig. In der Prokura-Definition ist von Rechtshandlungen die Rede, die der Betrieb „eines Handelsgewerbes" mit sich bringt. Es erfolgt also keine Festlegung der Rechtshandlungen auf eine bestimmte Branche. Die Handlungsvollmacht hingegen bezieht sich auf Rechtshandlungen „eines derartigen Handelsgewerbes", ist also branchenspezifisch.

Lösungen zu Aufgabe 19: Handlungsvollmacht – Befugnisse

Zu welchen Rechtshandlungen ist ein Handlungsbevollmächtigter nur mit besonderer Erlaubnis befugt?

- ☐ Kauf einer Maschine für die Fertigung
- ☒ Aufnahme eines Darlehens
- ☐ Bestellung von Rohstoffen
- ☐ Einstellen von Mitarbeitern
- ☐ Kündigung von Arbeitsverträgen
- ☐ Eröffnung eines Bankkontos
- ☒ Eingehen von Wechselverbindlichkeiten

5. Rechtsformen des Unternehmens

Lösung zu Aufgabe 1: Personengesellschaften I

Welche Aussage zu den Personengesellschaften ist richtig?

- ☐ Einzelunternehmen zählen zu den Personengesellschaften.
- ☒ Personengesellschaften sind ein Zusammenschluss von mindestens zwei Personen, wobei es sich um natürliche und/oder juristische Personen handeln kann.
- ☐ Nur natürliche Personen können Gesellschafter einer Personengesellschaft sein.
- ☐ Personengesellschaften werden in Abteilung B des Handelsregisters eingetragen.
- ☐ Die Gesellschaft bürgerlichen Rechts ist keine Personengesellschaft.

ACHTUNG

Beim Zusammenschluss zu einer Personengesellschaft muss es sich nicht zwangsläufig um natürliche Personen handeln. Es können auch juristische Personen beteiligt sein (wie z. B. bei der GmbH & Co. KG).

Lösungen zu Aufgabe 2: Personengesellschaften II

Welche der folgenden Unternehmen sind Personengesellschaften?

- ☒ Möbel Walter KG
- ☐ Robert Bosch GmbH
- ☐ Henkel AG & Co. KGaA
- ☒ Verlag C. H. Beck OHG
- ☒ Alfred Ritter GmbH & Co. KG
- ☐ Stahlwaren Schwarzenegger e. K.
- ☐ Siemens Aktiengesellschaft
- ☐ DATEV eG
- ☐ Allianz SE

ACHTUNG

Auch die GmbH & Co. KG zählt als Kommanditgesellschaft zu den Personengesellschaften. Einzelunternehmen sind keine Gesellschaften.

Lösung zu Aufgabe 3: Kapitalgesellschaften

Welche Aussage trifft auf die Kapitalgesellschaften zu?

- ☐ Kapitalgesellschaften besitzen keine eigene Rechtspersönlichkeit.

- ☐ Die Gesellschafter von Kapitalgesellschaften sind immer auch gleichzeitig deren Geschäftsführer.
- ☐ Alle Kapitalgesellschaften sind juristische Personen des öffentlichen Rechts.
- ☒ Kapitalgesellschaften haben keine persönlich haftenden Gesellschafter.
- ☐ Kapitalgesellschaften benötigen ein gesetzlich vorgeschriebenes Mindestfremdkapital.

Lösungen zu Aufgabe 4: Vorteile der Personengesellschaften oder Kapitalgesellschaften

Welche der folgenden Vorteile treffen auf Personengesellschaften, welche auf Kapitalgesellschaften zu?

Sachverhalt	**Personen-gesellschaften**	**Kapital-gesellschaften**
Die Gesellschafter haften nicht mit ihrem Privatvermögen für die Verbindlichkeiten des Unternehmens.		**X**
Es ist kein gesetzlich vorgeschriebenes Mindestkapital erforderlich.	**X**	
Aufgrund der Rechtsform muss kein Aufsichtsrat mit Arbeitnehmervertretern gebildet werden. (Vorteil aus Sicht der Arbeitgeber.)	**X**	
Die fehlende Haftungseinschränkung erhöht die Kreditwürdigkeit.	**X**	
Die rechtsformspezifischen Gründungsformalitäten sind weniger aufwendig.	**X**	

Lösungen zu Aufgabe 5: Merkmale der Rechtsformen

Die folgende Tabelle zu den Merkmalen verschiedener Rechtsformen enthält drei Fehler. Korrigieren Sie diese.

Rechtsform	**Juristische Person**	**Ausschluss der persönlichen Haftung aller Gesellschafter**	**Mindestkapital erforderlich**
Einzelunternehmen	Nein	Nein	Nein
OHG	Nein	Nein	**Nein**
KG	**Nein**	Nein	Nein
GmbH	Ja	**Ja**	Ja
AG	Ja	Ja	Ja

Lösung zu Aufgabe 6: Die OHG

Welche Aussage zur OHG ist richtig?

- ☐ Eine OHG ist eine Kapitalgesellschaft.
- ☐ Eine OHG ist eine juristische Person des privaten Rechts.
- ☒ Eine OHG zählt zu den Personengesellschaften.
- ☐ Eine OHG ist immer Kannkaufmann.
- ☐ Eine OHG ist eine Körperschaft mit eigener Rechtspersönlichkeit.

ACHTUNG

Eine OHG ist keine juristische Person und besitzt auch keine volle Rechtsfähigkeit.

Lösung zu Aufgabe 7: Gründung der OHG

Welche Aussage zur Gründung einer OHG ist richtig?

- ☒ Für die Gründung einer OHG genügt ein formloser Gesellschaftsvertrag.
- ☐ Für die Gründung einer OHG muss ein notariell beurkundeter Gesellschaftsvertrag vorliegen.
- ☐ Die Gründung einer OHG bedarf eines öffentlich beglaubigten Gesellschaftsvertrags.
- ☐ Eine Eintragung der OHG ins Handelsregister ist nicht erforderlich.
- ☐ Für die Gründung einer OHG genügt ein Gesellschafter.

ACHTUNG

Eine OHG muss immer ins Handelsregister eingetragen werden.

Lösung zu Aufgabe 8: Geschäftsführung der OHG

Welche Aussage zur Geschäftsführung trifft auf die OHG zu?

- ☐ Die OHG benötigt einen geschäftsführenden Vorstand.
- ☐ Eine OHG kann nur einen Geschäftsführer haben.
- ☐ Die Gesellschafter einer OHG können nicht gleichzeitig auch deren Geschäftsführer sein.
- ☒ In einer OHG sind grundsätzlich alle Gesellschafter zur Geschäftsführung berechtigt und verpflichtet.
- ☐ Eine Beschränkung der Geschäftsführungsbefugnis durch den Gesellschaftsvertrag ist nicht möglich.

Lösung zu Aufgabe 9: Vertretung der OHG

Welche Aussage zur Vertretungsbefugnis trifft nicht auf die OHG zu?

- ☐ Die Vertretungsbefugnis der Gesellschafter umfasst alle gerichtlichen und außergerichtlichen Geschäfte und Rechtshandlungen.
- ☒ Zu einer rechtswirksamen Willenserklärung im Namen der Firma gegenüber Dritten ist grundsätzlich die Zustimmung aller Gesellschafter erforderlich.
- ☐ Die Vertretungsbefugnis der Gesellschafter umfasst auch die Veräußerung und Belastung von Grundstücken sowie die Erteilung und den Widerruf einer Prokura.
- ☐ Eine Beschränkung des Umfanges der Vertretungsmacht ist Dritten gegenüber unwirksam.
- ☐ Die Willenserklärung eines Gesellschafters im Namen der Firma ist im Außenverhältnis auch dann rechtswirksam, wenn die anderen Gesellschafter darüber nicht informiert wurden.

ACHTUNG

Jeder Gesellschafter ist einzelvertretungsberechtigt. Die Willenserklärung *eines* Gesellschafters gegenüber Dritten ist grundsätzlich ausreichend. Abweichungen von dieser Regelung müssen ins Handelsregister eingetragen werden, um Dritten gegenüber Gültigkeit zu haben.

Lösung zu Aufgabe 10: Haftung bei der OHG I

Welche Aussage zur Haftung der Gesellschafter einer OHG ist falsch?

- ☐ Die Gesellschafter einer OHG haften gesamtschuldnerisch für die Verbindlichkeiten des Unternehmens.
- ☐ Die Gesellschafter einer OHG haften auch mit ihrem Privatvermögen für die Verbindlichkeiten des Unternehmens.
- ☒ Die Gesellschafter einer OHG haften nur mit ihrer Kapitaleinlage.
- ☐ Gläubiger können sich unmittelbar an einen Gesellschafter der OHG wenden, um von ihm die Begleichung der Schuld zu verlangen.
- ☐ Die Haftung der Gesellschafter für die Verbindlichkeiten der OHG ist der Höhe nach nicht begrenzt.

Lösungen zu Aufgabe 11: Haftung bei der OHG II

In welchen Fällen ist die persönliche Haftung bei mindestens einem OHG-Gesellschafter ausgeschlossen?

- ☐ C. H. Beck OHG
- ☐ Werkstoff.bit OHG
- ☐ Brauerei Fäßla OHG

- [x] Cewe Color AG & Co OHG
- [ ] Gaugler & Lutz OHG
- [x] LuK GmbH & Co. OHG

ACHTUNG

In diesen Fällen ist mindestens ein Gesellschafter eine juristische Person in Form einer Kalitalgesellschaft.

Lösung zu Aufgabe 12: Die Kommanditgesellschaft

Welche Aussage zur KG ist richtig?

- [ ] Eine KG ist eine stille Gesellschaft.
- [ ] Eine KG ist eine juristische Person.
- [ ] Eine KG ist keine Personengesellschaft.
- [x] Eine KG gehört nicht zu den Kapitalgesellschaften.
- [ ] Eine KG ist eine Körperschaft mit eigener Rechtspersönlichkeit.

Lösung zu Aufgabe 13: Eintragung der KG ins Handelsregister

Welche Aussage zur Handelsregistereintragung einer KG ist richtig?

- [ ] Der Kommanditist muss nicht ins Handelsregister eingetragen werden.
- [ ] Die Einlage des Kommanditisten geht nicht aus dem Handelsregister hervor.
- [x] Der Kommanditist ist mit seiner Einlage ins Handelsregister einzutragen.
- [ ] Die Pflicht zur Eintragung ins Handelsregister besteht nur für Komplementäre.
- [ ] Die Eintragung der KG ins Handelsregister hat in jedem Falle konstitutive Wirkung.

ACHTUNG

Erst mit der Eintragung ins Handelsregister ist die Haftung des Kommanditisten auf seine Einlage beschränkt.

Lösung zu Aufgabe 14: Geschäftsführung und Vertretung der KG

Welche Aussage zur Geschäftsführung und Vertretung trifft auf die KG zu?

- [ ] Der Kommanditist ist zur Geschäftsführung verpflichtet.
- [ ] Sowohl der Kommanditist als auch der Komplementär sind vertretungsbefugt.
- [ ] Der Komplementär darf ohne Zustimmung des Kommanditisten kein Darlehen aufnehmen und auch keine Mitarbeiter einstellen.

- ☐ Der Kommanditist kann grundsätzlich jedem Rechtsgeschäft des Komplementärs widersprechen.
- ☒ Für Handlungen, die über den gewöhnlichen Betrieb des Handelsgewerbes der Gesellschaft hinausgehen, hat der Kommanditist ein Widerspruchsrecht gegenüber dem Vollhafter.

Lösungen zu Aufgabe 15: Haftung bei der KG I

Welche Aussagen zur Haftung treffen nicht auf die KG zu?

- ☐ Der Kommanditist haftet grundsätzlich nur mit seiner im Handelsregister eingetragenen Einlage.
- ☐ Der Komplementär haftet persönlich für die Verbindlichkeiten der Kommanditgesellschaft.
- ☒ Der Kommanditist haftet auch vor Eintragung der Kommanditgesellschaft im Handelsregister grundsätzlich nur mit seiner Einlage.
- ☐ Der Kommanditist haftet den Gläubigern gegenüber unmittelbar mit dem noch nicht geleisteten Teil seiner im Handelsregister eingetragenen Einlage.
- ☐ Mehrere Komplementäre haften solidarisch für die Verbindlichkeiten der Gesellschaft.
- ☒ Jeder Komplementär haftet nur für die von ihm selbst getätigten Rechtsgeschäfte persönlich.

ACHTUNG

Alle Komplementäre haften gesamtschuldnerisch.

Lösungen zu Aufgabe 16: Haftung bei der KG II

In welchen Fällen haftet keine natürliche Person mit ihrem Privatvermögen?

- ☐ Otto Fuchs Kommanditgesellschaft
- ☒ Adolf Würth GmbH & Co. KG
- ☐ Knauf Gips KG
- ☐ Hörmann KG
- ☐ Dr. August Oetker KG
- ☒ Rehau AG & Co.
- ☒ Andreas Stihl AG & Co. KG

ACHTUNG

In diesen Fällen sind Kapitalgesellschaften die persönlich haftenden Gesellschafter.

Lösung zu Aufgabe 17: Wettbewerbsverbot bei der KG

Welche Aussage zum Wettbewerbsverbot bei einer Kommanditgesellschaft ist richtig?

- [x] Der Komplementär darf ohne Einwilligung der anderen Gesellschafter weder im gleichen Handelszweig Geschäfte machen noch an einer anderen gleichartigen Handelsgesellschaft als persönlich haftender Gesellschafter teilnehmen.
- [ ] Der Kommanditist darf nicht als persönlich haftender Gesellschafter bei einem anderen Unternehmen der gleichen Branche einsteigen.
- [ ] Sowohl Komplementäre als auch Kommanditisten unterliegen dem Wettbewerbsverbot gemäß HGB.
- [ ] Komplementäre dürfen an keiner anderen Handelsgesellschaft als vollhaftender Gesellschafter teilnehmen.
- [ ] Kommanditisten benötigen die Zustimmung des Komplementärs, wenn sie in der gleichen Branche ein Unternehmen gründen wollen.

ACHTUNG

Das Wettbewerbsverbot gilt nur für Komplementäre und auch nur für den gleichen Handelszweig.

Lösungen zu Aufgabe 18: Rechte der Gesellschafter einer KG

Kreuzen Sie jeweils an, auf wen folgende im HGB festgelegten Rechte zutreffen.

Rechte	Komplementär	Kommanditist
Widerspruchsrecht bei ungewöhnlichen Geschäften		X
Vertretungsbefugnis	X	
Geschäftsführungsbefugnis	X	
Anspruch auf Gewinn in Höhe von 4 % des Kapitalanteils	X	X

Lösung zu Aufgabe 19: Die GmbH

Welche Aussage zur GmbH ist richtig?

- [ ] Eine GmbH ist eine Personengesellschaft.
- [ ] Eine GmbH ist keine juristische Person.
- [ ] Eine GmbH ist eine Körperschaft des öffentlichen Rechts.
- [ ] Eine GmbH ist kein Formkaufmann.
- [x] Eine GmbH ist eine juristische Person.

Lösung zu Aufgabe 20: Eintragung der GmbH ins Handelsregister

Welche Aussage zur Handelsregistereintragung einer GmbH ist richtig?

- [x] Erst durch die Eintragung im Handelsregister entsteht die GmbH als solche im Außenverhältnis.
- [ ] Die GmbH wird in Abteilung A des Handelsregisters eingetragen.
- [ ] Eine GmbH wird in das GmbH-Register eingetragen.
- [ ] Das Stammkapital der GmbH geht nicht aus dem Handelsregister hervor.
- [ ] Die Eintragung der GmbH ins Handelsregister hat deklaratorische Wirkung.

Lösung zu Aufgabe 21: Die Gründung einer GmbH

Welche Bedingung muss zur Gründung einer GmbH nicht erfüllt sein?

- [ ] Es muss ein notariell beurkundeter Gesellschaftsvertrag vorliegen.
- [x] Die GmbH muss mindestens zwei Gesellschafter haben.
- [ ] Jeder Gesellschafter muss vor Anmeldung der GmbH zur Eintragung im Handelsregister mindestens ein Viertel des Nennbetrags seines Geschäftsanteils eingezahlt haben.
- [ ] Der Gesamtbetrag der eingezahlten Geldeinlagen zuzüglich des Gesamtnennbetrags der Geschäftsanteile, für die Sacheinlagen zu leisten sind, muss die Hälfte des Mindeststammkapitals erreicht haben, damit eine Anmeldung zur Eintragung im Handelsregister erfolgen darf.
- [ ] Sacheinlagen sind vor der Anmeldung der Gesellschaft zur Eintragung in das Handelsregister so an die Gesellschaft zu bewirken, dass sie endgültig zur freien Verfügung der Geschäftsführer stehen.

ACHTUNG

Zur Gründung einer GmbH genügt ein Gesellschafter.

Lösung zu Aufgabe 22: Geschäftsführung und Vertretung bei der GmbH

Welche Aussage zur Geschäftsführung und Vertretung trifft auf die GmbH nicht zu?

- [ ] Die Gesellschafter können eine andere Person als Gesellschafter bestellen.
- [ ] Im Gesellschaftsvertrag kann bestimmt werden, dass alle Gesellschafter zur Geschäftsführung berechtigt sind.
- [x] Die GmbH darf maximal einen Geschäftsführer haben.
- [ ] Die Geschäftsführer vertreten die GmbH gerichtlich und außergerichtlich.
- [ ] Hat eine GmbH keinen Geschäftsführer, wird sie durch die Gesellschafter vertreten.

Lösungen zu Aufgabe 23: Haftung der GmbH-Gesellschafter

Welche Aussagen zur Haftung der GmbH-Gesellschafter sind richtig?

- ☐ Die Gesellschafter haften persönlich für die Verbindlichkeiten der GmbH.
- ☒ Die Haftung gegenüber den Gläubigern beschränkt sich auf das Gesellschaftsvermögen.
- ☐ Die Gesellschafter haften bis zur Eintragung der GmbH ins Handelsregister nur mit ihrer Einlage.
- ☐ Die Haftung eines GmbH-Gesellschafters kommt der Haftung eines Komplementärs einer KG gleich.
- ☐ Geschäftsführende Gesellschafter einer GmbH haften grundsätzlich auch mit ihrem Privatvermögen.
- ☒ Haben die Gesellschafter bereits vor der Handelsregistereintragung im Namen der GmbH gehandelt, haften sie für die daraus entstehenden Verbindlichkeiten persönlich und solidarisch.

ACHTUNG

Solange die GmbH nicht ins Handelsregister eingetragen ist, besteht sie als solche nicht und die Gesellschafter haften persönlich und solidarisch. Mit erfolgter Handelsregistereintragung wird die Haftungsbeschränkung auf das Geschäftsvermögen wirksam.

Lösung zu Aufgabe 24: Einlagepflichten der GmbH-Gesellschafter

Welche Aussage zur Einlagepflicht der GmbH-Gesellschafter ist richtig?

- ☐ Die Anmeldung zur Eintragung im Handelsregister darf erst erfolgen, wenn auf jeden Geschäftsanteil, soweit nicht Sacheinlagen vereinbart sind, die Hälfte des Nennbetrags eingezahlt ist.
- ☐ Insgesamt muss auf das Stammkapital mindestens so viel eingezahlt sein, dass der Gesamtbetrag der eingezahlten Geldeinlagen zuzüglich des Gesamtnennbetrags der Geschäftsanteile, für die Sacheinlagen zu leisten sind, ein Viertel des Mindeststammkapitals erreicht.
- ☐ Damit eine GmbH zur Eintragung im Handelsregister angemeldet werden kann, muss jeder Gesellschafter seine Einlage komplett getätigt haben.
- ☒ Die Höhe der zu leistenden Einlage richtet sich nach dem bei der Errichtung der Gesellschaft im Gesellschaftsvertrag festgesetzten Nennbetrag des Geschäftsanteils.
- ☐ Die Höhe der zu leistenden Einlage ist nach Köpfen aufgeteilt.

Lösung zu Aufgabe 25: Organe der GmbH

Welches der folgenden Organe kann nicht zu einer GmbH gehören?

- ☐ Gesellschafterversammlung
- ☐ Geschäftsführer
- ☐ Aufsichtsrat
- ☐ Prokurist
- ☒ Vorstand

INFO

Der Vorstand ist ein Organ der Aktiengesellschaft.

Lösungen zu Aufgabe 26: Gewinnverwendung bei der GmbH

Welche Aussagen zur Ergebnisverwendung treffen auf die GmbH zu?

- ☐ Der Jahresüberschuss wird per Gesetz nach Köpfen auf die einzelnen Gesellschafter verteilt.
- ☐ Über die Verwendung des Jahresüberschusses bestimmt der Geschäftsführer.
- ☒ Die Gesellschafter können mit Rücksicht auf die Bestimmungen des Gesellschaftsvertrags beschließen, dass Beträge in Gewinnrücklagen eingestellt oder als Gewinn vorgetragen werden.
- ☒ Die Gewinnverteilung erfolgt, soweit der Gesellschaftsvertrag keine andere Regelung vorsieht, nach dem Verhältnis der Geschäftsanteile.
- ☐ Der Gewinn wird, sofern der Gesellschaftsvertrag keine andere Regelung vorsieht, in einem angemessenen Verhältnis auf die Gesellschafter verteilt.
- ☐ Jeder Gesellschafter erhält eine vierprozentige Verzinsung seiner Geschäftsanteile, der Restgewinn wird nach Köpfen verteilt.

Lösung zu Aufgabe 27: Die Unternehmergesellschaft (haftungsbeschränkt)

Welche Aussage zur Unternehmergesellschaft (haftungsbeschränkt) ist richtig?

- ☐ Die Unternehmergesellschaft (haftungsbeschränkt) muss nicht im Handelsregister eingetragen werden.
- ☐ Die Unternehmergesellschaft (haftungsbeschränkt) ist eine Personengesellschaft.
- ☐ Die Bezeichnung „Unternehmergesellschaft" darf in der Firma nicht abgekürzt werden.
- ☒ Die Bezeichnung „haftungsbeschränkt" darf in der Firma nicht abgekürzt werden.
- ☐ Die Unternehmergesellschaft (haftungsbeschränkt) darf nur einen Gesellschafter haben.

Lösung zu Aufgabe 28: Gründung einer Aktiengesellschaft

Welche Aussage zur Gründung einer Aktiengesellschaft ist richtig?

- ☐ Zur Gründung einer AG werden mindestens zwei Aktionäre benötigt.
- ☐ Zur Gründung einer AG müssen Aktien an mindestens einer Wertpapierbörse emittiert werden.
- ☒ An der Feststellung der Satzung müssen sich eine oder mehrere Personen beteiligen, die die Aktien gegen Einlagen übernehmen.
- ☐ Es muss eine Eintragung in Abteilung A des Handelsregisters erfolgen.
- ☐ Für die Gründung ist eine notariell beglaubigte Satzung erforderlich.

Lösung zu Aufgabe 29: Das Grundkapital einer AG

Welche Aussage zur Zerlegung des Grundkapitals in Aktien ist falsch?

- ☐ Die Aktien können entweder als Nennbetragsaktien oder als Stückaktien begründet werden.
- ☒ Der Anteil am Grundkapital bestimmt sich bei Nennbetragsaktien allein nach der Zahl der Aktien.
- ☐ Die Aktien sind unteilbar.
- ☐ Nennbetragsaktien müssen auf mindestens 1 € lauten.
- ☐ Der Anteil am Grundkapital bestimmt sich bei Stückaktien nach der Zahl der Aktien.

Lösung zu Aufgabe 30: Eintragung der AG ins Handelsregister

Welche Bedingung muss u. a. erfüllt sein, damit eine AG zur Eintragung ins Handelsregister angemeldet werden kann?

- ☐ Die Aktien müssen bereits an der Börse gehandelt werden.
- ☐ Die staatliche Börsenaufsicht muss die Emission der Aktien genehmigt haben.
- ☐ Die Gründer müssen mindestens 12.500 € in bar in die Gesellschaft eingezahlt haben.
- ☐ Es muss in jedem Fall bereits der gesamte Nennbetrag aller Aktien eingezahlt worden sein.
- ☒ Die Anmeldung darf erst erfolgen, wenn auf jede Aktie, soweit nicht Sacheinlagen vereinbart sind, der eingeforderte Betrag ordnungsgemäß eingezahlt worden ist. Bei Bareinlagen muss der eingeforderte Betrag mindestens ein Viertel des geringsten Ausgabebetrags umfassen.

Lösungen zu Aufgabe 31: Rechte der Aktionäre

Welche Rechte haben Stammaktionäre einer Aktiengesellschaft nicht?

- ☐ Teilnahme an der Hauptversammlung
- ☒ Abstimmung über die Ernennung eines neuen Vorstands

- ☐ Bestellung der Aktionärsvertreter im Aufsichtsrat der AG
- ☐ Abstimmung über die Entlastung des Aufsichtsrats
- ☒ Abstimmung über die Bildung einer gesetzlichen Rücklage
- ☐ Stimmrecht in der Hauptversammlung
- ☐ Abstimmung über die Höhe der Dividendenausschüttung

INFO

Der Vorstand wird vom Aufsichtsrat bestellt. Die gesetzliche Rücklage wird durch § 150 AktG vorgeschrieben.

Lösungen zu Aufgabe 32: Organe der AG

Kreuzen Sie an, welche Aufgaben bzw. Pflichten jeweils von welchem Organ einer AG wahrgenommen werden.

Aufgaben/Pflichten	**Vorstand**	**Aufsichtsrat**	**Haupt-versammlung**
Bestellung der Vorstandsmitglieder		X	
Berichterstattung an den Aufsichtsrat über den Gang der Geschäfte und die Lage der Gesellschaft	X		
Entlastung der Vorstandsmitglieder			X
Beschluss über die Verwendung des Bilanzgewinns			X
Überwachung der Geschäftsführung		X	
Beschluss von Satzungsänderungen			X
Verantwortlichkeit für die Führung der erforderlichen Handelsbücher	X		

Lösungen zu Aufgabe 33: Der Vorstand einer AG

Welche Aussagen zum Vorstand einer Aktiengesellschaft sind richtig?

- ☐ Der Vorstand ist das Kontrollorgan einer AG.
- ☐ Der Vorstand ist das Beschlussorgan einer AG.
- ☒ Der Vorstand ist das Leitungsorgan einer AG.
- ☐ Mitglied des Vorstands kann nur eine juristische, unbeschränkt geschäftsfähige Person sein.
- ☒ Der Vorstand vertritt die Gesellschaft gerichtlich und außergerichtlich.

☐ Die Vorstandsmitglieder werden von der Hauptversammlung gewählt.

☒ Vorstandsmitglieder bestellt der Aufsichtsrat auf höchstens fünf Jahre.

Lösungen zu Aufgabe 34: Aktienarten

Ordnen Sie folgende Merkmale jeweils den passenden Aktiengattungen zu.

a) Die Übertragung der Aktien erfolgt durch Einigung und Übergabe.

b) Der Nennwert der Aktien muss mindestens 1 € oder ein Vielfaches davon (volle Euro) betragen.

c) Für die Übertragung der Aktien ist ein Eintrag in das Aktienbuch bzw. Aktienregister erforderlich.

d) nennwertlose Aktien mit einem gleichen Anteil am Grundkapital

e) Aktien mit Recht auf eine höhere Dividendenausschüttung aber ohne Stimmrecht

f) Jede Aktie verkörpert ein Stimmrecht bei der Hauptversammlung der AG.

Aufgaben/Pflichten	Merkmale
Stammaktien	**f**
Vorzugsaktien	**e**
Inhaberaktien	**a**
Namensaktien	**c**
Nennbetragsaktien	**b**
Stückaktien	**d**

6. Markt und Wettbewerb

Lösung zu Aufgabe 1: Soziale Marktwirtschaft

Welche Aussage zur Sozialen Marktwirtschaft ist richtig?

- ☐ Die Soziale Marktwirtschaft existiert ausschließlich in sozialistischen Staaten.
- ☐ Die Soziale Marktwirtschaft ist im Jahre 1990 im Zuge der Wiedervereinigung Deutschlands erstmalig realisiert worden.
- ☐ Die Soziale Marktwirtschaft unterscheidet sich von einer freien Marktwirtschaft dadurch, dass die Preisbildung grundsätzlich nicht durch Angebot und Nachfrage, sondern durch staatliche Preispolitik erfolgt.
- ☒ Die zentrale Idee der Sozialen Marktwirtschaft besteht darin, den Mechanismus eines freien Marktes zu erhalten und gleichzeitig für sozialen Ausgleich zu sorgen.
- ☐ Die Soziale Marktwirtschaft ist im Grundgesetz der Bundesrepublik Deutschland ausdrücklich als alleinig zulässige Wirtschaftsordnung verankert.

INFO

Die Soziale Marktwirtschaft basiert auf den Mechanismen der Marktwirtschaft. Der Staat gibt den Ordnungsrahmen vor und greift in die Wirtschaft ein, um

- den Wettbewerb aufrechtzuerhalten
- soziale Ungerechtigkeiten zu verhindern
- konjunkturellen Fehlentwicklungen entgegenzuwirken.

Wichtige Prinzipien der Sozialen Marktwirtschaft sind:

- ökonomisches Prinzip
- Wettbewerbsprinzip
- Schutz des Privateigentums
- soziale Sicherung
- Sozialbindung des Eigentums
- Subsidiaritätsprinzip (Der Staat greift nur dann ein, wenn private Einrichtungen die Aufgabe nicht erfüllen können.).

Lösung zu Aufgabe 2: Freie Marktwirtschaft

Welche Zeile enthält ausschließlich Merkmale einer freien Marktwirtschaft?

- ☐ Vertragsfreiheit, Sozialbindung des Eigentums, Wettbewerbsfreiheit
- ☐ Vertragsfreiheit, freie Preisbildung, gesetzliche Mindestlöhne
- ☒ freie Marktpreisbildung, Vertragsfreiheit, Privateigentum an Produktionsmitteln
- ☐ Gewerbefreiheit, staatlich fixierte Preise, Gewinnstreben der Unternehmen
- ☐ Erfüllung staatlicher Planvorgaben, Berufsfreiheit, Privateigentum an den Produktionsmitteln

Lösungen zu Aufgabe 3: Soziale Marktwirtschaft – Grundsätze

Welche Maßnahmen sind mit den Grundsätzen der Sozialen Marktwirtschaft nicht vereinbar?

- ☐ Für die Ausfuhr landwirtschaftlicher Erzeugnisse gewährt die Europäische Union den Exporteuren Ausfuhrerstattungen, die den Preisunterschied zwischen niedrigerem Weltmarkt- und höherem Binnenmarktpreis ausgleichen sollen.
- ☐ Die EZB beschließt eine Anhebung der Mindestreservesätze, um die Inflation zu bekämpfen.
- ☐ Gewerkschaften und Arbeitgeberverbände einigen sich auf einen tariflichen Mindestlohn.
- ☒ Die Bundesregierung verordnet eine Tariferhöhung für alle Arbeitnehmer der Metall- und Elektroindustrie von 3,5 %.
- ☐ Der Staat übernimmt die Bürgschaft für ein riskantes Exportgeschäft eines deutschen Industrieunternehmens gegen Zahlung der vorgeschriebenen Versicherungsprämie.
- ☐ Der Staat gewährt für die Stromerzeugung aus Windkraft eine Einspeisevergütung.
- ☐ Eltern erhalten für ihre Kinder monatlich Kindergeld vom Staat.
- ☒ Die Zentralbank erlässt ein generelles Verbot von Devisenzahlungen ins Ausland.
- ☐ Die Milcherzeuger dürfen eine staatlich vorgegebene Milchquote nicht überschreiten, um einem Preisverfall durch Überproduktion entgegenzuwirken.
- ☐ Der Bundestag beschließt eine Erhöhung der Energiesteuer.
- ☐ Der Staat fördert die private Altersvorsorge von Arbeitnehmern mit einem Zuschuss.
- ☐ Das Bundeskartellamt verbietet einem Energieversorgungsunternehmen eine unangemessene Erhöhung der Gaspreise.
- ☒ Der Preis pro Liter Benzin wird durch eine staatliche Regulierungsbehörde festgelegt und gilt für alle Tankstellen innerhalb des Staatsgebiets.
- ☒ Der Staat schreibt den Unternehmen der Telekommunikation vor, dass jeder Haushalt auf Wunsch mit einem DSL-Anschluss ausgestattet werden muss.

Lösungen zu Aufgabe 4: Wirtschaftsordnungen

\+ = trifft voll zu

(+) = trifft grundsätzlich zu, Ausnahmen sind möglich

\- = trifft nicht zu

Merkmale	Freie Marktwirtschaft	Soziale Marktwirtschaft	Zentral-verwaltungs-wirtschaft
a) Die Wirtschaftssubjekte handeln nach dem ökonomischen Prinzip.	+	(+)	-
b) Die Betriebe müssen staatlich vorgegebene Produktionspläne erfüllen.	-	-	+
c) Es herrscht der Grundsatz der Vertragsfreiheit.	+	(+)	-
d) Betriebsgrundstücke und Maschinen sind Staatseigentum.	-	-	+
e) Die Preisbildung erfolgt aufgrund von Angebot und Nachfrage	+	(+)	-
f) Die Ressourcenallokation wird staatlich reguliert.	-	-	+
g) Die Betriebsmittel sind Privateigentum.	+	(+)	-
h) Die Gewährleistung der Preisniveaustabilität ist eine hoheitliche Aufgabe.	-	+	-
i) Die Erhaltung des Wettbewerbs und die soziale Sicherung der Bürger stehen im Vordergrund.	+	+	+

Lösung zu Aufgabe 5: Marktformen

Stellen Sie fest, welche Ziffer in der nachstehenden Matrix die Marktform des Angebotsoligopols beschreibt.

Marktformen	Ein Nachfrager	Wenige Nachfrager	Viele Nachfrager
Ein Anbieter	1	2	3
Wenige Anbieter	4	5	**6**
Viele Anbieter	7	8	9

Angebotsoligopol: wenige Anbieter, viele Nachfrager (Ziffer 6)

INFO

Marktformen

Anbieter / Nachfrager	Einer	Wenige	Viele
Einer	Bilaterales Monopol	Beschränktes Nachfragemonopol	Nachfragemonopol
Wenige	Beschränktes Angebotsmonopol	Bilaterales Oligopol	Nachfrageoligopol
Viele	Angebotsmonopol	Angebotsoligopol	Vollständige Konkurrenz, Polypol

TIPP

Die „Wenigeren" geben der Marktform den Namen, in diesem Fall die Anbieter.

Lösung zu Aufgabe 6: Käufer-/Verkäufermärkte

Sie sollen die Frage beantworten, ob es sich bei den Absatzmärkten der Sport Equipment AG um Käufer- oder Verkäufermärkte handelt. Prüfen Sie, welche Situation auf einen Verkäufermarkt zutrifft.

- ☐ Auf dem Markt für Outdoor-Equipment gibt es mehr Nachfrager als Anbieter.
- ☐ Einem großen Angebot an Outdoor-Artikeln steht eine relativ geringe Nachfrage gegenüber.
- ☐ In der Outdoor-Branche herrscht starker Wettbewerb.
- ☐ Das Angebot an Outdoor-Artikeln übersteigt die Nachfrage.
- ☒ Die Nachfrage nach Outdoor-Artikeln ist größer als das Angebot.

ACHTUNG

Im Gegensatz zu Aufgabe 5 geht es hier nicht um die Zahl der Anbieter und Nachfrager, sondern um das Verhältnis der Angebotsmenge zur Nachfragemenge.

Lösung zu Aufgabe 7: Vollkommener/unvollkommener Markt

In welcher Zeile sind ausschließlich Merkmale eines vollkommenen Marktes aufgeführt?

- ☐ homogene Güter, Markenpräferenzen, vollständige Markttransparenz
- ☒ rein rationales Verhalten der Marktteilnehmer, homogene Güter, keine räumlichen Präferenzen
- ☐ vollständige Konkurrenz, Markenpräferenzen, homogene Güter
- ☐ keine persönlichen Präferenzen, Qualitätsunterschiede, vollständige Markttransparenz
- ☐ keine räumlichen Präferenzen, unendlich hohe Reaktionsgeschwindigkeit der Marktteilnehmer, Angebotsoligopol

INFO

Merkmale des vollkommenen Marktes:

- gleichartige (homogene) Güter
- fehlen jeglicher Präferenzen (Vorzüge) in Bezug auf Personen, Zeit und Raum
- vollständige Marktübersicht (Markttransparenz) für Anbieter und Nachfrager
- vollständige Konkurrenz
- unendlich schnelle Reaktionsgeschwindigkeit der Marktteilnehmer
- rein rationales Verhalten
- Punktmarkt (keine räumliche Ausdehnung des Marktes).

Lösungen zu Aufgabe 8: Preisbildung auf dem unvollkommenen Markt

Prüfen Sie, welche der folgenden Aussagen zur Preisbildung auf einem unvollkommenen Markt zutreffend sind.

- ☒ Die Nachfrager reagieren nicht immer auf Preisänderungen der Anbieter.
- ☐ Die Lenkungsfunktion des Preises ist weitgehend ausgeschaltet.
- ☐ Die hohe Markttransparenz führt zu einheitlichen Marktpreisen.
- ☐ Der einzelne Anbieter kann keine aktive Preispolitik betreiben.
- ☒ Es können verdeckte Preiserhöhungen bei gleichen Preisen für das Produkt vorgenommen werden, indem der Packungsinhalt verkleinert wird.
- ☐ Wegen der modernen Kommunikationsmittel können Anbieter ihre Produkte an verschiedenen Orten nicht zu unterschiedlichen Preisen anbieten.

Lösungen zu Aufgabe 9: Preisbildung auf dem vollkommenen Markt

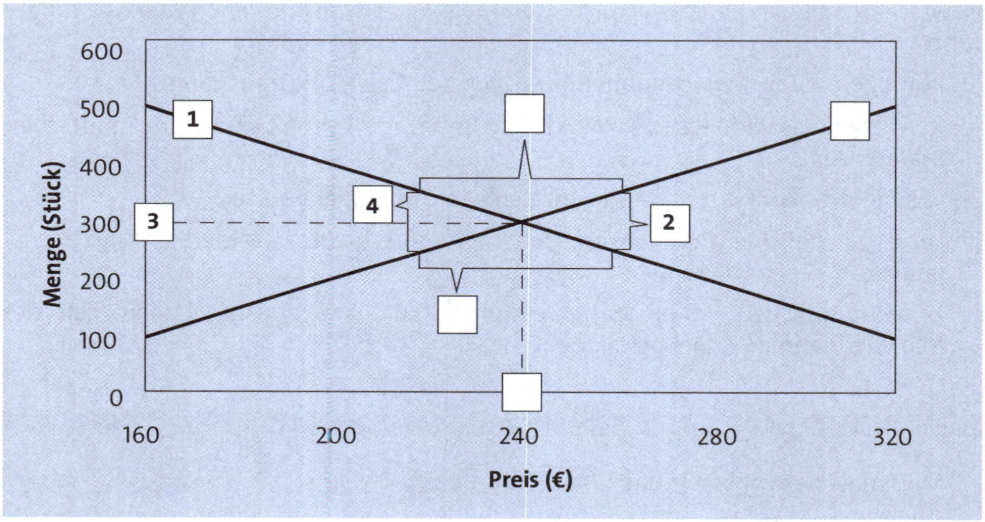

(1) Nachfragekurve

(2) Angebotsüberhang

(3) Gleichgewichtsmenge

(4) Nachfrageüberhang

Lösungen zu Aufgabe 10: Angebots-/Nachfragefunktion

Stellen Sie fest, in welchem der folgenden Fälle es bei einem Gebrauchsgut als Reaktion der Marktteilnehmer zu einer Rechtsverschiebung der Nachfragekurve kommen kann.

- ☐ Der Preis eines Komplementärgutes steigt deutlich.
- ☒ Der Preis eines Substitutionsgutes steigt deutlich.
- ☐ Der Preis des nachgefragten Gutes sinkt.
- ☐ Die Verbraucher ändern aufgrund der unsicheren Konjunkturlage ihre Konsumgewohnheiten nicht.
- ☐ Der Verbraucherpreisindex steigt um 1 %.
- ☒ Die Einkommen der Nachfrager steigen durch Tariflohnerhöhungen.

ACHTUNG

In beiden Fällen erhöht sich die Nachfrage.

Lösung zu Aufgabe 11: Gleichgewichtspreis

Preis für 1 t in €	Angebots-menge A	Nachfrage-menge N	Marktlage	Verkaufte Menge	Angebots-überhang	Nachfrage-überhang
30,00	40	100	A < N	40	-	60
50,00	70	70	A = N	70	-	-
60,00	80	60	A > N	60	20	-
90,00	100	40	A > N	40	60	-

Der Makler wird einen Gleichgewichtspreis von 50,00 € festlegen, da hier die Angebotsmenge und die Nachfragemenge sind bei diesem Preis gleich groß. Bei diesem Preis wird der höchste Absatz (Umsatz) erzielt.

Lösungen zu Aufgabe 12: Preiselastizität der Nachfrage I

Preisänderung = (20,00 € : 30,00 €) • 100 = 66,67 %

Nachfrageänderung = (- 30 t : 100 t) • 100 = (-) 30 %

Preiselastizität = (-) 30 : 66,67 = (-) 0,45

Steigt der Preis um 1 %, sinkt die Nachfragemenge um 0,45 %.

INFO

Da die Nachfrage sinkt, müsste die Preiselastizität hier eigentlich negativ sein. Das negative Vorzeichen wird jedoch i. d. R. weggelassen, da der Zusammenhang als selbstverständlich erachtet wird.

Lösung zu Aufgabe 13: Preiselastizität der Nachfrage II

Die Sport Equipment AG zieht eine Preiserhöhung für ihre Schneeschuhe in Erwägung. Auf einem Testmarkt wurden Preiserhöhungen durchgeführt. Das Ergebnis: eine Preiselastizität der Nachfrage von (-) 1,2. Welcher Rückschluss lässt sich daraus ziehen?

☐ Bei einem Preisanstieg von 1,2 % sinkt die Nachfrage um 1 %.

☐ Bei einem Preisanstieg von 1,2 % steigt die Nachfrage um 1 %.

☐ Bei einer Preiserhöhung um 10 € sinkt der Umsatz um 12 €.

☒ Bei einer Preiserhöhung um 1 % sinkt die Nachfrage um 1,2 %.

☐ Bei einer Preissenkung von 1,2 % sinkt die Nachfrage um 1 %.

Lösung zu Aufgabe 14: Unternehmenszusammenschlüsse – Konzern

Die Sport Equipment AG muss auf dem Markt für Outdoor-Equipment zum Teil mit großen Konzernen konkurrieren. Stellen Sie fest, welche Aussage auf einen Konzern zutrifft.

- ☐ Rechtlich und wirtschaftlich selbstständige Unternehmen treffen Vertragsabsprachen.
- ☐ Rechtlich und wirtschaftlich selbstständige Unternehmen betreiben eine gemeinsam vereinbarte Preispolitik.
- ☐ Unternehmen, die rechtlich und wirtschaftlich voneinander unabhängig sind, vereinbaren eine langfristige Zusammenarbeit in der Forschung und Entwicklung.
- ☐ Die beteiligten Unternehmen verlieren ihre rechtliche Selbstständigkeit.
- ☒ Zu wirtschaftlichen Zwecken werden rechtlich selbstständige Betriebe unter einheitlicher Leitung verbunden.

MERKE

Ein Konzern ist ein Zusammenschluss mehrerer rechtlich selbstständiger Unternehmen unter einheitlicher Leitung.

Lösung zu Aufgabe 15: Unternehmenszusammenschlüsse – Kartell

Aus der Zeitung entnehmen Sie, dass das Bundeskartellamt auf dem Outdoor-Equipment-Markt ein Kartellverfahren gegen mehrere Hersteller eingeleitet hat. Geben Sie an, welche Aussage sich auf ein Kartell bezieht.

- ☐ Die beteiligten Unternehmen schließen sich zusammen, um einen wettbewerbswidrigen Zweck zu verfolgen, und geben dabei ihre wirtschaftliche Selbstständigkeit auf.
- ☒ Dieser Unternehmenszusammenschluss entsteht durch einen Vertragsabrede, die zum Ziel hat, die Marktmacht der beteiligten Vertragspartner zu vergrößern.
- ☐ Dieser Unternehmenszusammenschluss führt zu einer rechtlichen und finanziellen Verschmelzung der Unternehmen.
- ☐ Diesen Unternehmenszusammenschluss erkennt man daran, dass mehrere rechtlich selbstständige Betriebe einer einheitlichen Leitung unterstellt sind.
- ☐ Dieser Unternehmenszusammenschluss erfolgt durch gegenseitige Kapitalbeteiligung.

INFO

Kartell: Mehrere Unternehmen treffen gemeinsame Vereinbarungen oder stimmen ihre Verhaltensweisen aufeinander ab, um über die Einschränkung des Wettbewerbs einen wirtschaftlichen Vorteil zu erzielen.

Gemäß § 1 GWB sind derartige Verhaltensweisen grundsätzlich verboten.

Lösung zu Aufgabe 16: Unternehmenszusammenschlüsse – Fusion/Trust

Eine Marktstudie spricht von einem „Konzentrationsprozess" in der Outdoor-Branche, in Folge dessen immer weniger Anbieter übrig bleiben. In welchem Fall liegt ein Trust vor?

- ☐ Die Snowtec AG gründet zwei neue Tochtergesellschaften.
- ☐ Die Eisbär AG erwirbt die Aktienmehrheit an der Pinguin AG.
- ☒ Die Coldgear Ltd. und die Arctica S. A. fusionieren zur Arctic Coldgear S. A.
- ☐ Die Alaska GmbH und die Snowtec AG gründen ein Joint Venture.
- ☐ Die Snowtec AG schließt einen Gewinnabführungsvertrag mit der Lapplandia GmbH ab.

INFO

Die Bildung eines Trust (angloamerikanisch) erfolgt durch Fusion (Verschmelzung) mehrerer Unternehmen.

Als Fusion bezeichnet man einen Unternehmenszusammenschluss, bei dem mindestens ein beteiligtes Unternehmen neben seiner wirtschaftlichen Selbstständigkeit auch seine rechtliche Selbstständigkeit verliert.

Lösungen zu Aufgabe 17: Unternehmenszusammenschlüsse

A = Konzern **B** = Joint Venture **C** = Konsortium **D** = Kartell

Art des Zusammenschlusses	Fall
B	Zwei Unternehmen bilden ein Gemeinschaftsunternehmen, um gemeinsam eine neue Technologie voranzutreiben.
C	Zwei Unternehmen schließen sich für die Abwicklung eines gemeinsamen Projekts vorübergehend zu einer GbR zusammen.
D	Zwei Unternehmen der gleichen Branche sprechen ihre Angebotspreise miteinander ab.
A	Eine Muttergesellschaft beherrscht mehrere Tochtergesellschaften durch Kapitalbeteiligung.

Lösungen zu Aufgabe 18: Kartellverbot

Das Gesetz gegen Wettbewerbsbeschränkungen (GWB) ist die Grundlage für die Durchsetzung des Kartellverbotes. Geben Sie an, welche der folgenden Aussagen in diesem Zusammenhang zutreffend sind.

- ☐ Wettbewerbsbeschränkungen durch Kartelle fallen nur dann unter das GWB, wenn die vertraglichen Vereinbarungen über das abgestimmte Verhalten schriftlich festgelegt sind.

- [x] Kartelle sind erlaubt, wenn sie die Verbraucher am entstandenen Gewinn angemessen beteiligen oder zur Förderung des technischen oder wirtschaftlichen Fortschritts beitragen.
- [ ] Das Verbot von wettbewerbsbeschränkenden Vereinbarungen bezieht sich im Wesentlichen auf vertikale Verbindungen großer Unternehmen.
- [ ] Wenn Kartelle den Wettbewerb verhindern oder verfälschen, gelten sie erst nach einer entsprechenden schriftlichen Erklärung des Kartellamts als verboten.
- [ ] Die Genehmigung von Mittelstandskartellen muss über eine Ministererlaubnis beantragt werden.
- [x] Vereinbarungen, deren Gegenstand die Rationalisierung wirtschaftlicher Vorgänge durch eine zwischenbetriebliche Zusammenarbeit mittlerer Unternehmen ist, sind vom grundsätzlichen Verbot der Kartellbildung ausgenommen.

TIPP

Das Kartellverbot soll letztlich den Verbraucher schützen. Die entscheidende Frage ist demnach, ob dem Verbraucher durch die Absprache ein Nachteil entsteht.

Lösungen zu Aufgabe 19: Missbrauchsaufsicht

Bei den Kite-Surfboards hat die Sport Equipment AG einen schweren Stand. Die Wassersport AG ist Marktführer und hat in Deutschland einen Marktanteil von 55 %. Stellen Sie fest, welche der folgenden Maßnahmen der Wassersport AG gegen das Wettbewerbsrecht verstößt.

- [ ] Sie bietet Auslaufmodelle zu Sonderkonditionen an.
- [ ] Sie bietet Händlern einen Rabatt in Höhe von 10 % auf alle ihre Modelle an.
- [x] Sie bietet ihre Produkte über einen längeren Zeitraum deutlich unter Herstellkosten an, um die Konkurrenz vom Markt zu verdrängen.
- [ ] Sie staffelt ihre Preise nach Abnahmemenge.
- [x] Sie bietet den Händlern hohe Rabatte unter der Bedingung, dass ausschließlich Kite-Surfboards der Wassersport AG ins Sortiment aufgenommen werden dürfen.
- [ ] Sie verkauft ihre Produkte zu saisonal variierenden Preisen.

INFO

In beiden Fällen liegt der Missbrauch einer marktbeherrschenden Stellung vor. Beide Maßnahmen zielen darauf ab, dass der Wettbewerb ausgeschaltet wird.

Lösung zu Aufgabe 20: Fusionskontrolle

Sie hören, dass die beiden größten inländischen Anbieter von Outdoor-Equipment, die zusammen einen Marktanteil von 70 % besitzen, Fusionsverhandlungen geführt haben. Prognostizieren Sie, wie das Kartellamt vor dem Hintergrund der marktwirtschaftlichen Ordnung in Deutschland auf den beabsichtigten Zusammenschluss reagieren wird.

☐ Das Kartellamt wird den Zusammenschluss untersagen, da grundsätzlich alle Unternehmenszusammenschlüsse angemeldet und genehmigt oder abgelehnt werden müssen.

☐ Das Kartellamt wird den Zusammenschluss nur untersagen, wenn das Kartellamt eine missbräuchliche Ausnutzung der Marktstärke durch z. B. überhöhte Produktpreise erwartet.

☒ Das Kartellamt wird den Zusammenschluss untersagen, da hier offensichtlich die Entstehung oder Verstärkung einer marktbeherrschenden Stellung gegeben ist.

☐ Das Kartellamt wird den Zusammenschluss nicht untersagen, solange andere Mitbewerber beim Kartellamt keine Beschwerde wegen Wettbewerbsbeschränkungen einlegen.

☐ Da hier ein überragendes Interesse der Allgemeinheit vorliegt, wird der Zusammenschluss im Falle einer Untersagung des Kartellamtes durch eine Ministererlaubnis genehmigt.

Lösung zu Aufgabe 21: UWG

Prüfen Sie, welche Maßnahme der Sport Equipment AG dem Gesetz gegen den unlauteren Wettbewerb (UWG) widerspricht.

☐ Die Sport Equipment AG spricht die Preise für ihre Schneeschuhmodelle mit den Konkurrenzunternehmen ab.

☒ Die Sport Equipment AG wirbt in ihren Online-Shop mit irreführenden Preisnachlässen, obwohl sich für die Kunden in Wirklichkeit kein Preisvorteil ergibt.

☐ Die Sport Equipment AG gibt im Februar auf ihre Schneeschuhmodelle 30 % Rabatt.

☐ Die Sport Equipment AG will wegen Aufgabe eines Warenlagers einen Räumungsverkauf durchführen.

☐ Bei der Einführung eines neuen Produktes wird den Händlern ein einmaliger Sonderrabatt von 20 % gewährt.

ACHTUNG

Preisabsprachen stellen zwar ebenfalls einen wettbewerbsrechtlichen Verstoß dar, allerdings gegen das GWB, nicht gegen das UWG.

7. Produktions- und Standortfaktoren

Lösung zu Aufgabe 1: Volkswirtschaftliche Produktionsfaktoren

Welches sind die drei volkswirtschaftlichen Produktionsfaktoren?

- ☐ Arbeit, Kapital, Maschinen
- ☐ Kapital, Boden, Information
- ☒ Arbeit, Kapital, Boden
- ☐ Arbeit, Geld, Betriebsmittel
- ☐ Menschen, Material, Maschinen

Lösung zu Aufgabe 2: Betriebswirtschaftliche Produktionsfaktoren

Welche Zeile enthält ausschließlich betriebswirtschaftliche Produktionsfaktoren?

- ☐ Werkstoffe, Kapital, dispositiver Faktor
- ☐ Betriebsmittel, Werkstoffe, Boden
- ☐ Ausführende Arbeit, Kapital, Werkstoffe
- ☒ Dispositiver Faktor, Betriebsmittel, Werkstoffe
- ☐ Ausführende Arbeit, Werkstoffe, Kapital

Lösungen zu Aufgabe 3: Volkswirtschaftliche und betriebswirtschaftliche Produktionsfaktoren

Kreuzen Sie an, welcher volkswirtschaftliche und welcher betriebswirtschaftliche Produktionsfaktor aus Sicht der Sport Equipment AG jeweils vorliegt.

Beispiel	Volkswirtschaftliche Produktionsfaktoren			Betriebswirtschaftliche Produktionsfaktoren			
	Arbeit	Boden	Kapital	Dispositiver Faktor	Werkstoffe	Betriebsmittel	Ausführende Arbeit
Bindungen für Schneeschuhe			X		X		
Lagerhalle			X			X	
Betriebsgrundstück		X				X	
Vorstand	X			X			
CNC-Maschine			X			X	
CNC-Maschinenbediener	X						X
Schraubenzieher			X			X	
Schrauben			X		X		

Beispiel	Volkswirtschaftliche Produktionsfaktoren			Betriebswirtschaftliche Produktionsfaktoren			
	Arbeit	**Boden**	**Kapital**	**Dispositiver Faktor**	**Werkstoffe**	**Betriebsmittel**	**Ausführende Arbeit**
Jutefasern für Verpackungsmaterial		X			X		
Büromaterial			X		X		
Strom			X		X		
Mahnsoftware			X		X		

TIPP

Boden oder Kapital?

Um die volkswirtschaftlichen Produktionsfaktoren Boden und Kapital auseinanderhalten zu können, sollte man sich immer die Frage stellen, ob das Objekt bereits von Natur aus oder erst durch Ver- bzw. Bearbeitung (Faktorkombination) entstanden ist.

Betriebsgebäude (z. B. Lagerhalle) gehören z. B. zum Produktionsfaktor Kapital, da sie erst gebaut werden müssen, Betriebsgrundstücke hingegen sind von Natur aus vorhanden und somit dem Produktionsfaktor Boden zuzuordnen. Die Jutefasern sind ein natürlicher Rohstoff und somit Produktionsfaktor Boden.

TIPP

Werkstoffe oder Betriebsmittel?

Werkstoffe werden im Rahmen des Leistungserstellungsprozesses verbraucht, befinden sich also nur kurzfristig im Betrieb. Dazu zählen neben den im Fertigungsprozess eingesetzten Roh-/Hilfs-/Betriebsstoffen und Fremdbauteilen auch Büromaterial und Strom.

Betriebsmittel werden für den Leistungserstellungsprozess gebraucht, sie gehören langfristig zum Betrieb und unterliegen einer mehr oder weniger starken Abnutzung (Verschleiß). Hierzu zählen u. a. Maschinen und Werkzeuge.

Lösung zu Aufgabe 4: Dispositiver Faktor

Welche Aufgabe gehört in der Sport Equipment AG nicht zum dispositiven Faktor?

- ☐ Produktivitätsvorgaben für die Fertigung machen
- ☐ Zielvereinbarungsgespräche mit den Mitarbeitern führen

- ☐ über die Einführung eines neuen Produktes entscheiden
- ☐ die Einführung einer neuen Finanzbuchhaltungssoftware beschließen
- ☒ den Preis für einen Kundenauftrag über Standardprodukte kalkulieren

Lösungen zu Aufgabe 5: Originäre und derivative Produktionsfaktoren

Die Sport Equipment AG produziert und vertreibt Schneeschuhe. In welchen Fällen entlang der Wertschöpfungskette handelt es sich um originäre Produktionsfaktoren?

- ☒ Erdöl für die Kunststoffherstellung
- ☐ Kabel für eine Spritzgussmaschine zur Rahmenherstellung
- ☐ ein Stahlgehäuse für die Spritzgussmaschine
- ☒ Baumwolle für die Herstellung der Beutel zur Aufbewahrung der Schneeschuhe
- ☒ ein Exportsachbearbeiter in der Vertriebsabteilung
- ☐ Spanngurte für die Schneeschuhbindungen
- ☒ Grundstück, auf dem die Montagehalle der Sport Equipment AG steht
- ☐ Bürogebäude für die Vertriebsabteilung der Sport Equipment AG
- ☐ Stahlklemmen für die Montage der Schneeschuhrahmen
- ☐ Strom für die Montagemaschinen

Lösungen zu Aufgabe 6: Kosten der Produktionsfaktoren

Zu welchen Produktionsfaktoren der Sport Equipment AG gehören folgende Kosten? Ordnen Sie zu.

a) Abschreibungen auf Sachanlagen

b) Kosten für einen Internetanschluss

c) Benzinkosten für den eigenen Fuhrpark

d) Kosten für die Reparatur einer Fertigungsmaschine durch einen externen Servicetechniker

e) Tariflöhne für die Fertigungsmitarbeiter

f) Managergehälter

g) Frachtkosten einer Rohstofflieferung

Leistungsfaktoren	Beispiele
Werkstoffe	**c, g**
Betriebsmittel	**a, b, d**
Ausführende Arbeit	**e**
Dispositiver Faktor	**f**

Lösungen zu Aufgabe 7: Faktorsubstitution

In welchen Fällen erfolgt eine Faktorsubstitution?

- ☐ Die Sport Equipment AG verlegt ihr Auslieferungslager an einen anderen Standort.
- ☐ Ein Mitarbeiter geht in Rente und wird durch eine Neueinstellung ersetzt.
- ☐ Die Sport Equipment AG bezieht ihre Textilstoffe von einem anderen Hersteller als bisher.
- ☒ Bei der Sport Equipment AG ersetzen neue Lackierautomaten die alten Lackieranlagen, die noch manuell bedient wurden. Da die Lackiererei nun mit weniger Personal auskommt, wird die Zahl der Leiharbeitnehmer verringert.
- ☐ Die Sport Equipment AG ersetzt bei den Schneeschuhen Metallrahmen durch flexiblere Kunststoffrahmen.
- ☒ Die Sport Equipment AG lässt auf dem Dach ihres Fabrikgebäudes eine Photovoltaik-Anlage installieren, mit der ein Teil des Strombedarfs für die Fertigung gedeckt werden soll.

INFO

Faktor Kapital (Lackierautomaten) ersetzt Faktor Arbeit (Leiharbeitnehmer).

Faktor Boden (Sonnenlicht) ersetzt Kapital (Strom).

Lösung zu Aufgabe 8: Ökonomisches Prinzip – Minimalprinzip

In welchem Fall handelt die Sport Equipment AG nach dem Minimalprinzip?

- ☐ In der Montageabteilung soll die Produktivität durch eine Senkung des Krankenstands gesteigert werden.
- ☐ Beim Vertrieb der neuen Kite-Surfboards sollen die Außendienstmitarbeiter den Händlern möglichst geringe Rabatte gewähren.
- ☐ Die Rüstzeiten in der Teilefertigung sollen reduziert werden.
- ☒ In der Teilefertigung soll bei konstanter Produktionsmenge durch Erhöhung der Recycling-Quote der Materialeinsatz verringert werden.
- ☐ In der Teilefertigung soll durch eine Verringerung der Ausschussquote die Zahl der Gutstücke erhöht werden.

Lösung zu Aufgabe 9: Ökonomisches Prinzip – Maximalprinzip

In welchem Fall verfolgt die Sport Equipment AG das Maximalprinzip?

- [x] Durch eine Reduzierung der Maschinenstillstandszeiten soll bei gleichbleibender Maschinenzahl die Produktivität in der Fertigung erhöht werden.
- [ ] Der bisherige Kundenstamm soll von nun an mit einem Außendienstmitarbeiter weniger betreut werden, um über eine Senkung der Vertriebskosten den Gewinn zu erhöhen.
- [ ] Der Einkauf erhält die Vorgabe, die Lieferantenpreise um 5 % zu drücken, um so eine höhere Gewinnspanne realisieren zu können.
- [ ] Teure Werkstoffe sollen durch kostengünstigere Werkstoffe ersetzt werden, ohne dass die Qualität darunter leidet.
- [ ] Durch eine neue Software kann die Bearbeitungszeit für Fremdrechungen um durchschnittlich einen Tag verkürzt werden.

Lösung zu Aufgabe 10: Faktorkombination – Minimalkostenkombination

Kombinationsmöglichkeiten	Leistungsfaktor Arbeit		Leistungsfaktor Betriebsmittel		Gesamtkosten
	Arbeitsstunden • Arbeitskosten pro Stunde	Arbeitskosten	Maschinenstunden • Maschinenkosten pro Stunde	Maschinenkosten	
Verfahren 1	50 Stunden • 30 €/Stunde	1.500 €	10 Stunden • 15 €/Stunde	150 €	1.650 €
Verfahren 2	25 Stunden • 30 €/Stunde	750 €	25 Stunden • 30 €/Stunde	750 €	1.500 €
Verfahren 3	10 Stunden • 30 €/Stunde	300 €	40 Stunden • 40 €/Stunde	1.600 €	1.900 €

Ergebnis: Verfahren 2 (halbautomatische Fertigung) stellt die Minimalkostenkombination dar.

Lösung zu Aufgabe 11: Arbeitsteilung

Die Sport Equipment AG möchte über Arbeitsteilung eine Kosteneinsparung in der Produktion erzielen. Welche Maßnahme stellt eine innerbetriebliche Arbeitsteilung dar?

- [ ] Die Lackierung von Teilen wird an eine Fremdfirma vergeben.
- [x] Die Arbeiter in der Montageabteilung spezialisieren sich jeweils auf einen bestimmten Arbeitsgang.
- [ ] Die Teilefertigung wird auf ein Zweigwerk der Sport Equipment AG übertragen.
- [ ] Zwei Mitarbeiter mit Teilzeitverträgen teilen sich einen Arbeitsplatz.
- [ ] Innerhalb einer teilautonomen Arbeitsgruppe praktizieren die Mitarbeiter Job Rotation.

INFO

Durch die Spezialisierung wird der komplette Montagevorgang in einzelne Arbeitsgänge zerlegt und auf mehrere Mitarbeiter, die sich jeweils auf einen einzelnen Arbeitsgang konzentrieren, aufgeteilt.

Lösung zu Aufgabe 12: Outsourcing

Um weiter Kosten sparen zu können, denkt die Unternehmensleitung der Sport Equipment AG über Outsourcing nach. In welchem Fall handelt es sich um Outsourcing?

☐ Die Sport Equipment AG verlagert ihre Rucksackproduktion in ihr neu gegründetes Werk nach Rumänien.

☐ Die Sport Equipment AG vertreibt ihre Produkte in Osteuropa von nun an über ihre polnische Vertriebsgesellschaft.

☐ Die Montage der Schneeschuhe wird vom Erlanger Hauptwerk auf ein Zweigwerk in Sachsen ausgelagert.

☐ Die Riemen für die Schneeschuhbindungen werden nicht mehr von einem deutschen sondern einem chinesischen Lieferanten bezogen.

☒ Die Sport Equipment AG produziert die Rahmen für die Schneeschuhe nicht mehr selbst, sondern beauftragt einen Lieferanten damit.

ACHTUNG

Outsourcing kann, muss aber nicht mit einer Verlagerung der Produktion ins Ausland verbunden sein. Wenn das ausländische Werk zum eigenen Unternehmen gehört, liegt kein Outsourcing vor.

Lösungen zu Aufgabe 13: Harte und weiche Standortfaktoren

In welchen Fällen handelt es sich um weiche Standortfaktoren?

☒ Arbeitsmentalität der Bevölkerung

☐ Lieferantennähe

☐ Einkommen der Bevölkerung

☐ Rohstoffvorkommen

☒ Freizeitangebote

☐ Dichte des Autobahnnetzes

☐ Nähe zum Absatzmarkt

Lösung zu Aufgabe 14: Standortfaktoren – Standortwahl

Die Sport Equipment AG sucht einen geeigneten Standort für ein Auslieferungslager in Deutschland. Welcher der folgenden Faktoren ist für die Standortwahl am ehesten vernachlässigbar.

- ☐ Gewerbesteuerhebesatz
- ☐ Autobahnanbindung
- ☒ Nähe zu den Rohstoffmärkten
- ☐ Angebot an Arbeitskräften
- ☐ günstige Gewerbeflächen

Lösungen zu Aufgabe 15: Standortanalyse

Entscheidungsbewertungstabelle zur Standortwahl

Standortfaktoren	**Standorte**						
	Faktorgewichtung	**A**		**B**		**C**	
		Bewertung	**Punkte • Gewichtung**	**Bewertung**	**Punkte • Gewichtung**	**Bewertung**	**Punkte • Gewichtung**
1. Verkehrsanbindung	30	5	**150**	4	120	2	60
2. Kundennähe	20	4	80	5	100	4	80
3. Qualifizierte Arbeitskräfte	15	4	60	3	**45**	4	60
4. Lohnniveau	10	3	30	4	40	5	50
5. Grundstückspreise	10	5	50	4	40	3	**30**
6. Gewerbesteuer	10	3	30	4	40	4	40
7. Freie Gewerbeflächen	10	2	20	1	10	4	40
Summe	100		**420**		**395**		**360**
Rangfolge der Standortalternativen			**1**		**2**		**3**

Standort A ist gemäß der Entscheidungswerttabelle der geeignetste der drei Standorte, da er die meisten Punkte erzielt hat.

Lösung zu Aufgabe 16: Standortfaktoren – Standortverlagerung

Die Sport Equipment AG zieht eine Verlagerung ihrer Produktion in die Slowakei in Erwägung. Von dort aus soll vor allem für den deutschen Markt produziert werden. Was ist kein Argument gegen eine derartige Entscheidung?

- ☐ die weite Entfernung zu den deutschen Hauptabnehmern
- ☐ die hohen Investitionskosten für das neu zu gründende Werk
- ☒ das Wechselkursrisiko
- ☐ das höhere Qualitätsrisiko
- ☐ Sprachbarrieren

ACHTUNG

Die Slowakei gehört zur Eurozone.

8. Volkswirtschaftliche Gesamtrechnungen und Konjunktur

Lösungen zu Aufgabe 1: Wirtschaftskreislauf – Sektoren

Ordnen Sie die Kennziffern von drei der insgesamt sieben Tätigkeiten der Wirtschaftssubjekte den Sektoren des Wirtschaftskreislaufs zu.

Tätigkeiten der Wirtschaftssubjekte
1. Sachgüter und Dienstleistungen für den Markt produzieren, Gewinn erzielen
2. Einkommen sparen, Sachgüter und Dienstleistungen für den Markt produzieren
3. Einkommen für Konsum verwenden, Sachgüter und Dienstleistungen für den Markt produzieren
4. Einkommen zum Konsum und/oder zum Sparen verwenden
5. Einkommen sparen, Steuern erheben
6. Steuern erheben, Einkommen zum privaten Konsum verwenden
7. Steuern erheben, Einkommen umverteilen

Sektoren des Wirtschaftskreislaufs	
Unternehmen	1
Private Haushalte	4
Staat	7

Lösung zu Aufgabe 2: Wirtschaftskreislauf – Transaktionen

Ordnen Sie im folgenden Kreislaufschema den fehlenden Begriff zu.

- [x] Subventionen
- [ ] Außenbeitrag
- [ ] Import
- [ ] private Ersparnisse
- [ ] Einkommen
- [ ] private Investitionen

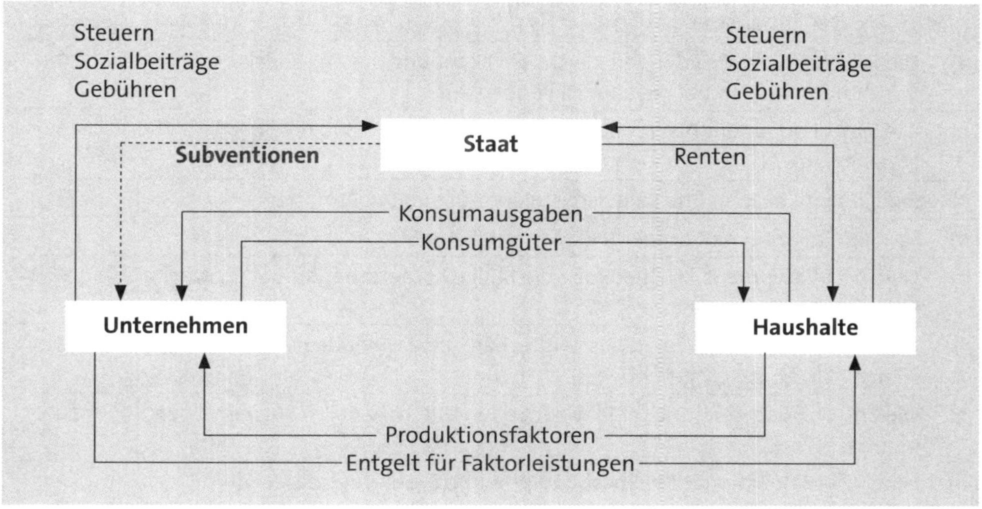

Lösungen zu Aufgabe 3: Wirtschaftskreislauf – Geldströme

Der abgebildete Wirtschaftskreislauf stellt schematisch die Geldströme zwischen den Wirtschaftssektoren dar. Ordnen Sie den wirtschaftlichen Aktivitäten die jeweilige Ziffer des Geldstroms aus dem Modell des Wirtschaftskreislaufs zu.

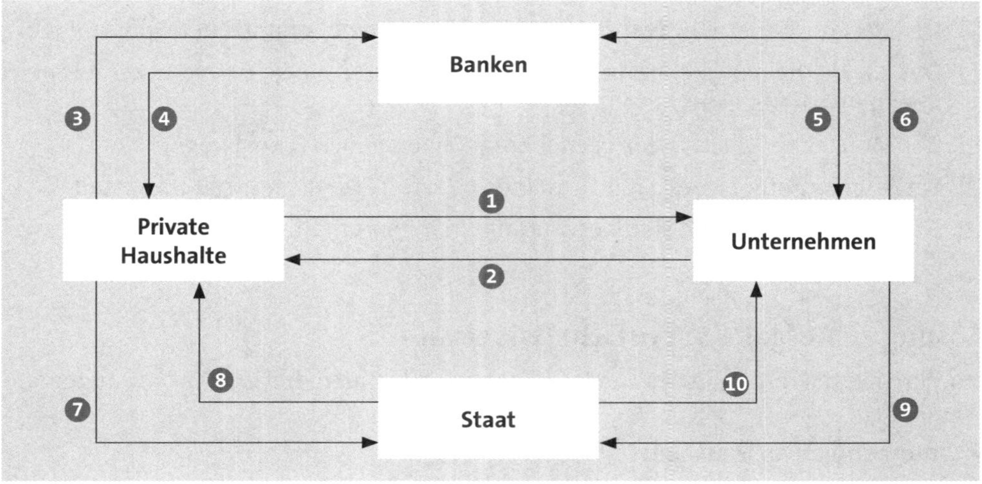

Wirtschaftliche Aktivitäten		Geldstrom
a)	Die Stadtverwaltung Erlangen gleicht die Rechnung des Dachdeckers Schuhmann für Reparaturen am Hallenbad aus.	**10**
b)	Die Sport Equipment AG nimmt einen Kredit über 200.000,00 € bei der Frankenbank AG auf.	**5**
c)	Frau Rebhan bezahlt ihre Lebensmitteleinkäufe im Supermarkt.	**1**
d)	Familie Grasser erhält Kindergeld für ihren Sohn Max.	**8**
e)	Die Sport Equipment AG überweist die fällige Körperschaftsteuer an das Finanzamt.	**9**
f)	Herr Fröhlich, Beamter im Ruhestand, erhält seine monatliche Pension auf seinem Girokonto gutgeschrieben.	**8**
g)	Die Entwicklung eines 2-Liter Pkw zur Serienreife wird durch Subventionen gefördert.	**10**
h)	Herr Schmidt, Aktionär der Sport Equipment AG, erhält seine Gewinnbeteiligung von insgesamt 75 €.	**2**
i)	Oma Amalia zahlt 50 € auf das Sparbuch ihres Enkels Felix ein.	**3**

Lösung zu Aufgabe 4: Wirtschaftskreislauf – Transferzahlungen

Prüfen Sie, welche der folgenden Transaktionen eine mögliche Transferzahlung des Staates beschreibt.

☐ Der Freistaat Bayern unterstützt anteilig den Bau einer öffentlichen Sportanlage.

☐ Das Land Rheinland-Pfalz begleicht die Rechnung eines Tiefbauunternehmens über den Ausbau einer Autobahn.

☐ Der Münchener Oberbürgermeister erhält einen neuen Dienstwagen.

☐ Ein verbeamteter Lehrer zahlt für seinen privaten Pkw die Kraftfahrzeugsteuer.

☒ Eine Mitarbeiterin der Stadtverwaltung Erlangen erhält Kindergeld für ihre zwei Kinder.

Lösung zu Aufgabe 5: Wirtschaftskreislauf

Im Wirtschaftskreislauf eines Landes haben die folgenden drei Geldströme zugenommen:

- Unternehmen an Haushalte
- Haushalte an Unternehmen
- Haushalte an Staat.

Führen Sie eine mögliche Ursache für diese Veränderungen an, wenn nicht genannte Einflussgrößen unverändert bleiben.

☐ Der Einkommensteuertarif wurde angehoben.

☐ Die Umsatzsteuersätze wurden gesenkt.

☐ Die Beiträge zur Pflegeversicherung sind gestiegen.

☒ Die Tarifentgelte wurden branchenübergreifend erhöht.

☐ Verbraucher haben Teile ihrer Ersparnisse aufgelöst, um mehr zu konsumieren.

INFO

Höhere Arbeitseinkommen ermöglichen einen höheren privaten Konsum und höhere Steuereinnahmen (Einkommen- und Umsatzsteuer) für den Staat.

Lösungen zu Aufgabe 6: Reales und nominales BIP

a) $\frac{(2.570,8 - 2.476,8)}{2.476,8} \cdot 100 = 3,80\ \%$

b) Das Bruttoinlandsprodukt ist ein wichtiger Indikator für die wirtschaftliche Leistung der Volkswirtschaft der Bundesrepublik Deutschland. Welche der folgenden Aussagen beschreiben den Sachverhalt der angegebenen Daten zutreffend?

☐ Das Bruttoinlandsprodukt ist 02 gegenüber dem Vorjahr real um 94,0 Mrd. € gestiegen.

☒ 01 und 02 wurde der größte prozentuale Anteil des Bruttoinlandsprodukts für den privaten Konsum verwendet.

☒ Die privaten Konsumausgaben sind von 00 bis 01 preisbereinigt um 1,5 % gestiegen.

☐ Das Bruttoinlandsprodukt ist in 02 gegenüber 01 nominal gestiegen. Damit stieg auch der Wohlstand der Bevölkerung um den gleichen Wert.

☐ Das Bruttoinlandsprodukt sank 02 gegenüber 01 real und nominal.

☐ Die privaten Konsumausgaben waren 01 höher als 02.

Lösungen zu Aufgabe 7: BIP, Lohnquote, Gewinnquote, Bruttoinvestitionen, Volkseinkommen

a) 131,4 Mrd. € (2.570,8 - 2.439,4)

b) 461,9 Mrd. € (183,5 + 255,5 + 28,6 - 5,7)

ACHTUNG

Im Jahr 02 wurden den Lagern laufend Vorräte zugeführt und entnommen. Die Entnahmen waren um die Vorratsveränderungen im Wert von 5,7 Mrd. € höher als die Zuführungen.

c) 1.962,7 Mrd. € (1.318,3 + 644,4)

d) 67,17 % (1.318,3 • 100 : 1.962,7)

e) 33,46 % (635,0 • 100 : 1.897,9)

Lösungen zu Aufgabe 8: Bruttoinlandsprodukt, Bruttonationaleinkommen

Prüfen Sie, welche der folgenden Aussagen zum Bruttoinlandsprodukt (BIP) der Bundesrepublik Deutschland zutreffend sind.

- [x] Schattenwirtschaftliche Aktivitäten werden über geeignete Schätzungen in das BIP einbezogen.
- [ ] Bei der Ermittlung des realen BIP werden die tatsächlich erzielten Marktpreise als Bezugsgröße zugrunde gelegt.
- [x] Das BIP unterscheidet sich in seiner Höhe vom Bruttonationaleinkommen durch den Saldo der Primäreinkommen aus der übrigen Welt.
- [ ] Den Unterschied zwischen nominalem und realem BIP bestimmt der Saldo der Primäreinkommen aus der übrigen Welt.
- [ ] Im BIP sind die unentgeltlich erbrachten Leistungen des Staates nicht enthalten.
- [ ] Das BIP erfasst die wirtschaftlichen Leistungen aller Inländer, unabhängig davon, ob sie im Inland oder Ausland erbracht werden.

ACHTUNG

Während das BIP den Wert aller innerhalb eines Kalenderjahres im Inland produzierten Güter widerspiegelt, umfasst das Bruttonationaleinkommen die von Inländern im In- und Ausland erwirtschafteten Einkommen.

Die Differenz zwischen den Primäreinkommen, die vom Ausland in das Inland fließen, und den Primäreinkommen, die vom Inland ins Ausland fließen, bezeichnet man als Saldo der Primäreinkommen aus der übrigen Welt.

Lösung zu Aufgabe 9: BIP-Wachstum

Beim qualitativen Wachstum werden im Unterschied zum quantitativen Wachstum (rein mengenmäßige Erhöhung der volkswirtschaftlichen Leistung) auch Umweltaspekte berücksichtigt.

Lösungen zu Aufgabe 10: BIP-Kritik

Mögliche Antworten:

- Unentgeltliche Tätigkeiten wie Hausarbeit, Eigenleistungen, ehrenamtliche Tätigkeiten und Nachbarschaftshilfe wirken nicht leistungssteigernd bei der Berechnung des Bruttoinlandsprodukts, obwohl dadurch der Wohlstand gesteigert wird.
- Schattenwirtschaftliche Aktivitäten („Schwarzarbeit") sind ins BIP nur über Schätzungen einzubeziehen.
- Die Beseitigung bzw. die Minderung von Umweltschäden oder Naturkatastrophen wirkt wachstumserhöhend, obwohl nur maximal der ursprüngliche Zustand erreicht werden kann. Die Lebensqualität oder der Wohlstand werden dadurch allerdings nicht angehoben. Die negativen Effekte von Naturkatastrophen und Umweltbelastungen werden nicht erfasst.
- Das Wachstum allein gibt keine Hinweise über die Verteilung der erbrachten Leistungen. So können z. B. trotz steigenden Wachstums Regionen oder bestimmte gesellschaftliche Personengruppen verarmen.

Lösungen zu Aufgabe 11: BIP, Bruttonationaleinkommen

Für die Berechnung des Inlandsprodukts wird die im Inland erbrachte Wirtschaftsleistung herangezogen. Dabei ist es irrelevant, ob diese Leistung von Inländern (Personen mit Wohnsitz im Inland, unabhängig von der Staatsangehörigkeit) oder Ausländern (Personen mit Wohnsitz im Ausland) erbracht wird.

Bei der Berechnung des Nationaleinkommens werden alle Einkommen der im Inland wohnenden Personen herangezogen, d. h. im Inland erzielte Einkommen und von „Grenzgängern" im Ausland erzielte Einkommen (z. B. wird das Arbeitsentgelt, das ein Freiburger, der täglich in die Schweiz zum Arbeiten pendelt, mitberücksichtigt).

Zusammenhang zwischen BIP und BNE:

	Inlandsprodukt (Bruttoinlandsprodukt)
+	von übriger Welt empfangene Einkommen
-	an übrige Welt abgeführte Einkommen
=	**Inländerprodukt = Bruttonationaleinkommen (früher: Bruttosozialprodukt)**

Wenn das Bruttonationaleinkommen größer ist als das Bruttoinlandsprodukt, dann ist der Einkommenszufluss aus der übrigen Welt größer als der Einkommensabfluss in die übrige Welt.

Lösung zu Aufgabe 12: BIP, Konjunkturindikator

Im Stabilitätsgesetz ist unter anderem das Ziel eines stetigen und angemessenen Wirtschaftswachstums genannt. Nennen Sie die Messgröße, mit der ermittelt wird, wie weit man sich diesem Ziel genähert oder ob man es erreicht hat.

- ☐ Bruttoinlandsprodukt (nominal)
- ☐ Bruttowertschöpfung
- ☒ Bruttoinlandsprodukt (real)
- ☐ Außenbeitragsquote
- ☐ Volkseinkommen

ACHTUNG

Das reale Bruttoinlandsprodukt ist das preisbereinigte BIP, d. h. es werden die Preisänderungen herausgerechnet. Das nominale BIP wird in den tatsächlichen Preisen des jeweiligen Berichtsjahres errechnet.

Lösungen zu Aufgabe 13: Konjunkturindikatoren

Bestimmen Sie die Konjunkturindikatoren, die als relativ verlässliche Frühindikatoren für den Konjunkturverlauf von besonderer Bedeutung sind.

- ☐ Außenbeitrag
- ☒ Auftragseingänge in der Industrie
- ☐ Inflationsrate
- ☐ Wirtschaftswachstum
- ☐ Arbeitslosenquote
- ☒ Ifo-Geschäftsklimaindex
- ☐ Kapazitätsauslastung
- ☐ Einzelhandelsumsatz
- ☒ Baugenehmigungen
- ☐ Lohnentwicklung des verarbeitenden Gewerbes
- ☐ Steuereinnahmen des Staates

Lösung zu Aufgabe 14: Konjunkturphasen – Indikatoren

Auf welche Konjunkturlage weisen die Indikatoren hin?

- ☐ auf einen ansteigenden Trend
- ☐ auf einen Boom
- ☒ auf eine Rezession

☐ auf eine Expansion

☐ auf einen Aufschwung

Lösung zu Aufgabe 15: Konjunkturphasen – Rezession

Stellen Sie fest, welcher Sachverhalt auf eine Rezession hindeutet.

☐ Die Steuereinnahmen des Staates steigen.

☒ Das reale Bruttoinlandsprodukt ist gegenüber dem Vorjahr gesunken.

☐ Die volkswirtschaftliche Nachfrage ist größer als das Angebot.

☐ Sowohl die Kapazitätsauslastung als auch die Investitionstätigkeit der Unternehmen steigen.

☐ Der Staat senkt die Höchstsätze für die geometrisch-degressive Abschreibung.

Lösungen zu Aufgabe 16: Konjunkturphasen – Konjunkturindikatoren

Ordnen Sie die Entwicklung der Konjunkturindikatoren den einzelnen Konjunkturphasen zu.

Konjunkturphasen

[1] Aufschwung (Expansion)

[2] Boom (Hochphase)

[3] Abschwung (Rezession)

[4] Depression (Tiefstand)

Konjunkturindikatoren	**Konjunkturphasen**
a) Die Gewinnerwartung der Unternehmen sinkt aufgrund hoher Arbeitnehmerentgelte und Zinsen, die Arbeitslosenquote und die Zahl der Insolvenzen steigen an.	**3**
b) In der Wirtschaft ist ein leichter Rückgang der Arbeitslosenquote festzustellen; zudem stellt sich die Kostensituation für die Unternehmen z. B. aufgrund niedriger Finanzierungskosten günstig dar.	**1**
c) Eine rückläufige Investitionsgüternachfrage führt zu Produktionseinschränkungen und zunehmender Arbeitslosigkeit.	**3**
d) Die Produktionskapazitäten der Unternehmen sind voll ausgelastet; eine gleichzeitig hohe Konsumgüternachfrage sowohl aus dem Inland als auch aus dem Ausland führt zu relativ hohen Preissteigerungen.	**2**
e) Es besteht hohe Arbeitslosigkeit aufgrund der Auftragsflaute und der dadurch nicht ausgelasteten Kapazitäten.	**4**
f) Eine zunehmende Kapazitätsauslastung und eine dadurch steigende Produktion führen zu sinkenden Stückkosten bei den Unternehmen.	**2**

Lösung zu Aufgabe 17: Konjunkturphasen – Konjunkturzyklus

Stellen Sie fest, welche Beschreibung auf die Phase 2 in der Abbildung klassischerweise zutrifft.

- ☐ Die Preise steigen bei sinkender Nachfrage.
- ☐ Die Arbeitslosenzahl geht zurück.
- ☒ Bei sinkender Nachfrage steigt die Arbeitslosenzahl.
- ☐ Die Zahl der offenen Stellen ist sehr hoch.
- ☐ Bei steigender Nachfrage ist die Inflation sehr hoch.

Lösung zu Aufgabe 18: Konjunkturphasen – Auswirkungen auf Staatshaushalt

In einer Rezession sinken die Produktion, die Nachfrage, die Investitionen und auch die Zahl der Beschäftigten bei stagnierenden bzw. sinkenden Preisen. Daher erzielt der Staat weniger direkte Steuereinnahmen aus der Einkommensteuer (weniger Beschäftigte), aber auch weniger indirekte Steuereinnahmen z. B. aus der Umsatzsteuer (geringere Nachfrage, geringere Preise). Die Einnahmen der Sozialversicherungen (Arbeitslosen-, Renten-, Kranken- und Pflegeversicherung) gehen ebenfalls zurück.

Während die Staatseinnahmen sinken, steigen gleichzeitig die Staatsausgaben, da der Staat z. B. aufgrund der steigenden Arbeitslosen mehr Arbeitslosengeld zahlen muss. Im Rahmen seiner antizyklischen Fiskalpolitik wird er zudem versuchen, die Konjunktur über zusätzliche Staatsausgaben anzukurbeln.

Lösungen zu Aufgabe 19: Antizyklische Fiskalpolitik

Um konjunkturellen Schwankungen entgegenzuwirken, soll der Staat („Fiskus") durch seine Haushaltspolitik (Staatsausgaben und Staatseinnahmen) die gesamtwirtschaftliche Nachfrage antizyklisch, also entgegen dem Konjunkturverlauf, beeinflussen.

Dazu muss der Staat

- in einer Rezession seine Ausgaben (z. B. Subventionen, Investitionen in Form von Staatsaufträgen, soziale Leistungen) erhöhen bzw. seine Einnahmen senken (z. B. durch Steuersenkungen oder Sonderabschreibungsmöglichkeiten für Unternehmen), um die gesamtwirtschaftliche Nachfrage zu beleben
- in der Hochkonjunktur hingegen seine Ausgaben verringern und seine Einnahmen steigern (z. B. durch Steuererhöhungen), um eine „Überhitzung" der Konjunktur zu vermeiden und Rücklagen („Konjunkturausgleichsrücklage") zu bilden.

Lösungen zu Aufgabe 20: Konjunkturpolitik zur Konjunkturdämpfung

Welche der folgenden Maßnahmen einer antizyklischen Fiskalpolitik tragen zu einer Konjunkturdämpfung bei?

- ☐ Die Möglichkeiten zur Abschreibung von Industriegebäuden werden verbessert.

- ☐ Der Staat vergibt vermehrt Bauaufträge.
- ☐ Die Zahlung von staatlichen Sparprämien wird eingeschränkt.
- ☒ Die Bundesregierung bildet eine Konjunkturausgleichsrücklage.
- ☒ Staatliche Subventionen an Industriebetriebe werden abgebaut.
- ☐ Der Staat senkt die Körperschaftsteuer befristet.

Lösung zu Aufgabe 21: Konjunkturpolitische Instrumente

Richtig ist Kennziffer 3.

	Steuersätze	Abschreibungssätze	Konjunkturausgleichsrücklage	Volumen öffentlicher Investitionen
3.	erhöhen	senken	erhöhen	senken

Lösung zu Aufgabe 22: Konjunkturpolitik I

Die Bundesregierung will die Aufschwungphase durch Steuervergünstigungen verstärken. Bestimmen Sie den Sachverhalt, der dieser Maßnahme entgegenwirkt.

- ☐ Die Haushalte konsumieren mehr Güter.
- ☐ Die Unternehmen erhöhen ihre Investitionen.
- ☐ Der Staat nimmt zusätzliche Investitionen im Bereich des Straßenbaus vor.
- ☐ Die Zinssätze für Konsum- und Investitionskredite sinken.
- ☒ Die Haushalte sparen das zusätzliche Einkommen.

Lösungen zu Aufgabe 23: Konjunkturpolitische Maßnahmen

Entscheiden Sie, welche der folgenden konjunkturpolitischen Maßnahmen der Staat in der Abschwungphase einsetzen kann, um die gesamtwirtschaftliche Nachfrage zu beleben.

- ☐ Aussetzung der geometrisch-degressiven Abschreibung
- ☒ Gewährung von Investitionsprämien
- ☐ Erhöhung der Einkommensteuervorauszahlungen
- ☐ Bildung einer Konjunkturausgleichsrücklage
- ☐ Schuldentilgung des Staates bei der Bundesrepublik Deutschland Finanzagentur GmbH
- ☒ zeitlich befristete Herabsetzung der Einkommensteuer um 5 %
- ☐ langfristige Erhöhung der Subventionen in der Stahlindustrie
- ☒ Beschleunigung der Planung öffentlicher Investitionsvorhaben

ACHTUNG

Maßnahmen, die auf eine grundlegende und langfristige Änderung wirtschaftlicher Strukturen abzielen (z. B. langfristige Subventionszahlungen für einen Wirtschaftszweig), sind keine konjunktur- sondern strukturpolitische Maßnahmen.

Lösung zu Aufgabe 24: Konjunkturpolitik II

Verschuldet sich der Staat, um durch erhöhte Ausgaben die Wirtschaft anzukurbeln, spricht man von Defizitfinanzierung (Deficit Spending).

Lösung zu Aufgabe 25: Angebotsorientierte Konjunkturpolitik

Aufgrund der inländischen und ausländischen Nachfragerückgänge ist die konjunkturelle Arbeitslosigkeit angestiegen. Der Staat will nun mithilfe von angebotsorientierten Maßnahmen diesen Anstieg in der Arbeitslosigkeit bekämpfen.

Geben Sie an, welche Maßnahme dazu geeignet ist.

- ☐ Der Staat erhöht die Staatsverschuldung, um öffentliche Investitionen zu finanzieren.
- ☐ Der Staat senkt die Umsatzsteuer, um die private Nachfrage nachhaltig zu erhöhen.
- ☐ Der Staat erhöht die Umsatzsteuer, um bei der öffentlichen Hand verstärkt Kaufkraft anzusammeln.
- ☒ Der Staat verringert die Abgabenlast für die Unternehmen, indem er die Beiträge zur Rentenversicherung senkt.
- ☐ Der Staat tritt auf den Märkten verstärkt als Nachfrager auf.

9. Preisniveaustabilität und Geldpolitik

Lösung zu Aufgabe 1: Verbraucherpreisindex

Welche Aussage zum Verbraucherpreisindex ist richtig?

☐ Er dient als Maßstab für die Beurteilung eines stabilen Wechselkurses.

☒ Der Verbraucherpreisindex ist ein gewichteter Mittelwert aus der Preisentwicklung der im Warenkorb enthaltenen Güter- und Dienstleistungsarten.

☐ Das Wägungsschema gibt vor, dass bei der Ermittlung des Verbraucherpreisindex alle Güterarten gleich gewichtet werden.

☐ Der Verbraucherpreisindex ist ein Maß für das Wirtschaftswachstum einer Volkswirtschaft.

☐ In die Ermittlung des Verbraucherpreisindex gehen nur Güter und keine Dienstleistungen ein.

INFO

Als Maßstab für die Preisniveaustabilität in Deutschland dient der **Verbraucherpreisindex** (VPI). Er misst die durchschnittliche Preisentwicklung aller Waren und Dienstleistungen, die von privaten Haushalten für Konsumzwecke gekauft werden.

Der **Warenkorb** des Verbraucherpreisindex besteht aus ca. 700 Gütern. Der gesamte Verbraucherpreisindex ist ein gewichteter Mittelwert aus der Preisentwicklung bei allen ca. 700 Güterarten. Das Wägungsschema quantifiziert, welchen Anteil die verschiedenen Güterarten an den gesamten Verbrauchsausgaben der privaten Haushalte haben.

Lösungen zu Aufgabe 2: Verbraucherpreisindex – Berechnungen

Ihnen liegt folgende Statitsik des Statistischen Bundesamtes vor:

Jahr	Verbraucherpreisindex insgesamt
09	107,0
08	106,6
07	103,9
06	101,6
05	100,0
04	98,5
03	96,9

ACHTUNG

Der Index bezieht sich stets auf ein Basisjahr (in diesem Fall 05), das mit 100 gleichgesetzt wird.

---

a) Der Verbraucherpreisindex ist vom Jahr 05 bis zum Jahr 09 von 100 auf 107 gestiegen. Die Verbraucherpreise sind von 05 bis 09 um 7 % gestiegen.

b) Die Verbraucherpreise sind vom Jahr 07 bis zum Jahr 09 um 2,98 % gestiegen.

$$\text{Berechnung} = \frac{107}{103{,}9} \cdot 100 = 102{,}98$$

c) Die Kaufkraft hat vom Jahr 07 bis zum Jahr 09 um 2,90 % abgenommen.

Berechnung über folgenden Dreisatz:

x : 100 = 103,9 : 107

x = (103,9 :107) • 100

x = 97,10

97,10 % - 100 % = - 2,90 %

TIPP

Setzen Sie das Preisniveau des Basisjahres (hier 07) ins Verhältnis zum Preisniveau des Berichtsjahres (hier 09), um die Kaufkraft zu ermitteln.

Lösungen zu Aufgabe 3: Geldwert und Kaufkraft – Berechnungen

Die Geldmenge im Euroraum ist um 10 % gestiegen.

a) Preisniveau alt = 100

Preisniveau neu = 110

→ Preisniveausteigerung = **+ 10 %**

b) Kaufkraft alt = 100

Kaufkraft neu = 1 : 1,1 bzw. 100 : 110 = 0,9091 = 90,91 %

Kaufkraftveränderung = 90,91 % - 100 % = **- 9,09 %**

→ Die Kaufkraft ist um 9,09 % gesunken.

Lösung zu Aufgabe 4: Inflation – Formen

INFO

Als Inflation bezeichnet man eine andauernde und signifikante Zunahme des allgemeinen Preisniveaus für Waren und Dienstleistungen in einer Volkswirtschaft. Eine Inflation geht einher mit einer Abnahme des Geldwertes.

Kriterium	**Form**	**Erklärung**
Erkennbarkeit	Offene Inflation	Der sinkende Geldwert ist durch Preissteigerung offensichtlich wahrnehmbar.
	Verdeckte Inflation	Der sinkende Geldwert wirkt sich nicht auf die Preise aus (z. B. durch staatlich verordnete Preisstopps, Lohnstopps etc.).
Ausmaß der Preissteigerung	Schleichende Inflation	Langsamer aber kontinuierlicher Anstieg der Preise; die Preissteigerungsrate beträgt nur wenige Prozent.
	Trabende Inflation	Deutliches Ansteigen der Preise (Preissteigerungsrate ca. 5 % bis 20 %)
	Galoppierende Inflation	Rapides Ansteigen der Preise (Preissteigerungsrate > 20 %)
	Hyperinflation	Extremes Ansteigen der Preise (Preissteigerungsrate > 50 %)
Ursache	Nachfrageinflation	Die Preissteigerung wird durch eine erhöhte Nachfrage ausgelöst.
	Angebotsinflation	Die Gründe für die Preissteigerung liegen auf der Anbieterseite.

In einer Volkswirtschaft beträgt die jährliche Preissteigerung, gemessen am Verbraucherpreisindex, 3 %. Welche Inflationsformen liegen im Hinblick auf die Erkennbarkeit und das Ausmaß der Inflation vor?

- [ ] offene Inflation, trabende Inflation
- [ ] verdeckte Inflation, schleichende Inflation
- [x] offene Inflation, schleichende Inflation
- [ ] offene Inflation, galoppierende Inflation
- [ ] offene Inflation, Nachfrageinflation

Lösung zu Aufgabe 5: Inflation – Ausmaß

Ordnen Sie folgende Inflationsformen nach ihrem Ausmaß in aufsteigender Reihenfolge, indem Sie die Nummern 1 bis 4 in die leeren Kästchen eintragen.

Reihenfolge	Inflationsform
3	Galoppierende Inflation
1	Schleichende Inflation
4	Hyperinflation
2	Trabende Inflation

Lösung zu Aufgabe 6: Inflation – Ursachen

Welche Entwicklung kann keine Ursache für eine Inflation sein?

- ☐ Die Tariflöhne steigen um 5 %, die Produktivität nimmt um 2 % zu.
- ☐ Die tarifliche Lohnerhöhung beträgt 3 %, die Produktivität nimmt ab.
- ☐ Die Konsumausgaben des Staates nehmen stark zu.
- ☒ Die tariflichen Lohnerhöhungen entsprechen dem Produktivitätszuwachs.
- ☐ Die Sparneigung der Haushalte nimmt extrem ab.

INFO

Wenn die Löhne stärker steigen als die Produktivität, besteht die Gefahr einer Lohn-Preis-Spirale, da der daraus resultierende Preisanstieg die Gewerkschaften wiederum zu noch höheren Lohnforderungen bewegen könnte.

Lösungen zu Aufgabe 7: Nachfragebedingte Inflation

Welche Entwicklungen können eine Nachfrageinflation hervorrufen?

- ☒ Die Arbeitnehmer in der verarbeitenden Industrie und im Dienstleistungssektor erhalten eine Tariferhöhung von 5 %. Die Sparneigung bleibt gering. (Dadurch steigt die Konsumnachfrage.)
- ☐ Aufgrund knapper werdender Ressourcen steigt der Weltmarktpreis für Kupfer.
- ☐ Die Exportnachfrage aus dem Ausland lässt nach.
- ☒ Bei konstanten Einkommen verringert sich die Sparquote der privaten Haushalte um ein Drittel. (Dadurch steigt die Konsumnachfrage.)
- ☐ Im Verlauf einer Wirtschaftskrise kommt es zu massenhaften Entlassungen von Mitarbeitern.
- ☐ Um die Staatsverschuldung zu bremsen, stellt der Staat weniger Geld für Infrastrukturprojekte bereit.

- [x] In Anbetracht positiver Konjunkturaussichten erweitern die Unternehmen ihre Produktionskapazitäten. (Dadurch steigt die Investitionsnachfrage.)
- [ ] Ein Anstieg der Kreditzinsen führt dazu, dass Unternehmen und Privathaushalte weniger Kredite aufnehmen.

TIPP

Die entscheidende Frage lautet: Wird die Inflation durch eine Nachfrageerhöhung ausgelöst?

Lösung zu Aufgabe 8: Angebotsbedingte Inflation

Welche Ursache kann zu einer angebotsbedingten Inflation geführt haben?

- [ ] Lohnerhöhungen haben zu verstärkten Konsumausgaben geführt.
- [ ] Der US-Dollar hat an den Devisenmärkten gegenüber dem Euro an Wert verloren.
- [x] Da die OPEC die Fördermenge deutlich zurückgeschraubt hat, steigt der Preis für Erdöl enorm an.
- [ ] Das Angebot an Konsumgütern auf dem Binnenmarkt ist gestiegen.
- [ ] Das Stellenangebot auf dem Arbeitsmarkt ist deutlich niedriger als die Nachfrage nach Stellen.

ACHTUNG

Erdöl ist ein wichtiger Rohstoff. Verteuert sich Erdöl, steigt auch der Preis vieler anderer Produkte, die Erdöl als Grundstoff benötigen.

TIPP

Die entscheidende Frage lautet: Wird die Inflation durch ein Ereignis auf der Anbieterseite ausgelöst?

In diesem Fall liegt zusätzlich auch noch eine importierte Inflation vor, bei der die Ursachen für die Inflation in den Außenbeziehungen der Volkswirtschaft liegen.

Lösung zu Aufgabe 9: Stagflation

Welche Erklärung beschreibt eine Stagflation zutreffend?

- ☐ Das Preisniveau stagniert auf niedrigem Niveau.
- ☐ Das Wirtschaftswachstum und die Preissteigerungsrate stagnieren dauerhaft auf niedrigem Niveau.
- ☒ Das Wirtschaftswachstum stagniert auf niedrigem Niveau bei gleichzeitiger Inflation.
- ☐ Die Inflationsraten liegen konstant auf hohem Niveau.
- ☐ Die Preissteigerungsrate stagniert, während das Wirtschaftswachstum weiter zunimmt.

Lösung zu Aufgabe 10: Inflation – Auswirkungen I

Bereits zwei Jahre in Folge betrug die Preissteigerungsrate knapp über 5 % und auch für das laufende Jahr wird ein ähnlicher Wert erwartet. Die Löhne sind im gleichen Zeitraum um 2 % pro Jahr gestiegen. Welche Auswirkung kann sich aus dieser Entwicklung für die Sport Equipment AG ergeben?

- ☐ Der Preisdruck auf dem Absatzmarkt wird sich erhöhen.
- ☒ Die Beschaffungskosten werden steigen, da sich die Preise für die zu beschaffenden Güter erhöhen.
- ☐ Die Nachfrage auf dem Absatzmarkt wird steigen.
- ☐ Die Bankguthaben der Sport Equipment AG werden an Wert gewinnen.
- ☐ Die Gewinne werden steigen, da die Absatzpreise ebenfalls steigen.

Lösungen zu Aufgabe 11: Inflation – Auswirkungen II

Welche Auswirkungen ergeben sich aus dieser Entwicklung (Aufgabe 10) für die Arbeitnehmer der Sport Equipment AG?

- ☐ Der Nominallohn sinkt, da die Preissteigerung höher ist als der nominale Lohnzuwachs.
- ☒ Der Reallohn sinkt, da der Lohnzuwachs niedriger ist als die Preissteigerungsrate.
- ☐ Sowohl der Nominallohn als auch der Reallohn sinken.
- ☐ Die Sparguthaben der Arbeitnehmer gewinnen an Wert.
- ☐ Die Gewinne werden steigen, da die Absatzpreise ebenfalls steigen.
- ☐ Die Immobilien der Arbeitnehmer verlieren an Wert.
- ☒ Das Geldvermögen der Arbeitnehmer verliert an Wert.

INFO

Der Wertverlust des Geldvermögens kann zu einer „Flucht in Sachwerte" (z. B. Immobilien) führen.

Lösung zu Aufgabe 12: Deflation

Welche der folgenden Aussagen zur Deflation ist richtig?

- ☐ Wenn die Inflationsrate sinkt, dann ist bereits eine Deflation gegeben.
- ☒ Eine Deflation ist durch einen anhaltenden Rückgang des allgemeinen Preisniveaus gekennzeichnet.
- ☐ Aufgrund der niedrigen Verbraucherpreise wird in der Deflation langfristig ein nachhaltiger Nachfrageschub ausgelöst.
- ☐ Eine Deflation ist im Regelfall mit einer Geldentwertung verbunden.
- ☐ Eine Deflation bedeutet, dass die Kaufkraft des Geldes sinkt.

Lösungen zu Aufgabe 13: Deflation – Ursachen

Zeigen Sie, welche Ursachen in einer Marktwirtschaft mit einer sehr geringen Inflationsrate zu einer Deflation führen können.

- ☒ erhebliche Kürzung der Staatsausgaben
- ☐ starke Erhöhung der Staatsausgaben
- ☒ pessimistische Zukunftserwartungen mit starker Kaufzurückhaltung
- ☐ vermehrte Investitionstätigkeiten in der Wirtschaft
- ☐ zu expansive Geldpolitik der Notenbank
- ☐ steigende Kreditnachfrage

INFO

Als **Deflation** bezeichnet man einen allgemeinen und anhaltenden Rückgang des Preisniveaus für Waren und Dienstleistungen in einer Volkswirtschaft. Dies ist mit einer Zunahme des Geldwertes verbunden. Sinkt das Preisniveau, so steigt die Kaufkraft des Geldes.

Lösung zu Aufgabe 14: Deflation – Folgen

Für die Sport Equipment AG kann eine Deflation negative Konsequenzen haben. Welche Folge lässt sich nicht aus einer Deflation ableiten?

- ☐ abnehmende Konsumneigung
- ☐ abnehmende Investitionsbereitschaft
- ☒ abnehmende Arbeitslosigkeit
- ☐ rückläufige Nachfrage
- ☐ rückläufiges Wirtschaftswachstum

Lösung zu Aufgabe 15: ESZB und EZB

Welche Aussage zum Europäischen System der Zentralbanken (ESZB) und der Europäischen Zentralbank (EZB) ist richtig?

- ☐ Das ESZB besteht aus den nationalen Zentralbanken der EU-Staaten, die den Euro eingeführt haben.
- ☐ Vorrangiges Ziel des ESZB ist es, die Wirtschaftspolitik der EU-Staaten zu unterstützen.
- ☒ Der EZB-Rat hat die Aufgabe, die Geldpolitik des Euro-Währungsgebiets festzulegen.
- ☐ Die EZB hat das ausschließliche Recht, die Ausgabe von Banknoten innerhalb der gesamten EU zu genehmigen.
- ☐ Ziel des ESZB ist es, die Geldpolitik der Euro-Staaten zu unterstützen.

INFO

Das **ESZB** umfasst die EZB und die nationalen Zentralbanken aller EU-Mitgliedstaaten unabhängig davon, ob sie den Euro eingeführt haben oder nicht.

Das vorrangige Ziel der Geldpolitik des ESZB ist es, die Preisstabilität zu gewährleisten.

Der **Euroraum** ist das Gebiet, das sich aus den Mitgliedstaaten der EU zusammensetzt, die den Euro eingeführt haben.

Lösung zu Aufgabe 16: Konvergenzkriterien

Ein EU-Staat möchte den Euro einführen. Hierzu müssen jedoch zunächst die sogenannten „Konvergenzkriterien" erfüllt werden. In welchem Fall ist eines der Kriterien eindeutig nicht erfüllt?

- ☐ Das Zinsniveau für langfristige Staatsanleihen liegt unterhalb der Zinssätze für Staatsanleihen der drei preistabilsten Länder.
- ☐ Die Staatsschulden sind auf 50 % des BIP angewachsen.
- ☒ Die Netto-Neuverschuldung des Staates beträgt 6 % des BIP.
- ☐ Die Preissteigerungsrate überschreitet den Durchschnitt der drei preisstabilsten Mitgliedsstaaten um 1 Prozentpunkt.
- ☐ Das reale BIP-Wachstum ist von 2 % auf unter 1 % gesunken.

Lösung zu Aufgabe 17: Geldpolitik – Instrumente

Für die Gewährleistung der Preisniveaustabilität stehen der EZB diverse geldpolitische Instrumente zur Verfügung. Welche Maßnahme zählt nicht zum geltpolitischen Instrumentarium der EZB?

☐ Erhöhung des Leitzinssatzes

☐ Erhöhung der Einlagefazilität

☐ Erhöhung der Spitzenrefinanzierungsfazilität

☐ Erhöhung des Mindestreservesatzes

☒ Erhöhung des Basiszinssatzes

ACHTUNG

Der Basiszinssatz ist kein geldpolitischer Zinssatz. Er ist in § 247 BGB definiert und wird von der deutschen Bundesbank auf nationaler Ebene festgelegt. Er kommt vor allem bei der Ermittlung von Verzugszinsen zur Anwendung.

INFO

Geldpolitische Instrumente der EZB

Offenmarktgeschäfte	Ständige Fazilitäten	Mindestreservepflicht
‣ Hauptrefinanzierungsgeschäfte („Leitzinssatz") ‣ Längerfristige Refinanzierungsgeschäfte ‣ Strukturelle Operationen ‣ Feinsteuerungsoperationen.	‣ Spitzenrefinanzierungsfazilität („Übernachtkredite") ‣ Einlagefazilität (Zinssatz für Einlagen bei der Zentralbank).	Die Geschäftsbanken müssen einen bestimmten Teil ihrer Einlagen (Mindestreservesatz) bei der Zentralbank hinterlegen.

Lösungen zu Aufgabe 18: Geldpolitik – Offenmarktgeschäfte

In welchen Fällen handelt es sich um Offenmarktgeschäfte der EZB?

☒ Verkauf von Wertpapieren

☐ Senkung des Mindestreservesatzes

☒ Ausgabe von Schuldverschreibungen

☐ Aufnahme von Fremdwährungskrediten

☐ Erhöhung der Einlagefazilität

☐ Drucken von Euro-Banknoten

☒ Devisentermingeschäfte

INFO

Offenmarktgeschäfte sind geldpolitische Operationen, die auf Initiative der Zentralbank erfolgen. Sie haben das Ziel, den Banken Liquidität bereitzustellen oder zu entziehen. Es gibt vier Kategorien von Offenmarktgeschäften:

- Hauptrefinanzierungsgeschäfte (i. d. R. einwöchige Laufzeit)
- längerfristige Refinanzierungsgeschäfte (i. d. R. längere Laufzeit)
- Feinsteuerungsoperationen (z. B. Hereinnahme von festverzinslichen Termineinlagen, Devisentermingeschäfte)
- strukturelle Operationen (z. B. Emission von Schuldverschreibungen).

Lösung zu Aufgabe 19: Geldpolitik – Hauptrefinanzierungsgeschäfte

Welche Aussage zu den Hauptrefinanzierungsgeschäften der EZB ist richtig?

☐ Über Hauptrefinanzierungsgeschäfte wird den Geschäftsbanken Liquidität entzogen.

☐ Hauptrefinanzierungsgeschäfte dienen zur zeitlich begrenzten Liquiditätsbeschaffung der Zentralbanken.

☐ Der Hauptrefinanzierungssatz hat zusammen mit dem Mindestreservesatz Leitzinsfunktion.

☐ Der Hauptrefinanzierungssatz legt fest, welchen Prozentsatz ihrer Einlagen die Geschäftsbanken bei der EZB hinterlegen müssen.

☒ Über Hauptrefinanzierungsgeschäfte stellt die Zentralbank den Geschäftsbanken gegen die Hinterlegung notenbankfähiger Sicherheiten zeitlich befristet Geld zur Verfügung.

INFO

Über **Hauptrefinanzierungsgeschäfte** können sich Geschäftsbanken zeitlich begrenzt Liquidität bei der Zentralbank verschaffen, indem sie notenbankfähige Sicherheiten (Wertpapiere) bei der Zentralbank hinterlegen (Wertpapierpensionsgeschäfte). Die Hauptrefinanzierungsgeschäfte werden in der Regel als Standardtender mit einwöchiger Laufzeit durchgeführt.

Die Zinsen, die die Geschäftsbanken hierfür an die Zentralbank entrichten müssen, bestimmen sich nach dem Hauptrefinanzierungssatz der EZB. Der Zinssatz des Hauptrefinanzierungsgeschäfts zählt zusammen mit den Zinssätzen der ständigen Fazilitäten zu den Leitzinsen.

Lösung zu Aufgabe 20: Geldpolitik – Ständige Fazilitäten

Welche Aussage zu den ständigen Fazilitäten der EZB ist richtig?

- ☐ Über ständige Fazilitäten können sich die Geschäftsbanken langfristig Liquidität bei der Zentralbank beschaffen.
- ☒ Die Spitzenrefinanzierungsfazilität dient dazu, kurzfristige Liquiditätsengpässe der Geschäftsbanken durch „Übernachtkredite" auszugleichen.
- ☐ Die Einlagefaziltät bildet den höchsten Zinssatz im Zinskorridor der geldpolitischen Zinssätze der EZB.
- ☐ Als Einlagefazilität bezeichnet man die Möglichkeit, dass sich Geschäftsbanken „über Nacht" Liquidität bei der Zentralbank beschaffen können.
- ☐ Ständige Fazilitäten haben ein Laufzeit von mindestens einer Woche.

INFO

Die **ständigen Fazilitäten** dienen der Bereitstellung und Abschöpfung von Liquidität bis zum nächsten Geschäftstag. Sie können auf Initiative der Geschäftsbanken je nach Bedarf in Anspruch genommen werden.

- **Spitzenrefinanzierungsfazilität:**
  Die Geschäftsbanken können „über Nacht" bei der Zentralbank besicherte Kredite aufnehmen, um kurzfristige Liquiditätsengpässe auszugleichen. Der Spitzenrefinanzierungssatz stellt die Obergrenze der Zinssätze auf dem Geldmarkt dar.
- **Einlagefazilität:**
  Die Geschäftsbanken können überschüssige Liquidität bei der Zentralbank bis zum nächsten Geschäftstag anlegen. Der hierfür von der EZB festgelegte Zinssatz bildet die Untergrenze der Geldmarktzinsen

Lösung zu Aufgabe 21: Geldpolitik – Mindestreserve

Der Mindestreservesatz wird von 2 % auf 3 % erhöht. Welche Aussage beschreibt den Zusammenhang richtig?

- ☐ Die Geschäftsbanken müssen mindestens 3 % ihrer Liquidität über die Zentralbank beschaffen.
- ☐ Das Guthaben, das die Geschäftsbanken bei der Zentralbank halten, wird mit einem Jahreszinssatz von 3 % verzinst.
- ☐ Die umlaufende Geldmenge verringert sich durch diese Maßnahme um 1 %.

☐ Der Volkswirtschaft wird durch diese Maßnahme Liquidität zugeführt.

☒ Der Volkswirtschaft wird durch diese Maßnahme Liquidität entzogen.

INFO

Der **Mindestreservesatz** verpflichtet die Banken, einen bestimmten Prozentsatz ihrer kurzfristigen Kundeneinlagen bei der Zentralbank zu halten. Durch eine Erhöhung des Mindestreservesatzes wird die umlaufende Geldmenge verringert.

Lösung zu Aufgabe 22: Geldpolitik – Maßnahmen und Wirkung I

Die EZB verfolgt mit dem Einsatz ihres geldpolitischen Instrumentariums bestimmte Ziele. Geben Sie an, welches Ziel sie mit welcher Maßnahme erreichen kann.

Ziele:

1. Konjunkturdämpfung
2. Bekämpfung einer inflationären Entwicklung
3. Belebung der Wirtschaftstätigkeit

Maßnahmen:

1. Senkung des Hauptrefinanzierungssatzes
2. Verkauf von Wertpapieren am Markt
3. Senkung der Mindestreservesätze

☐ Ziel 1 durch Maßnahme 1

☒ Ziel 1 durch Maßnahme 2

☐ Ziel 2 durch Maßnahme 1

☐ Ziel 2 durch Maßnahme 3

☐ Ziel 3 durch Maßnahme 2

INFO

Den Geschäftsbanken wird durch diese Maßnahme Geld entzogen, die umlaufende Geldmenge wird verringert. Für die Vergabe von Krediten steht weniger Geld zur Verfügung, was die Nachfrage dämpft. Einer „Überhitzung“ der Konjunktur wird dadurch entgegengewirkt. Die Maßnahme wäre auch zur Bekämpfung einer inflationären Entwicklung geeignet.

Lösung zu Aufgabe 23: Geldpolitik – Maßnahmen und Wirkung II

Wirtschaftsexperten rechnen nach Presseangaben damit, dass der Rat der EZB auf seiner nächsten Sitzung den Hauptrefinazierungssatz anheben wird. Geben Sie einen möglichen Grund dafür an.

- ☐ Das Preisniveau im Euroraum ist instabil; es bewegt sich in einer Bandbreite von + 2 % bis zuletzt - 1 %.
- ☒ Der Rat der EZB hat eine starke Nachfrage der Geschäftsbanken und der Unternehmen nach Krediten und eine relativ hohe Umlaufgeschwindigkeit der vorhandenen Geldmenge festgestellt.
- ☐ Dem Rat der EZB sind das Sparverhalten und die Konsumzurückhaltung der privaten Haushalte zu stark.
- ☐ Die Tarifparteien in den Ländern des Euroraums haben durchweg gemäßigte Lohnabschlüsse getätigt.
- ☐ Der Rat der EZB rechnet mit zurückgehenden Weltmarktpreisen für wichtige Rohstoffe, insbesondere für Energierohstoffe wie Mineralöl und Biokraftstoffe.

INFO

Die aufgeführten Merkmale deuten auf eine Inflationsgefahr hin.

Lösung zu Aufgabe 24: Geldpolitik – Maßnahmen und Wirkung III

Die EZB will im Rahmen ihrer geldpolitischen Instrumente die Konjunktur ankurbeln. Sie verändert den Leitzins, ihren Wertpapierbestand und den Mindestreservesatz.

Richtig ist Antwort f).

Leitzins senken, Mindestreservesatz senken und Wertpapiere kaufen.

Durch die Leitzinssenkung werden Kreditaufnahmen billiger. Die Senkung der Mindestreserve und der Kauf von Wertpapieren führen der Wirtschaft Liquidität zu. Nachfrage und Geldmenge steigen.

ACHTUNG

Primäres Ziel bleibt die Preisniveaustabilität. Die Preisniveaustabilität darf durch diese Maßnahmen nicht gefährdet werden.

Lösung zu Aufgabe 25: Geldpolitik – Maßnahmen und Wirkung IV

Sie lesen in der Zeitung, dass die EZB eine deutliche Anhebung der Leitzinsen beschlossen hat, um die Inflation zu bekämpfen. Welche Konsequenzen sind aus dieser Entscheidung für das Geschäft der Sport Equipment AG zu erwarten.

- [x] Die Sport Equipment AG muss für ihre bevorstehenden Investitionsvorhaben mit höheren Kreditzinssätzen rechnen.
- [ ] Die Konkurrenzunternehmen werden ihre Preise anheben.
- [ ] Die Kunden der Sport Equipment AG haben wieder mehr Geld für den Konsum zur Verfügung.
- [ ] Die Banken werden die Zinssätze für die Tagesgeldkonten der Sport Equipment AG senken.
- [ ] Die Kredite, die die Sport Equipment AG bei der Bundesbank aufnimmt, werden teurer.

INFO

Die Leitzinserhöhung macht für die Geschäftsbanken die Liquiditätsbeschaffung über die Zentralbank teurer. Die Geschäftsbanken wiederum geben die höheren Zinssätze über Konsumenten- und Investitionskredite an Verbraucher und Unternehmen weiter.

10. Außenwirtschaft

Lösung zu Aufgabe 1: Außenwirtschaftliches Gleichgewicht

Unter welchen Umständen kann ein dauerhafter Exportüberschuss die Binnenwirtschaft negativ beeinflussen?

- ☐ Wenn dadurch Devisen ins Inland fließen.
- ☐ Wenn die Exporterlöse stärker zunehmen als das BIP.
- ☐ Wenn die Exporterlöse hauptsächlich durch Dienstleistungen erzielt werden.
- ☒ Wenn der Export zu einer Verknappung wichtiger Güter im Inland führt.
- ☐ Wenn die Zahl der Erwerbstätigen dadurch nicht steigt.

Lösung zu Aufgabe 2: Importierte Inflation

Auf welchen Fall trifft der Begriff einer „importierten" Inflation zu?

- ☐ Wenn der Kurs einer Fremdwährung gegenüber der Inlandswährung am Devisenmarkt steigt
- ☐ Wenn die Preise für Importgüter stark abnehmen.
- ☒ Die Weltmarktpreise wichtiger Industrierohstoffe steigen stark an. Die inländischen Unternehmen kalkulieren die höheren Rohstoffpreise in ihre Produktpreise ein.
- ☐ Wenn die Importe höher sind als die Exporte.
- ☐ Wenn eine Abwertung der Auslandswährung gegenüber der Inlandswährung stattfindet.

INFO

Importierte Inflation: Bei einer importierten Inflation liegen die Ursachen für die Preissteigerung in den Außenbeziehungen einer Volkswirtschaft. Dies kann z. B. eintreten, wenn

- die Importpreise wichtiger Rohstoffe steigen (z. B. für Erdöl)
- verstärkter Güterexport im Inland zu einer Verknappung von Gütern und einer Erhöhung der Geldmenge (durch die Exporterlöse) führt
- eine Abwertung der Inlandswährung gegenüber ausländischen Währungen die eben genannten Effekte verstärkt.

Lösung zu Aufgabe 3: Zahlungsbilanz I

Welche Zeile enthält ausschließlich Positionen der Aktivseite der Zahlungsbilanz?

- ☒ Vermögensübertragungen, Handelsbilanz, Dienstleistungsbilanz
- ☐ Handelsbilanz, Kapitalbilanz, Dienstleistungsbilanz

- ☐ Primäreinkommen, Handelsbilanz, Veränderung der Währungsreserven
- ☐ Dienstleistungsbilanz, Sekundäreinkommen, Kapitalbilanz
- ☐ Handelsbilanz, Dienstleistungsbilanz, Veränderung der Währungsreserven

INFO

Die Zahlungsbilanz besteht aus unterschiedlichen Teilbilanzen.

Aktivseite				
I. Leistungsbilanz				II. Vermögensänderungsbilanz
Außenhandel	Dienstleistungen	Erwerbs- u. Vermögenseinkommen (Primäreinkommen)	Laufende Übertragungen (Sekundäreinkommen)	

Passivseite	
III. Kapitalbilanz inkl. Veränderung der Währungsreserven	IV. Saldo der statistisch nicht aufgliederbaren Aktionen (Restposten)

Lösungen zu Aufgabe 4: Zahlungsbilanz II

Ordnen Sie die nachstehenden Transaktionen den betreffenden Teilbilanzen des Euro-Währungsgebiets zu.

Teilbilanzen:

1. Warenhandel
2. Dienstleistungen
3. Erwerbs- und Vermögenseinkommen (Primäreinkommen)
4. Laufende Übertragungen (Sekundäreinkommen)
5. Vermögensübertragungen
6. Restposten
7. Die Transaktion wird in keiner der Teilbilanzen des Euro-Währungsgebiets erfasst.

Transaktionen	Teilbilanzen
a) Die deutsche Lufthansa AG überweist die Flughafengebühren für August für die Nutzung des Wiener Flughafens.	**2**
b) Die Bundesregierung zahlt jährlich an Chile Entwicklungshilfe in Höhe von 1,5 Mio. US-$.	**4**
c) Die Adidas AG importiert für 560.000 € Textilien aus China.	**1**

Transaktionen	Teilbilanzen
d) Die deutsche Spedition Herbst Transporte GmbH zahlt Frachtgebühren an eine dänische Reederei.	**2**
e) Familie Braun aus Nürnberg macht Urlaub in Ägypten und zahlt vor Ort für einen Tauchkurs 300 € in bar.	**6**
f) Ein amerikanischer Konzern überweist an die Deutsche Messe Hannover Standmiete in Höhe von 40.000 €.	**2**
g) Ein deutscher Anleger erhält für seine US-Dollar-Anleihe eine Zinszahlung aus den USA über 300 US-$.	**3**
h) Herr Bögner, wohnhaft in Berlin, schenkt seiner Nichte, die in der Schweiz lebt, einmalig Wertpapiere im Wert von 10.000 €.	**5**
i) Polnische Erntehelfer überweisen Geldbeträge an ihre Familien in Polen.	**4**

Lösung zu Aufgabe 5: Zahlungsbilanz III

Geben Sie an, welche Aussage das abgebildete Schaubild der deutschen Zahlungsbilanz richtig beurteilt.

- ☒ Die Ausgaben deutscher Urlauber im Ausland haben sich in der Position Dienstleistungen negativ ausgewirkt.
- ☐ Die Kapitalbilanz ist eine Teilbilanz der Leistungsbilanz.
- ☐ Die Überweisungen ausländischer Arbeitnehmer in ihre Heimat werden in der Position Dienstleistungen erfasst.
- ☐ Im Jahr 20.. waren die Importe genauso hoch wie die Exporte.
- ☐ Die Zugänge von Gold werden in der Kapitalbilanz erfasst.

Lösungen zu Aufgabe 6: Zahlungsbilanz IV

Ihnen liegen folgende Daten für die Teilbilanzen der Zahlungsbilanz einer Volkswirtschaft vor:

a) Außenhandelssaldo = 125,4 Mrd. € - 118,3 Mrd. € = **+ 7,1 Mrd. €**

b) Außenbeitrag = 7,1 Mrd. € + 2,6 Mrd. € = **+ 9,7 Mrd €**

c) Leistungsbilanzüberschuss = 9,7 Mrd. € - 4,2 Mrd. € + 3,4 Mrd. € = **+ 8,9 Mrd. €**

d) Zahlungsbilanzüberschuss = 8,9 Mrd. € - 1,9 Mrd. € = **+ 7,0 Mrd. €**

ACHTUNG

Der Außenhandelssaldo bezieht sich nur auf die Warenexporte und -importe. Der Außenbeitrag umfasst zusätzlich die Dienstleistungsexporte und -importe.

Lösung zu Aufgabe 7: Leistungsbilanz

Welche Transaktion der Sport Equipment AG hat keinen Einfluss auf die Leistungsbilanz.

- ☐ Die Sport Equipment AG exportiert Schneeschuhe nach Frankreich.
- ☐ Die Sport Equipment AG bezieht Textilstoffe von einem türkischen Hersteller.
- ☐ Die Sport Equipment AG überweist einem Mitarbeiter aus Belgien das Arbeitsentgelt nach Belgien.
- ☐ Eine Spedition aus Tschechien führt einen Warentransport für die Sport Equipment AG durch.
- ☒ Die Sport Equipment AG überweist für den Erwerb der Aktienmehrheit an einer österreichischen Tochterfirma 10 Mio. € nach Österreich.

Lösung zu Aufgabe 8: Außenhandel

Welche der folgenden Transaktionen beeinflusst den Außenhandelssaldo positiv?

- ☐ Die Sport Equipment AG erhält finanzielle Fördermittel der EU für ein Projekt in der beruflichen Weiterbildung.
- ☐ Italienische Mitarbeiter der Sport Equipment AG überweisen monatlich einen Teil ihres Arbeitsentgelts nach Italien.
- ☐ Ein polnischer Lieferant stellt der Sport Equipment AG eine Warenlieferung in Rechnung.
- ☒ Ein Kunde aus Schweden überweist eine Rechnung der Sport Equipment AG über den Bezug von Outdoor-Artikeln in Höhe von 15.200 €.
- ☐ Die Sport Equipment AG stellt einem Händler 500 € in Rechnung, die für dessen Registrierung zur Teilnahme am Online-Shop-Portal der Sport Equipment AG berechnet werden.

ACHTUNG

Positiven Einfluss auf den Außenhandelssaldo können nur Warenexporte haben. Der Export von Dienstleistungen geht nicht in die Außenhandelsbilanz ein, sondern in den Außenbeitrag.

Lösungen zu Aufgabe 9: Außenbeitrag

Welche Transaktionen führen zu einer Erhöhung des Außenbeitrags?

- ☒ Die Sport Equipment AG exportiert Outdoor-Artikel nach Großbritannien.
- ☐ Die Sport Equipment AG bezahlt einen Rechtsanwalt in den USA für einen Prozess gegen ein US-amerikanisches Konkurrenzunternehmen wegen einer Markenschutzverletzung.

- ☐ Die Sport Equipment AG kauft bei einem japanischen Hersteller drei Industrieroboter für die Montageabteilung.
- ☒ Ein Servicetechniker der Sport Equipment AG repariert nach Ablauf der Garantie die Kletteranlage eines italienischen Kunden, und stellt ihm die Reparatur in Rechnung.
- ☐ Die Sport Equipment AG zahlt die Frachtrechnung einer chinesischen Reederei, die per Containerschiff Waren der Sport Equipment AG für einen chinesischen Kunden nach Shanghai verschifft hat.
- ☐ Die Sport Equipment AG verkauft Outdoor-Artikel zum Rechnungsbetrag von 10.800,00 € brutto an einen Outdoor-Händler in Berlin.

ACHTUNG

Im Gegensatz zum Außenhandelssaldo werden nun auch die Dienstleitungsexporte einbezogen.

Lösungen zu Aufgabe 10: Kapitalbilanz

Welche Transaktionen beeinflussen den Saldo der inländischen Kapitalbilanz negativ?

- ☐ Die Sport Equipment AG kauft Büromöbel bei einem Händler in Nürnberg.
- ☒ Ein türkischer Arbeitnehmer der Sport Equipment AG überweist monatlich 300,00 € seines Arbeitsentgelts an Familienangehörige in der Türkei.
- ☐ Der Sport Equipment AG werden von ihrer deutschen Hausbank Kontoführungsgebühren berechnet.
- ☐ Ein Mitarbeiter der Sport Equipment AG erbt ein Geldvermögen in Höhe von 100.000 Schweizer Franken von seinem Großvater in Zürich.
- ☒ Der Vertriebsleiter der Sport Equipment AG reist zu einer Outdoor-Messe nach Kanada. Die Hotelkosten bezahlt er vor Ort mit Kreditkarte.
- ☐ Für geschäftliche Telefonate nach China berechnet die deutsche Telekommunikationsgesellschaft der Sport Equipment AG Gebühren in Höhe von 240 €.
- ☒ Die Sport Equipment AG zahlt Dividende an ausländische Aktionäre.

TIPP

Wenn Geld vom Inland ins Ausland fließt, wirkt dies negativ auf die Kapitalbilanz.

Lösung zu Aufgabe 11: Außenwert des Geldes

Die USA erhöhen ihre Exporte nach Deutschland stark. Dieser erhöhte Warenexport aus den USA nach Deutschland hat Auswirkungen auf den Wechselkurs des US-Dollar gegenüber dem Euro. Bestimmen Sie die richtige Aussage.

Der erhöhte Export von Waren aus den USA nach Deutschland führt zu einem ...

- ☐ Anstieg des Außenwerts des Euro.
- ☐ Anstieg des Wechselkurses und einer Aufwertung des Euro gegenüber dem US-Dollar.
- ☐ Anstieg des Wechselkurses und einer Abwertung des Euro gegenüber dem US-Dollar.
- ☐ Sinken des Wechselkurses und einer Aufwertung des Euro gegenüber dem US-Dollar.
- ☒ Sinken des Wechselkurses und einer Abwertung des Euro gegenüber dem US-Dollar.

ACHTUNG

Ein erhöhter Export aus den USA bedeutet, dass am deutschen Devisenmarkt die Nachfrage nach USD steigt und das Angebot an Euro steigt, da die Ware bezahlt werden muss. Das erhöhte Angebot an Euro führt zu einem Kursrückgang. Dieser Kursrückgang bedeutet eine Abwertung des Euro.

Lösung zu Aufgabe 12: Wechselkursschwankungen

Seit ca. einem Jahr hat sich der Wert des Euro gegenüber dem US-Dollar kontinuierlich erhöht. Prüfen Sie, welche der folgenden Aussagen über die Auswirkungen dieser Entwicklung zutreffend sind.

- ☐ Reisen amerikanischer Touristen nach Deutschland werden für die Amerikaner billiger.
- ☐ Auslandsreisen in die USA werden für deutsche Touristen billiger.
- ☐ Deutsche Unternehmen werden weniger aus den USA importieren.
- ☐ Für amerikanische Unternehmen werden die Importe billiger.
- ☒ Für deutsche Unternehmen erschweren sich die Exportchancen, da ihre Produkte in den USA teurer werden.